U0479164

走向世界的中国作家

纪念

鲍十 著

文化发展出版社
Cultural Development Press

图书在版编目(CIP)数据

纪念/鲍十著.—北京：文化发展出版社，2019.7

ISBN 978-7-5142-2643-0

Ⅰ.①纪… Ⅱ.①鲍… Ⅲ.①中篇小说－小说集－中国－当代②短篇小说－小说集－中国－当代Ⅳ.①I247.7

中国版本图书馆CIP数据核字(2019)第102913号

纪 念 JINIAN

鲍 十 著

出 版 人：武 赫
策划编辑：肖贵平
责任编辑：孙 烨
责任校对：郭 平
责任印制：杨 骏
排版设计：辰征·文化

出版发行：文化发展出版社（北京市翠微路2号 邮编：100036）
网　　址：www.wenhuafazhan.com
经　　销：各地新华书店
印　　刷：天津嘉恒印务有限公司
开　　本：889mm×1194mm 1/32
字　　数：260千字
印　　张：10.5
版　　次：2019年10月第1版 2019年10月第1次印刷
定　　价：68.00元
ISBN：978-7-5142-2643-0-01

◆ 如发现任何质量问题请与我社发行部联系。发行部电话：010-88275710

"走向世界的中国作家"文库编辑委员会

主 编
野 莽

成 员
(以姓氏笔画为序)

王池英（美）	立松升一（日）	吕　华
安博兰（法）	许金龙	周大新
贾平凹	野　莽	

不仅是为了纪念

——"走向世界的中国作家"文库总序

野莽

在一切都趋于商业化的今天，真正的文学已经不再具有二十世纪八十年代的神话般的魅力，所有以经济利益为目标的文化团队与个体，像日光灯下的脱衣舞者表演到了最后，无须让好看的羽衣霓裳作任何的掩饰，因为再好看的东西也莫过于货币的图案。所谓的文学书籍虽然也仍在零星地出版着，却多半只是在文学的旗帜下，以新奇重大的事件，冠以惊心动魄的书名，摆在书店的入口处，引诱对文学一知半解的人。

这套文库的出版者则能打破业内对于经济利益的最高追求，尝试着出版一套既是典藏也是桥梁的书，为此做好了经受些许经济风险的准备。我告诉他们，风险不止于此，还得准备接受来自作者的误会，此项计划在实施的过程中不免会遭遇意外。

受邀担任这套文库的主编对我而言，简单得就好比将多年前已备好的课复诵一遍，依照出版者的原始设计，一是把新时期以来中国作家被翻译到国外的，重要和发生影响的长篇以下的小说，以母语的形式再次集中出版，作为中国当代文学的经典收藏；二是精选这些作家尚未出境的新作，出版之后推荐给国外的翻译家和出版家。入选作家的年龄不限，年代不限，在国内文学圈中的排名不限，作品的风格和流派不限，陆续而分期分批地进入文库，每位作者的每本容量为十五万字左右。就我过去的阅读积累，我可以闭上眼睛念出一大片在国内外已被认知的作品及其作者的名字，以及这些作者还未被翻译的本世纪的新作。

有了这个文库，除为国内的文学读者提供怀旧、收藏和跟踪阅读的机会，也的确还能为世界文学的交流起到一定的媒介作用，尤其国外的翻译出版者，可以省去很多在汪洋大海中盲目打捞的精力和时间。为此我向这个大型文库的编委会提议，在编辑出版家外增加国内的著名作家、著名翻译家，以及国外的汉学家、翻译家和出版家，希望大家共同关心和参与文库的遴选工作，荟萃各方专家的智慧，尽可能少地遗漏一些重要的作家和作品，这个方法自然比所谓的慧眼独具要科学和公正得多。

遗漏总会有的，但或许是因为其他障碍所致，譬如出版社的版权专有，作家的版税标准，等等。为了实现文库的预期目的，在全书的编辑出版过程中，出版者会力所能及地逐步解决那些障碍，在此我对他们的倾情付出表示敬意。

2018年5月12日改于竹影居

目　录

纪　念 / 1

走进新生活 / 44

春秋引 / 77

泽地的恋情 / 92

东北平原写生集 / 98

秋水故事 / 160

霞镇的驱逐 / 175

为乡人作传 / 189

闹秧歌 / 200

西关旧事 / 216

在小西园饮早茶 / 232

卖艇仔粥的人 / 244

冼阿芳的事 / 254

咸水歌 / 276

买房记 / 295

印象鲍十：从冰城踏入火城的马 / 319

鲍十主要著作目录 / 325

纪　念

一

　　每年只在这个季节，明丽的阳光才会从房脊后头漫过来，瀑布似的哗哗直响，又灿烂得耀眼，带着一股烤土豆的气味，烤得过了火，一股焦煳味儿。

　　每天一过四点钟，在小学校操场上搅成一团的喧闹声，就像浓烟一样被孩子们带着，向大门那儿移过去了。然后，又沿着当街，沿着淹没在庄稼地里的村路，渐渐远去了，一丝一缕地消失了。

　　学生走了，老师也走了，学校一时静悄悄的。这会儿，房脊上正有几只麻雀在梳理羽毛，把身子弄得蓬蓬松松的，看去就像几个小小的毛茸茸的球儿。

　　校长老骆最后一个走出了办公室。他锁了办公室的门，也向大门那儿走。老骆走路向来脚步极轻（有人说，就像猫儿似的），但是，这也在刚刚平静了一会儿的门窗的玻璃上，在围墙的墙根处，在整个院子里，都唤起了共鸣，回荡着，许久也不散去。

　　校长老骆走着走着，悄悄又停下脚步，并且转了身，似乎要看看是不是锁了门，是不是掉了啥东西。其实不是的。天天如此，这不过是个习惯。

　　校长老骆站在那儿，任凭阳光泼得他满头满脸。他的宽阔的瘦脸又白又光，眼睛亮闪闪的，却一副沉静的样子。他是个身材高大的人，只是太瘦了。最瘦的是他的脖子。还有那两条腿，让人立刻就想起了扭秧歌踩的高跷。不过，看上去他精神还好。

一排七间草房，无声地对着他。那几只麻雀，仍然蹲在房脊上，却不再梳理羽毛，静止下来，专注地望他，小眼睛一闪一眨的，十分调皮，仿佛使着眼色，充满了暗示。

老骆依然是那副沉静的样子，似乎很轻松，其实心里正在想着别的事情。

他刚给儿子写了一封信。儿子叫骆玉生，几年前考上大学，毕业后留在城里了。他在信里告诉儿子说，他就要盖新学校了，就在暑假盖，把旧学校拆掉，盖个全砖的，挂瓦。

这件事，我想了多少年了！他在信里说。我已经和村长谈过多少次，村长总算答应了。不过还要开个会，正正经经商量商量，就在今天晚上。

我就想盖个好点儿的学校，一直想。他在信里又说。在我心目中，这早已不单单是个学校了，是个什么呢？我也说不清。当然，现在的学校也确实太旧了，墙上直往下掉土，坐在屋里能看见天空。

你爸老了，没几天就六十岁了，这个梦必得圆了，不然就没有机会了。他最后这样写道。

当初，在写到这儿时，校长老骆曾经动了一下心，脑袋也突然一热，自觉很悲壮，也有一点点的伤感。

老骆又站了一会儿，才离开了学校。这时，操场上重新响起了脚步声以及脚步引起的回声。尽管老骆脚步轻，回声却很响。

老骆注意到，那几只蹲在房脊上的麻雀，一齐"扑啦啦"地飞起来了。

老骆的家在屯西头，每次回家必得穿过整个屯子。

屯中一条土街，两侧排列着间间平房和草房。每家都有一个小菜园。这个季节,正是屯子十分丰满的时候。每个菜园里都红红绿绿的,看去又杂乱又鲜艳。屯里和学校一样的安静。农民们都下田干活去了,只有一些上了年纪的老人,坐在自家门口,或者在打开窗子的炕上昏昏欲睡,一待街上有人走动,却又马上睁大眼睛,看看这人是谁。

每个人都看见了老骆,每个人都跟他打着招呼:"骆先生,下学了?"

老骆便说:"下学了。下学了。"

老骆到家时,见老伴儿正在菜园里割韭菜。韭菜炒鸡蛋,这是老骆最爱吃的菜。老伴儿名叫田招弟。不过,这是她从前的名字,现在已经没人再叫了,只有老骆偶尔还叫。招弟手握一柄小镰刀,蹲在一畦碧绿碧绿的韭菜跟前,一根一根割得极仔细,根本就没听见老骆的动静。直到老骆叫了她一声,她才吃惊地抬起头,说:"呀,你回来了?吓我一跳……"一边说一边站起来。

老骆朝屋里走。招弟出了菜园,跟在老骆身后。老骆进了屋。招弟留在厨房洗韭菜。

屋里凉瓦瓦的。

招弟一边洗韭菜一边对老骆说:"你看你的脸色呀!先上炕躺一会儿吧。饭一会儿就好。"

老骆马上答应道:"哎,哎……"

对老骆来说,招弟的话就像命令,他不能不听的。和老骆一样,招弟也是个干瘦的人。虽然干瘦,精神头却比老骆足,整天张张罗罗的,一副精明强干的样子。实际上,是招弟一手操持着这个家,吃的,穿的,样样都需她亲自动手。她简直就成了老骆的保姆。尽管他们都老了,这一点反倒越发明显。说来有点可笑,老骆甚至是怕她的。在许多事情上,他对她一直言听计从。当然,老骆也乐得这样。老骆也一直心存内疚,总觉得招弟天天太辛苦了。

纪念　　3

老骆哼哼唧唧地往下脱外衣。外衣里面还有一件背心。外衣是一件小褂，深蓝色的。尽管天气这么热，他却一直不肯将小褂甩掉。招弟说过好几次了，说你光穿一件背心得了，那多凉快！他却总说那也太不严肃了，招弟也就懒得再说了。尽管招弟事事都管，有些事还是管不了的。

老骆哼哼唧唧地感到很舒服，从头到脚都舒服哪。

这时候，招弟又在外屋说："明天就放暑假了，也不知道生子能不能回来。"

老骆说："我刚才还给他写了一封信。他现在工作了，不比从前念书那会儿，哪儿还有暑假！"

招弟说："他爸你说，生子要是不考学，是不是我连奶奶都当上了？"

老骆说："那还用说。"

两个人就不再说话了。外屋，传来招弟打鸡蛋的声音。老骆在炕上躺下来。不知为什么，最近一段时间，他总是觉得特别累，在学校还能坚持，一回到家，就累得不行了，好像浑身的骨头都要散了。不过，他没把这种感觉对招弟说过。

老骆拿过一本书，打算躺在那儿看。这是他多年的习惯了。这是一本《十万个为什么》，1962年出版的。有一次他到县里开小学校长会，在书店里看见了，买回来的。算来已经三十多年，书面已经发黄变脆了。

过一会儿，招弟叫老骆吃饭，招弟说："他爸，饭好了，来吃饭！"

叫了一遍，没听到回答，招弟就进了屋，一看老骆已经睡着了。老骆甚至流出了口水，那本《十万个为什么》打开着放在手边。招弟就不再叫他了，在他身边轻轻地坐下，等他醒过来。

那一刻，招弟心里充满了柔情，她知道他这是累的。不是一天的累，这是日积月累的累呢！她不由想起许多往事来，想起当年的老骆有多么年轻，多么精力旺盛。

"人哪，说老这就老了！"招弟对自己说。

这时候，她对老骆，也对自己，突然充满了怜悯。她的心就像一片温水，热乎乎的，又沉重又饱满。

她想起老骆说过，说他俩就好比一挂马车的两只车轱辘，缺一只这挂车就坏了……

想起这个比方，她心里竟然"咯噔"一跳，心说，我怎么想到这儿来了！便有了一种不安，仿佛这是个预感，一时十分恐惧……

恰在这时，老骆醒了。他吧嗒着嘴，觉得好多了。又看见招弟坐在身边，却有点不解，问："咋回事儿？我睡着了吗？"

说完还"哎呀"了两声。

随即又说："饭好了没？快吃！今下晚儿我还有事呢！"

一边说，一边急忙下了炕。

二

有一天，招弟对玉生说："一挂马车把你爸拉到了三合屯……"

玉生吃了一惊。他并不是吃惊这句话的内容，而是吃惊母亲说话的声调。这声调是那么幽深，就像一口深潭一样。

玉生坐在门槛上，看着菜园出神。这是一个初秋的上午，阳光湿漉漉的，把菜园照得一片斑驳。听见招弟的话，他把脸转向母亲。他以为母亲还会往下说的，便等着她说，不料她却再也没说什么。她正在用麻绳穿一串红辣椒。玉生发现，此时，母亲的双眼竟然如此的空洞……

这件事，玉生当然是知道的。在他还是个孩子的时候，他就从多种渠道了解了这些。不过，对他来说，这已经不那么真实了，他的意思是，这都有点儿像个故事了。他知道的甚至比这些更多，比这些更丰富，更有氛围感。

是的，一挂马车把老骆拉到了三合屯，车上套了三匹大马，一匹红的，两匹铁灰的……那还是四十年前的事情呢！那是四十年前的一个早春。人们说，那天天气极好，雪还没有化尽，风也相当凛冽，但是太阳很亮，十分亮。很亮的太阳张贴在瓦蓝瓦蓝的天空，就像一张烙饼。天空没一丝云彩。不久，马车就离开了闹哄哄的霞镇。展现在眼前的，接着就是覆盖残雪的平原了。平原一望无际，残雪上露出一根根黄色的枯草，草茎在风中瑟瑟地抖动，发出细弱游丝的哨音。印有两道辙印的车马大道，像带子一样向远处伸去。有一只老鹰在半空中飞旋着。马的身体冒出了腾腾的热气，热气缥缥缈缈。车轮碾压着曾经化过又重新结起来的冰碴儿，咔嚓咔嚓直响。

这天下午时分，嘚嘚的马蹄声一路敲击着路面驶进了三合屯。

那天，屯里好多人都聚到屯头来迎接老骆，男人女人都有。还有拖着清鼻涕的小孩子，还有戴着老太太帽的老太太，还有田招弟。

那天招弟特意穿了一件红夹袄。红夹袄是那年过年才缝成的，这衣裳她可喜欢了，也特别珍惜，平时从来不穿的，那天才穿上了。

招弟身穿红夹袄多么漂亮！在早春的阳光的照耀下，在早春的轻风的吹拂下，她在人群里简直就是一面旗帜，一面美好的旗帜，一面纯真的旗帜。

马车驶进三合屯的情形甚至是轰轰烈烈的。马蹄敲击着尚未解冻的路面，路面激动地震颤着。马车在人群前面停住了。马打着响鼻。马的身体湿漉漉的，散布着一层细密的汗珠儿，在阳光下闪烁。

村长，还有几位老人，向马车迎过去。这时老骆纵身一跃，干净利落地跳下车来。不过，当年的老骆并不老，只有二十二岁。老骆如此年轻,大家还真的没有料到。老骆衣衫干净,宽肩长腿,一身英气,招弟不禁在心里赞叹了一声。

(玉生见过一张父亲当年的照片,那是他和几个人的合影。玉生家里没有这张照片,他是在叔叔家里看到的。照片镶在一个宽大的镜框里。玉生当时真是吃了一惊:父亲年轻时这么英俊呀!他在照片前沉思良久,却怎么也无法把照片上的父亲和后来的父亲联系到一起。)

这时村长已经抓住了老骆的手,又捏又摇地说:"哈,先生来了!哈,先生贵姓啊?"

"我姓骆,叫骆长余……"父亲回答说。父亲的声音又宽厚又响亮。

"哎呀骆先生……"村长又将老骆的手摇晃了几下,之后就没什么说的了,正尴尬间,忽然看见人群里几个孩子钻来钻去的,立刻喊叫起来:"你们几个小嘎豆,过来过来!快来拜见骆先生!"

人群一时乱糟糟的。大人们驱赶孩子,孩子则直往大人的身后躲。不过,到底还有几个胆大的孩子走出了人群。他们拉拉扯扯,有的噘着嘴,有的憨笑着,一出人群就站下了。

"好啦,好啦!给先生行个礼吧,叫声先生……"村长笑着说。

"先——生……"几个孩子便叫道,声音低低的,就像蚊子哼哼似的。

老骆也显得很慌乱,一时手足无措似的,脸都红了。

他说:"别叫先生,叫老师,就叫老师……"

站在人群里的田招弟,把这一切都看在了眼里。她觉得这先生多有意思,又觉得这先生多帅,觉得这先生浑身有种说不出来的东西。在此之前,她还从未见过这样一个男人。

恰在这时,老骆慌乱的目光无意间向她投来。她发现他的目光是多么清澈。她又发现他怔了一下。她当即心头一亮,随即又嘭地一响……

这时村长提议老骆去看看学校。村长扯着老骆的袖子,一起进了屯

纪念 7

子。大人小孩相拥着,在老骆身边簇拥成一群。学校在屯子中间儿,没几步路就到了。这里是村政府,五间大草房,把其中的一间做了学校。高高的门槛,宽宽的正门,一进门村长就呵呵地笑了,笑得挺抱歉。

村长说:"看看,看看!也没个现成的学校,只好在这儿将就了,先用一间屋,我看也够了。也没几个学生。等学生多了,咱再盖个学校……看看,看看,早几天就收拾出来了……"

"也照霞镇的学校做了一块写字板。"一个老人接着说。

"也用锅底灰刷了几遍。"另一个老人马上补充。

这时候,田招弟已经悄悄地离开了村政府,向家里走去。没走几步,就小跑起来。朴素的村庄在她眼睛里跳动。长长的辫子在红夹袄上扫来扫去。饱满的胸脯因跑动而剧烈地起伏。此时此刻,她心里有种说不出来的感觉。她又激动又忧伤,有种想哭的感觉。她果然哭了,眼泪像泉水一样流出来,也像泉水一样清澈。她的心却因此畅快起来,而且从来没有这样畅快过。

十八岁好年华春心泛泛,做梦里也思想伟岸儿男。

玉生知道的事情的确很多。他知道母亲就在这时喜欢上了父亲,知道母亲从此心里不再安宁……直到有一天父亲走进她家低矮的房门。

……

招弟六岁那年,她爹就死了,她只好和母亲相依为命。招弟长到十八岁,每天都到井台打水。有一天,又见到了老骆,他也来打水。招弟看见老骆时,他正在摇那只辘轳把儿。她看着他把盛水的"柳罐斗"摇上来,把斗里的水倒进了水桶。这时老骆也看见了她。老骆再次一怔。招弟的心再次狂跳起来。说不上哪儿来的勇气,她脱口说了一句话:"你……也来打水呀?"

与其说这是一句话，不如说这是一声长长的叹息。老骆注意到了这一点，他竟然生出一种惊讶来，惊讶她的美丽，惊讶她的青春气息，那气息那么饱满，甜丝丝的……仓促间，老骆只说了一声"是呀"，再就没了话。

那以后，他们见面便多了，差不多天天见。见面的地点就在井台。似乎十分碰巧，只要他来打水，她也总来。渐渐话也多起来。有一次，老骆问招弟："别人家都是男人打水，你家怎么……"

招弟便说："我家没个男人，我爹……他死了。"

这样直到老骆烫伤了手。老骆是在自己做饭时把手烫了，烫了满手背的水泡，只好在手上缠了一块白布。再来打水时，招弟便看见了，她心里立刻一惊，问他咋回事儿，他轻声说："没什么，烫了。"

"烫了？邪不邪乎？"招弟心里立刻涌起一种关切。她还倒吸了一口冷气。招弟没再说什么，她回了家。可是，那天夜里她一宿都没睡好。她做了一夜的梦。她翻来覆去地想着老骆那只手，越想心里越疼。到了第二天，她对老骆说："你手烫了，你还咋煮饭呢？你就别煮了。这几天，你就上我家吃饭吧……"

就像怀里揣了一只青蛙，招弟的心里一鼓一鼓的。她的眼睛大胆地望着老骆当年年轻的脸。她眼睛湿漉漉的。过了不知道多长时间，也许是几年几十年，也许只过了一瞬间，只有短短的一刹那，她终于听见老骆说了一声"好"。她差一点又要哭了。

既然这样，老骆就不用再打水了。只招弟打了一担水，由老骆担着，招弟则担起了老骆的两只空桶……两个人向招弟家走去。两个人一前一后。那天，三合屯的许多人都看见了他们……

母亲深爱父亲。玉生对此十分清楚。这种爱几乎贯穿了她的一生。母亲对父亲的爱既朴素又热烈，既漫长又执着，即使在那些不太平的岁

纪念 9

月也是这样。不必说，这是父亲的福气，这也是母亲的福气，这也是他骆玉生的福气。有一阵子，玉生突然感动起来，为父亲感动，为母亲感动，为他们永不消逝的爱情感动。

……

过了一会儿，一直在穿辣椒的招弟又对玉生说："……你知道的，从前，你爷爷在县里开杂货铺，你爸给你爷爷打下手。你没见过你爷爷，脾气跟你爸一样好。那年，县里办教育，招老师，把你爸招上了，派到了三合屯……"

天近晌午，招弟一边说话一边站起来，把穿好的辣椒系成一个圆环，挂在窗户旁边一根木橛儿上，进屋做午饭去了。

玉生回家快一个星期了。回家以后，除了和母亲唠嗑，还经常出去走走。尤其是日落以后。听着各种昆虫的鸣叫，感受着家乡的宁静，他总有一种莫名其妙的忧伤。有时候，他会想起父亲的一生，觉得很不可思议。有时候他想，如果父亲不当老师，没到三合屯来，他的生活会是怎样的呢？当然，这已经是不能想的了。

三

校长老骆吃完晚饭就到村政府来了。村政府开会，基本都在晚上，这是老习惯了。白天大家都忙，晚上则没什么事了，几个人凑到一起，抽烟喝水唠嗑，会也就开了。村政府还在老地方（当年的学校就在这里），只是房子不是从前的了，从前的房子原是一家地主的上房，已经拆掉，盖了新的。如今这新房子也不新了，也快二十年了。

天还没有黑下来，太阳却落下去了。屯子笼罩在绛紫色的晚霞的余晖中。天气不像白天那样热了，街上吹动着一阵阵晚风。屯子这时也热闹起来，整整一天，大家都在田里忙活，现在都回了家，吃饭，喂猪，喊狗，隔着院墙跟邻居唠嗑，粗嗓子，细嗓子，真正给人一种生机勃勃之感。

每当这时，老骆都会产生一种岁月沧桑之感：时间过得多么快，真是流水似的，一眨眼，四十年就流没了。这些年，三合屯发生了多大的变化呀！这个原来只有三十几户人家的小屯子，如今快有一百户了。最早跟他念书的那些孩子，有的都当上爷爷啦！每当这时，老骆都会想起当年念私塾时学过的一句话：逝者如斯夫，不舍昼夜。这话是孔圣人说的。这话说得多好啊！

老骆很不解，尤其是今年，他突然爱想过去的事儿，爱回忆了。一些芝麻大点儿的小事，都能清清楚楚想起来！特别是小时候的事儿。如果闭上眼睛，简直就重新看见啦！是的是的，能看见他家的杂货铺；能看见请人写的"骆家杂货"那四个字；能看见店铺前边那条小街，很窄，很脏，总是飘着一些残破的纸片儿……那时候，他已经上学了，腋下挟着一个蓝士林布书包，里面包着书本和毛笔，还有算盘，每天还要经过一座二层楼房，朱红的廊柱，雕木的门窗，每天经过这里，他都要站在远处呆呆地看它一会儿。拐过楼房不远，就是他念书的学堂了。

让老骆不解的，是他为什么总要想起这些旧事来。他并不想想这些，可那根本就不用你想，它们自己就来了，它们就像春天的杂草，说不定打哪儿就钻出来了，并且，生命力又那么旺盛，一出来就一大片，蓬蓬勃勃的一大片，常常弄得他哭笑不得。正是这样，哭笑不得。

"爸，问你一件事儿呀……"有一次，玉生对他说。这时玉生已经上了大学，放寒假时回家来了。

"什么事儿？你说。"

"你是怎么想起来要当个老师的呢？"

听见这话，他竟然怔住了。他弄不懂儿子怎么会问这样的问题。儿子如此郑重其事这是第一次。也许他意识到自己长大了，可以和老爹平起平坐了。当然，他并没觉得这有什么不妥。儿子长大了总是一件好事。他决定认真回答他的问题。可是他想了半天，却回答说："我，我不知道……"

"你不知道？"儿子的样子颇为吃惊，同时也有点儿信不过他，大概以为他不想回答。

"我没想那么多。"他极力诚恳地说，还对儿子讲起了当时的情形，"有一天我没事儿，在街上转，转到县政府门前，看见有一伙人在那儿敲锣打鼓，旁边还放着一张桌子，桌上放着一沓白纸，就凑过去一问，说是招考老师，好像什么都没想，就在白纸上把名儿报了，过几天又参加了考试，想不到真考上了……"

儿子不再问什么了，坐在对面望着他。老骆突然觉得很不舒服，不是因为儿子问的话，而是因为他的眼神儿，那眼神儿是那么冷静，隐隐还有一点儿嘲弄或者怜悯……这小兔崽子！他不由在心里骂了一句。

儿子在大学里念的是历史系，他向来学习用功，而且接受新东西很快，当时入学才一年多，就可以搬弄一些新思想新观念了。在老骆的印象里，儿子一直是个质朴的孩子，有正义感，爱想事儿，有点儿倔。老骆当时就发现，儿子有点儿变了，大学毕业以后，变化就更明显，变得有点儿……有点儿……他找不到一个恰当的说法。

……

老骆来到村政府时，别的开会的人还都没到。空荡荡的屋子里，只有打更的老吴头。老骆猫儿似的走进屋来,把老吴头吓了一跳。

老吴头定定神儿,说:"是骆先生啊?脚步这么轻。上炕上炕。"

老吴头的架势,就像到了他家似的。

村政府有一铺炕。当年的村政府也有一铺炕。这唤起了老骆的一种亲切感。

老骆脱鞋上炕,刚刚坐好,夏木匠就来了。他朝老骆龇牙一笑,道:"你来得可真早哇!"

夏木匠和老骆年纪差不多,在屯中,他是和老骆走动最多的人。以前,夏木匠曾经帮老骆盖过一次学校,两个人就是那会儿亲密起来的。夏木匠动不动就到老骆家闲扯一通,他说他愿意和有学问的人交朋友。夏木匠是个乐意说话的人,一说话就笑哈哈的,一副讨人喜欢的样子。夏木匠还有个外号,叫"夏猴子"。他身材瘦小,这是原因之一,同时,人们也认为他精明。他走南闯北,还养成了喝茶的习惯。屯里人很少有喝茶的嗜好,因此,他出门办事或到谁家串门,都自己带茶,最多浪费你一些开水罢了。

夏木匠也上了炕,挨老骆坐下,马上对老吴头说:"老吴,烧水烧水!"

老吴头说:"知道你来,水早就烧好了。"

夏木匠冲上茶。这时开会的人陆续来了。大家都上了炕。有人开始"嚓嚓"地划火柴抽烟。只剩村长还没到。

夏木匠喝了一口茶水,吧嗒吧嗒嘴,马上说:"我给各位讲个笑话吧!"

老骆是知道的,每逢这种场面,你就只听他一个人的好了。用他自己的话说,我拎着斧子走遍了东三省,我见得多啦!

夏木匠清清嗓子,讲起来:"说是有一天哪,一伙庄稼人正在铲

纪念　13

地。铲着铲着吧,一个小伙子把锄头停下了,瞪着眼睛——这是想心事呢!大家见了,就问他:'喂,看你愣头愣脑的,想啥呢?'也是小伙子这时饿了,他说,'我想啊……哎你们说说,那慈禧太后,她天天净吃些啥呢?'有人就回答,'那还用说,净吃好的呗!'这话说得太含糊了,等于没说,谁不知道慈禧太后净吃好的呀!这时候,小伙子说了:'依我寻思,她准是天天都吃猪肉炖粉条子!他妈的,这老三闲!'说完还长叹一声,挺气不平的……"

说得大家哄堂大笑。

正在这当儿,村长来了。

现在的村长不是从前的村长了。人们管从前的村长叫老村长,老村长死了多年了。人们管现在的村长叫小村长,小村长是老骆教过的学生。老骆早就知道,这是个机灵小子。

小村长未曾说话,先给老骆行了个弯腰礼。

小村长说:"咱们今天开个会。也没别的事,就是学校校舍的事。骆校长找我多少次了。我得谢谢骆校长,他为咱们三合屯的孩子,真是操透了心啦!要我说,这学校也真是该翻盖了,老学校都破成那样子了。一旦出点事儿,咱们还真是担待不起……"

这话说得老骆心里热乎乎的,说得他眼睛都湿了,差一点就要流泪了。

小村长又说:"按骆校长的意思,要盖干脆就盖个好的,盖个全砖的,挂瓦。可是,咱们大家都知道,村里哪来那么多钱呢!起码也得十来万吧!所以我想,也就别那么十全十美的,就盖个'一面清'的,也别挂瓦了。等以后有机会……"

一听小村长这话,老骆的心立刻往下一沉,他急得像个孩子,简直不知说什么好了,直拿眼睛瞅夏木匠,希望他说句话。夏木匠也急了,一下坐直了瘦小的身子，同时将茶杯往炕席上一墩，墩出了许多的茶水。

夏木匠说："不行不行！这哪行呢？要盖就盖个好的！老说没钱没钱，你们一年光喝酒就得一两万，这钱咋有呢？再说也用不了十万块，我和骆先生算计过，八万块钱就顶了天啦！"

平常嘻嘻哈哈的夏木匠，这会儿竟像头豹子似的，弄得小村长十分狼狈，脸色一红一白。夏木匠不管这些，还骂起人来。

夏木匠说："操！"

夏木匠的话挺管用。在场的人也都支持他。

小村长没办法了，只好说："就依你们吧，盖砖的，挂瓦。可是，钱也确实不够，村里最多能出五万块……"

停了一下，小村长又补充说："我不骗你们，村里再就真的没有钱了……"

商量来商量去，最后决定剩下的钱由村民集资。

看来也只好这样了。

接着就散会了。

在大家纷纷离开时，唯独老骆坐在炕上不动。

夏木匠见状笑着说："咋着？你还想赖在这儿不走哇！"

不料老骆十分痛苦地说："不是不是……我这腿，坐麻了！"

……

四

玉生坐在父亲的三屉桌前。这几乎是他家唯一像点儿样的家具（此外还有两只木箱，母亲用来装衣服和杂物）。桌上放着一只小小的书

纪念　15

架，长约两尺（这是夏木匠给父亲做的）。书架上放着父亲平日里常看的书，有几本教学参考书，有几本小说（其中有一本《呼兰河传》），再就是那套《十万个为什么》……

无论桌子还是书架，都被擦得干干净净，一尘不染（这是招弟擦的）。桌面上汪了一片暗紫色的光亮。此时，玉生坐在桌前，想象着父亲平日坐在这里的样子，想象着父亲的后背，想象着父亲低垂着的后脑勺，想象着父亲吧嗒嘴时所发出的声音……

过一会儿，玉生从书架上抽出了一本《十万个为什么》。这些书，自他记事儿开始，就一直放在这里。可是，仍然干干净净。书上包着牛皮纸的书皮，上面写着毛笔字的书名。字写得极饱满，饱满里透着古朴，也透着笨拙。不用说，这些字都是父亲写的——只能是他写的……

玉生心里一动。他知道，父亲做什么都是极其认真的。包括写字，也包括包书皮。在他的印象里，这些书皮已经不知道换过多少次，总之是坏了就换，坏了就换。他还知道，父亲极其珍爱这些书。谁也不知道他看这些书看了多少遍。只有他自己才知道吧？

玉生叹了一口气，心里有点儿酸涩。他觉得父亲这一生过得不值。他知道，这里面存在着一个价值观的问题。看透了，就个人而言，他的价值体现在两个方面，一是财富，二是权势。两者的顺序未必这样排列，就是说，不存在孰先孰后的问题。并且，权势可以带来财富，财富亦可转换成财富。可是，父亲有什么呢？他一辈子兢兢业业，却什么也没有。玉生承认自己对生活的看法过于消极，过于实用主义，不符合父亲的想法。可是……

这时候，招弟进屋来了。玉生听见了她的脚步声，也闻到了她带进来的菜园的清新的气味。这让玉生感到温馨，让他忆起了儿时的许多感受，让他觉得充实。

招弟摘了几根黄瓜。

玉生背对着屋门,他注意到,她在门口停了一下。

片刻,招弟来到了玉生的身边,把盛黄瓜的盘子放到桌子上,她似乎迟疑了一下,然后轻声说了一句:"……你的架势,跟你爸一样……"

"妈……"玉生禁不住叫了一声,叫过之后,眼睛马上湿了。

玉生知道,在母亲心里,今生今世只有父亲。这样说也许不确切,那么就换一种说法,在母亲心里,父亲始终是最重要的。回家这几天,母亲总在谈论父亲,由此足以看出这一点。当然,玉生也是乐于谈论这些的,认为这样可以加深对父亲的了解,尽管父亲一点儿也不神秘……

这天晚饭后,夏木匠来了。玉生回来以后,早跟他见过面了。夏木匠还是老样子,笑嘻嘻的,老小孩似的。玉生回来时,带了一部手机,以防有急事便于和市里联系。夏木匠看见了,稀奇得不得了,直问这是啥呀?玉生说是电话。夏木匠不信,说电话谁没见过,蒙你夏大爷呀!就让玉生给他演示。玉生拨了一个号码,可惜这儿离市里太远,离县城也太远了,没有拨过去。

夏木匠一来,气氛就不一样了。照例,他先从兜里掏出了一个布包——那是他自带的茶叶——先给自己冲了一杯,又给玉生冲了一杯。玉生喝了一口。夏木匠马上问:"味道咋样?"

味道并不咋样。可是玉生说:"挺好。"

夏木匠一脸得意,说:"挺好吧?还是我大侄子明白。跟你说,一斤一百多块呢!都是在霞镇买的。那卖茶叶的小姑娘,一见我都害怕。我知道她怕啥,我买得多呀!一把就买一斤,一斤好算账……"

夏木匠东拉西扯,话说得又风趣又生动。玉生小时候最喜欢夏木匠来,他一来,家里便充满了欢乐的气氛,动不动就逗得大家哈哈大笑,连一向沉静的父亲也会笑得以手掩口。

夏木匠扯了一会儿,终于扯到了老骆。

"你爸不喝茶……"夏木匠对玉生说,"你爸这人,顽固着哪!别看挺有学问,其实是个死心眼儿。我最知道他了。他这一辈子,嗨,就想盖个好点儿的学校……"

夏木匠一说这话,不用说招弟和玉生,连他自己都吃了一惊。

他急忙看了招弟一眼,说:"看我,咋说到这儿来啦!"

说完,叹了一口气,索性就把话说下去了。他说:"你爸以前盖过一回学校呢!"

他又说:"说来,我和你爸就是那会儿熟识起来的……让我想想,那是哪一年……哦,想不起来了,都好几十年了……"

他又说:"从前的学校就在村政府,开头就一间屋子,也没几个学生。后来学生越来越多,一间屋子装不下了……这咋办呢?他就去找老村长,要求盖一个学校。老村长一拍大腿说,好,那就盖一个,盖他七间房,够不够使?你爸连说够了够了……接着又把我也喊过去,让我给他砍房架子……"

他又说:"你爸当年还不到三十岁,我比他大两岁,他管我叫夏大哥。你爸不爱吱声儿,我咋咋呼呼的,我俩还挺对脾气的。上房梁那天,我们还喝了酒……"

他又说:"房梁就是大柁。大柁下边是柱脚,上边架檩子。檩子上边再铺椽子,椽子上边铺秫秸把子……这下看出大柁的重要性了吧?"

他又说:"咱农村盖房子,上房梁讲究着呢!要放炮仗,还要挂红……挂红就是先找一串铜钱,铜钱要擦得锃亮锃亮的,再在铜钱上拴一条红布,红布越长越好。架起房梁之前,得先把红布挂在上头……"

他又说:"我早就把'红'预备好了。那天早上,我一手拎着斧子,一手拎着'红',对你爸说,来,兄弟,把这个挂上!你爸不懂这个,他说,挂这个干吗?再说,为啥偏得我挂?你挂上就得了呗!我就跟他说,我挂?那可不成,因为你才是房主呀!"

他又说:"听我这一说,你爸立马就把'红'接过去了,然后就往大柁那儿走,走得哆哆嗦嗦的,往大柁上挂'红'的时候,他的手也是哆哆嗦嗦的。我知道他这是心慌,就对他说,兄弟,你慌啥?别慌……"

他又说:"不管咋说,你爸总算把'红'挂好了……盖房子的乡亲们一下子拥上来,嗨哟嗨哟地喊着号子,大家伙儿就把大柁举起来,安到了柱脚上,又熟练又准确,没说的。大柁一安好,我就走到你爸跟前,对他唱起了喜歌儿。农村盖房子,上完房梁必定得唱喜歌儿,这是规矩,图个吉利嘛。我是这么唱的……"

他学着当时的样子,唱道:

"吉利吉利,

大吉大利;

房梁上顶,

欢天喜地;

太阳初升,

一团瑞气;

骡马成群,

金银满地;

寿比南山,

状元及第;

天高地远,

前程美丽……"

他又说:"这里有些是老词儿,有几句是我现编的。唱这个,本来是向房主讨赏钱的。你爸哪有啥赏钱哪?我就喊:拿酒来!有人立马抬来了一桶白酒,还拿来一只青瓷大海碗。大家伙儿闹闹哄哄的。我接过海碗,从桶里舀出了满满的一碗酒来,那酒清清亮亮还微微摇荡。我把酒碗端给你爸,对他说,兄弟,你先喝!你爸二话没说,接过海碗就喝了一口。你爸当下就把舌头伸出来了,呼呼地直往外吹气,脸也红了,眼睛里还冒出了眼泪。大家伙儿看见他这副样子,真是开心透了……"

他又说:"那会儿正是六月末梢。那天是个大晴天儿,太阳明晃晃的,天上一丝儿云彩都没有,天空海蓝海蓝的。屯前的大路上空空荡荡的。各种鸟儿叫得欢实,就像毛毛雨一样,它们叽叽喳喳的,叫啊叫啊!我真不明白,这些事儿为啥这么难忘呢?"

停了停,他又说了一句:"真的,为啥呢?这些事儿这么难忘呢?"

五

筹集盖学校款的捐款仪式安排在村政府的院子里举行。

这天早晨,校长老骆早早就吃了早饭。他心里一点儿底也没有。尽管这几年乡亲们比从前富裕些了,让他们平白往外拿钱,却难说他们心里是不是愿意。问题的关键在于,如果筹不到足够的钱,理想的新校舍便盖不成了。

客观地说,和别的地方比较,这一带还算个比较富庶的地方。这里土质好啊,全是肥沃的黑土地。有人说,用手一攥都能攥出油来。还有人说，如果春天种上钢镚儿，到秋天保证长出钱来。这里民风淳朴，人人出力干活，不论大事小事，婚丧嫁娶，只要招呼到了，无不一呼百应。

老骆家里也有一些存钱，不多，一共一千多块，原是预备儿子结婚用的。招弟从箱子里取出来，都交给老骆带上了。老骆接过钱时，还想跟招弟打趣几句，以示宽慰，可一看招弟诚挚的眼神儿，就什么话都没说。

老骆一到村政府，立刻吃了一惊，村政府的院子里早已站满了人。老骆知道，这必定都是来捐款的人。老骆心里已经暗自感动了一下。

小村长和村会计也来了。小村长和村会计咋咋呼呼地从村政府屋里抬出了一张办公桌和一张凳子。村会计坐在凳子上记账。小村长还讲了话。小村长让老骆讲，老骆不讲，只好小村长讲。

小村长说："咱们村呢，今天……"

小村长刚这么说，就被人打断了，所以也等于没讲。

打断他的人说："大家都知道咋回事儿了，你就不用客套啦！"

小村长说："那好那好，我就不说了，就开始吧！"

小村长话音一落，满院子的人便纷纷掏出钱来，先交到老骆手上，老骆再交给小村长，小村长报个数，会计马上记到账上……此情此景，就像一场乡村的婚礼。

"骆先生，我的！"

"骆校长，我爷不能来，让我替他交。"

"老骆别嫌少，我就这么点心意！"

每一个捐款的人都说。每有一个捐钱的人，老骆就弯一次腰深深地鞠躬敬礼。他站在桌子旁边。他本来就又高又瘦的身材，这时就显得更高更瘦了。他的苍白的头抬起来又埋下去，埋下去又抬起来，他脖子上的两根大筋便一张一弛的。他仍然穿着那件小褂。他的小褂从来不像别人那样扎进裤腰里，所以每一弯腰直腰衣服都前后摆动。

纪念

（这个场面真像一场电影。先是全景，然后镜头对准老骆，老骆弯腰直腰再弯腰，最后是老骆的脸部特写，他一脸的诚惶诚恐……这时还响起了音乐，不过不是那种节奏强烈大轰大嗡的音乐，这音乐又轻又缓，具有春雨渗入田土的效果。）

　　夏木匠也来了。他捐得最多，三千元。当他将百元一张的一沓钞票往老骆手里轻轻一按时，简直有了一种大将风度。这钱是他从银行取出来的，为此他专门去了一趟霞镇。

　　捐得最少的是后街杜二婶，杜二婶是个寡妇。她捐了十元钱。她的样子十分抱歉，对老骆说："我大儿子要娶媳妇，花费钱，要不我准多拿些……"

　　老骆心里十分感动。

　　直到最后，老骆才想起自己身上带来的钱。他赶紧掏出来，递给了小村长。

　　捐款结束后，会计马上进行核算并张榜公布，结果正好是所需的数目。

　　老骆轻轻地舒了一口气，他这才感到，自己累极了。

　　这天晚上，又开了一次会，老骆召集了几名老师，小村长和夏木匠也参加了。三合学校共有七名老师（包括老骆），三男四女。

　　老骆的神情很严肃。

　　他说："盖新学校的钱已经筹集齐了。下一步，就要着手筹备了。首先得采购材料，砖啦，木材啦，玻璃啦，水泥啦……钢筋用不了多少，就打一圈儿过梁，待会儿让老夏细说。这些材料，咱们分头去跑。大家都辛苦辛苦，最好在这个暑假就把房子盖起来。一会儿咱们分分工。我看事不宜迟，明天就行动吧。"

　　各位老师都说好。除四位女老师外，几个男老师都领了任务。结果让老骆跑木料。之所以这样安排，主要是考虑他年纪大了，出远门不方便，霞镇有个木材厂，木料那儿就有。

……

第二天，老骆上了霞镇。

老骆背着儿子上中学时背过的一只黄书包，在里面装上足够的钱，上了路……这时八点刚过。在八月，这时太阳早就升得很高，并且早已脱去了最初的潮红，变得炽白了。

老骆走在通往霞镇的大路上，觉得心情无比的好，心胸无比宽阔。大路空荡荡的，路两边就是无边的庄稼地。地里的庄稼一片墨绿，看去凉森森的。被太阳蒸腾起来的庄稼的芳香，和着微微的南风，在田野上空无声地飘移。庄稼则静静地挺立着，给人一种肃穆之感。偶尔有一条小路从大路上岔出去，就像一条细细的绸带，一直飘落到田野的远处，最终迷失在无边的绿色里。

老骆常走这条路，到中心校开会，去领课本，到霞镇商店去买办公用品……每次走在路上，都让老骆产生一种难以言说的情绪，都让他激动、喜悦，让他感到这片土地多么的博大和富有，不论春天还是秋天，夏天还是冬天。一到秋天，庄稼都收走了，田野便显露出了大地的颜色，那黑黑的颜色。即便现在，你也能够感觉到那黑色土地的颜色，你甚至会感觉到它厚重有力的呼吸。特别是在夜里，当温柔而神秘的夜色升起来以后，村落和人，还有各种动物，都睡去了，可是土地却不睡……老骆的感觉就是这样，他觉得它不过是在整夜整夜地躺着罢了。

老骆喜爱这个地方，喜爱这片平原。

沿着大路来到了一座桥上。这是一座水泥桥，并不宽，只能走过两挂马车。桥身连接了路的两端，连接了三合屯和霞镇，连接了很远的都

纪念 23

市，连接了群山大河大海……那么，它是否也连接了沉甸甸的岁月和古铜色的历史呢？

桥的两侧各有一道桥栏，桥栏两头都有一根水泥柱，柱上镌刻着字，左侧桩上镌的是"三合桥"，右侧桩上镌的是"一九八八年建"。桥下流着一条小河，河面很窄，明净的河水款款地流着，一道道细碎的波纹轻轻地荡漾着，被推进了河边的草丛。没有一丝声音，只有愉快的凉风不断地扑上桥来，仿佛一长串无休无止的细语。河边栽种着一丛丛红柳，大家称为"柳树毛子。"

走过三合桥，路面宽阔起来。

太阳越升越高了，这使得大路两旁的庄稼越发的新鲜明亮，也更加生机盎然。玉米早已"坐"了棒子，棒头飘动着一束束或红或黄的花丝。高粱穗上的"花儿"，也正是开得蓬蓬勃勃的时节……

老骆一路上什么也不想，甚至连此次去霞镇采购木料的事也不想，只是陶醉在平原宽广的怀抱里，陶醉在透明的微风里，陶醉在庄稼的气息里，陶醉在耀眼的阳光和明亮的八月里。他的心里回荡着种种美妙的声音。这声音时而像钢琴，在有力而热情地轰鸣；时而像二胡，在苍凉而沙哑地吟唱；时而像一个嗓音稚嫩的女孩儿，在轻柔地唱着一首歌唱平原的谣曲……

老骆的样子看上去一点儿也不着急，走路的速度不快不慢，就像往日一样。他就像一台机器那样，始终做着匀速运动，一点点地接近着他的目标。不知过了多久，他终于看见了几根高大的烟囱，继而又看见了几幢红砖铁瓦的楼房。

霞镇到了。

六

招弟对生子说："大生子，我问你一件事儿。"

生子说："妈，啥事儿？"

招弟说："你为啥不干原来的工作呢？那工作不好？"

玉生说："要说原来那工作，还是挺好的。就是……"

大学毕业后，玉生被留了校，分配到校刊当编辑。现在停薪留职了，和几个人办了一家广告公司。田招弟知道这个。

招弟说："那你为了啥呢？"

玉生说："我想出来闯闯。另外，也想多挣几个钱……"

招弟说："你原来的钱不够花？"

玉生说："够是够了。你不知道现在城里那些有钱的人，有的自个儿有小汽车，有的自个儿有楼，一天天山珍海味就不用说了。"

招弟说："你看着眼热？"

玉生说："这咋说呢……去年，同学给我介绍了一个对象，我连件像样儿的衣服都没给人家买……"

招弟说："就因为这个，她就不跟你了？"

玉生说："也不全是。主要还是我，觉得她不太合适……不过，一个男人，穷搜搜的，也真是让人瞧不起……"

招弟说："那你如今挣到钱了？"

玉生这次没吱声儿。他并没挣到钱。现在还是创业阶段。另外，目前广告业也不好干，竞争太激烈，干广告的人太多了。

玉生回来以后，一直都在回避这些问题，工作和婚姻的问题，他不想谈起来。他知道这些事家里人不会理解，首先母亲就不会理解，更不用说父亲了。当然，他并不认为自己有什么不对。同时他也知道，尽管

纪念　25

家里不同意，却不会干涉他，也无法干涉。他不谈这些问题，主要还是不想让大家跟自己一块儿闹心。

招弟又说："为啥总想让别人瞧得起呢？自个儿瞧得起自个儿就行了。"

这话倒是让生子震动了一下。

说完这话，招弟沉默下来。玉生猜测，母亲此时肯定特别失望。玉生心里很不安。

玉生觉得，母亲说出这样的话一点儿也不奇怪。他当然认为，母亲是天下最好的母亲。她是个善解人意的人，天性聪敏。她从未正儿八经地念过书，只参加了几天村里办的扫盲班，然而这么多年，她跟着父亲，竟连整本儿的《呼兰河传》都能看下来了。有时候，玉生甚至想，如果给母亲机会，母亲一定会做出点儿什么事情。可惜她没有这种机会。为此，玉生常常替母亲抱屈。

在玉生的记忆里，母亲像父亲一样，从来就没打过他。另外，母亲的邻里关系也是处得最好的。玉生曾亲耳听到过，邻居们都夸她有个好脾气。

事实上，自从玉生回家，大家一直都在谈论父亲。今天是个例外。不料，玉生刚这样想，就听招弟说道："你爸就没钱，可是有谁瞧不起他呢？"

若在平日，玉生也许会分辩几句，也不无分辩的理由。可是，现在他却不能这样做。母亲说得对，父亲尽管没钱，却没人瞧不起他，恰恰相反，人们（主要是三合屯的乡亲们）倒是十分敬重他。甚至可以说，乡亲们已经把他当成了三合屯的骄傲，而且到了这种程度，在他们眼里，他的学问已经没人能比。一旦谁家发生了矛盾，或者邻里之间发生了纠纷，便必定找他进行调解。"把骆先生找来，让他给评评这个理！"他们会这样说。

还有写春联。

写春联也叫写年对儿。乡亲们一直就是这么称呼的。自打玉生记事儿，每年春节，给乡亲们写年对儿，就是父亲的主要工作。

写年对儿基本都在腊月二十九这天。说到这一天，玉生不由想起一首童谣来。是这样的：

腊月二十九，
家家炸猪肘，
小丫蛋儿去偷吃，
烫了她的手……

年对儿要写整整一天，从早上开始，到掌灯时分。这段时间，家里总是坐满了人。大家在屋里抽烟、喝水、咳嗽、吐痰、嗑葵花籽。抽的吃的喝的，都是母亲早就预备好的。屋里烟气弥漫，乱糟糟的，满地都是烟气和雪水印子。母亲对此从来没感到厌烦，相反，她总是笑吟吟的，因为她为此感到荣耀。

炕上放着吃饭的炕桌，桌子擦得干干净净，桌上放着一支毛笔和一个盛墨汁的菜碟儿。父亲站在地上（他和母亲一样，也是笑吟吟的）。写年对儿的大红纸都是乡亲们自己带来的，轮到给谁写时，谁就把纸递给父亲。父亲接过纸去，慢慢在桌上展开，铺平，然后便抓起毛笔，一边蘸墨一边想词儿……

父亲写年对儿很少使用现成的词儿，多数都是他自己想的。玉生现在还隐隐约约记得一些父亲写过的年对儿。

比方说：

君曰春在雪深处
却是民心总藏春

布谷催春春暖千畴绿
鹊鸣兆岁岁收五谷丰

杨柳枝枝枝挂喜
黑土地地地藏金

春风吹冰雪化滴滴是玉
布谷叫选良种粒粒皆金
……

　　从这点上看，父亲还真是有点儿创造才能的。
　　一旦想好了词儿，父亲就开始写了。饱蘸浓墨的笔往纸上一落，屋里立刻就没了声音。大家都把目光集中在柔软自如的笔上，只看他刷刷点点，笔锋一路而下。父亲也屏声敛气，弯腰悬腕，一笔不苟。每逢这时他都精神焕发。每逢这天，玉生也总是待在家里，看见父亲这副样子，他真对父亲佩服极了，也对父亲充满了敬仰，他甚至立志长大就当一个像父亲一样的人。当然，这都是由衷的。
　　第二天，走在街上，便见得满屯子都是父亲的字。那时候，玉生总喜欢在街上走来走去，就为了看父亲写过的字。
　　现在看来，要说父亲的字写得多么好，显然是不客观的。但是，在乡亲们眼里，那些字却是好的，是最好的，世界上简直再没有那么好的字了。难道这是盲目崇拜吗？玉生不想这么说。

……

这天晚上，玉生听见招弟睡下以后，独自一人来到了街上——他没什么明确的目的，只是睡不着，想随便走走。

整个屯子都静悄悄的，家家户户都黑着灯。月亮已经升起来了，月光很朦胧。空气很凉，大概开始下露水了吧？玉生一走出院子，就觉得自己被什么东西震慑住了。他想这是屯子的气氛造成的。在他的意识里，这种气氛总是强烈的，有一种让他说不出来的东西。当然，这是他的家乡。他知道，他这一辈子也不会忘记三合屯的。他忘不了它，是因为它的生动宁静喧哗，是因为它灌溉滋养了他的灵魂。

走着，玉生突然想起了小时候听过的一个故事。

这是母亲讲给他的：

故事说，在好多年以前，细河里来了一条黑鱼精。一到阴天下雨，黑鱼精就哞哞地叫唤，像公牛一样。它一叫，细河就要发大水，三合屯就遭殃了。大水会把两岸的人畜和庄稼都卷到水里去。直到有一年，三合屯来了一个黑老汉，他又黑又瘦没名没姓，只是手里拿着一根铁拐杖，铁拐杖乌黑乌黑的，夜里会发出锃亮锃亮的光。黑老汉一到这里，就把铁拐杖往细河的河岸尽力一插。铁拐杖往地上一插时，无论河岸还是周围的土地，还是附近的村庄，都剧烈地震颤了一下，就像发生了一场地震一样。

铁拐杖一插到地上，黑老汉就每天往上面浇水。他一趟一趟地往来于拐杖和河水之间，每次都用双手捧了一捧清水，浇到铁拐杖上，浇完了，再捧……他一连浇了七七四十九天。这四十九天里，他不吃不喝，不坐不睡。直到最后一天，眼见得那根铁拐杖发了芽儿长了叶儿，变成了一棵树。就在铁拐杖变成树的那天，黑老汉突然不见了——他累得从嘴里吐出一口鲜血，死在了铁拐杖的旁边，也变成了一棵树。从那以后，细河就再也不曾发过大水。那个黑鱼精则死在了细河里，变成了一群小黑鱼……

现在，从三合屯望出去，在细河岸边的一个高岗上，确实还能看见那两棵树——两棵榆树——立在那儿，不过，叶儿已经很稀疏了。

七

校长老骆直奔木材厂。

"喂！老头儿，你干啥？"老骆刚走进大门，就被人喊住了。

老骆吓得一怔，半晌才缓过神儿来。他见门口站着一个二十岁左右的青年，高大魁梧，一脸的凛然不可侵犯。

"我来……买木材。"老骆说。

"找谁买？"青年问。

"不找谁，找你们销售部。"

"哦……有介绍信吗？"

"有。"老骆把村上的介绍信拿给他看。

"进去吧。"青年朝介绍信扫了一眼，说。

老骆进了大门，可他马上又折回来了，他说："请问，销售部……在哪一间？"

"往里走，门上挂着牌子呢！"

倒是并不难找：进厂后一排红砖房，进去后是一道走廊，走廊一侧是许多门，每个门上挂着一块长方形的木牌子，这个部那个部，其中包括销售部。老骆走过去，见门开着，屋里有几个人在谈什么有趣的事，全都笑嘻嘻的。老骆敲敲门。

"进来!"其中一个人说。

大概因为人皆有之的好奇心,人们停止了说笑,都朝老骆看。老骆不加理会,走向一个离门最近的中年男人,把介绍信给他看。

"噢,买木材的……喂,老张",这人朝另一个人叫道,同时告诉老骆,"找他,他管这摊子。"

老骆走向老张。老张堆在椅子上,是个很胖的人。老张对老骆点点头,拿过介绍信,又点了一下头。老骆理解这是让座的意思,就在老张身边的一张空椅子上坐了。老骆这时心里想,我得好好跟他谈谈,木材不好买呢!

这时老张说:"三合校的?"

"三合学校。"老骆回答。他增加了一个"学"字。为了顺嘴,人们往往要省略这个字。这常常让老骆不快,即使这种场合,也忍不住纠正。老张并没在意,他用手指弹了弹介绍信,说:"量不小啊!干啥用呢?"

老骆赶紧说:"盖校舍。我们要盖新校舍。"

老骆觉得这事很有希望,他准备好好跟老张谈一谈。可是这时突然又来了一个人,把老骆给打断了。

这人一进屋便哈哈大笑,不知为什么笑。这人也很胖的,且面如红枣(看来肥胖的确值得重视了)。好在他很快就笑完了,说:"老张啊,我从赵厂长那里来。他让我直接来找你小子!"

"找我?"老张甚至瞪起了眼睛,似乎很不高兴,"干鸡巴啥?"

"批木材啊!还能干啥?"那人倒毫不在意。

"不行不行!"老张正色道,可他随即又笑了,之后对老骆说,"老同志,你先等一等好吧!"

老骆还是明智的,等就等吧,早一会儿或晚一会儿,其实并不那么

纪念　31

重要。

"说吧，打算要多少？"老张对那人说。

"不多不多，五百方足够了。"那人说。

"你小子太狠了！"老张面露难色。

"别大惊小怪。才一个零头就嫌多了？"

"大惊小怪？你当这是你家啊！"

见此情景，老骆一时十分担心，担心他们会吵起来的。老骆正自担心，那两个人已经相视着大笑起来。两个人的笑声同样响亮，快把屋顶掀起来了。老骆不免诧异。

此后，关于木材他们就不谈了，谈起了别的。老骆渐渐听出来，这人是一个搞"工程"的。

他们谈呀谈呀。

老骆只好呆坐在那儿等。老骆已经听不见他们在谈些什么，在他们热热闹闹的谈话里，他感到自己正在凝固，他并不挣扎，他任凭自己的身体渐渐变凉，凉成了一块石头。

正在这时，老骆听见那人说："哎呀老张，可不能再扯了，该吃晌饭啦！"

老骆一听这话，石头的感觉马上就消失了。他马上叫道："老张同志……"

老张的样子有点倦了，他打了个哈欠。听老骆叫他，他说："对不起，让你久等了。"

"老张同志，"老骆清清嗓子，郑重地说，"我们盖学校，需要一点木料……"

"好，好。可是，难哪！现在的木材，你可能不知道，紧张着呢！"老张说。

"我们需要的并不很多……"老骆的意思是说,和那个人的五百方比他所需要的并不多。

老张正待说什么,走廊里突然传来了一阵铃声。铃声再次打断了老骆。老张应声站起身来,说:"你听,真不巧,打午休铃了。咱们下午再商量……噢不行,下午全厂开会。那就明天吧,你明天再来一趟……"

"不行!"老骆当即说,"这不行!"

老骆的气恼溢于言表。老张并不在意,他已经笑着向门外走去。

……

老骆万没想到,第二天倒发生了奇迹。

第二天,老骆又来到木材厂,正要进门时,驶来了一辆吉普车。老骆急忙靠向一边,吉普车却停了,从车上下来一个中年妇女,她喊道:"骆老师!"

老骆挺吃惊,定睛一看,是他教过的学生刘淑娴。吉普车鸣了鸣喇叭,招呼刘淑娴上车。刘淑娴摆摆手,说声:"你们先进去吧!"

刘淑娴端详着老骆。她眼神那么明快,看去极有朝气,那是所有能干的女人都有的眼神。她大约快四十岁了,人还显得很年轻。老骆也端详她。老骆想起了当年坐在第一排的那个文静的长着一双可怜巴巴的大眼睛的小姑娘。她后来考上了霞镇的中学,又考上了地区的财会中专,毕业后分配到了县政府。前些年,刘淑娴还常回三合屯,每次回来都要看望老骆。这些年她父母相继故去了,就回来得越来越少了。

刘淑娴说:"我一眼就认出您来了!您可真是见老了,看您头发白的!这些年工作挺忙的,老也没回来看看……"

老骆说:"那你这次……"

刘淑娴说:"这次是下来检查工作。我现在在县经委呢。"

老骆不知说什么，道："好啊好啊……"

刘淑娴说："我倒忘了问，骆老师，您咋上这儿来了？有事儿吗？"

老骆说："我来买木材，想翻盖一下学校。"

老骆和刘淑娴正说着话，从厂里拥出了一群人，来迎接刘淑娴。老骆听他们一口一个刘主任，方知她已经当上主任了。

刘淑娴跟别人打过招呼，对老骆说："骆老师，您也来吧。"

这次老骆来到了厂长办公室。刘淑娴把老骆向厂长介绍了，又说了买木材的事。厂长哎呀了两声，不知什么意思，然后说："这好办，您在这儿等着，一会儿就好。"

厂长出去了。老骆和刘淑娴唠着嗑儿，等着。

几分钟后，厂长就回来了，说："好了好了，您到财务那儿把钱交上，她给您一张票儿……您没带车来吧？哪天带车过来，交上票就可以拉木料了。"

老骆谢过厂长要走，差点儿都忘了跟刘淑娴告别。刘淑娴送他出门。刘淑娴说："看您，都这么大岁数了，还这么操心……"

刘淑娴已经没了先前那种热情洋溢，她望着老骆，神情极其温柔，也有点怜悯。老骆一时十分感动。

老骆说："等新学校盖好了，你回三合屯看看……"

老骆去交了钱，离开木材厂，就往三合屯赶。他想快点回去，把车安排好、明天就把木材拉回去……

八

老骆走出霞镇时，才发现天已经阴了。同时也感觉天气越发憋闷，甚至连呼吸都不那么顺畅了。

老骆担心地想,这是要下一场雨吧!

果然好一场大雨。

几天来一直飘动的南风,早已在天空汇集了大量的云朵(老骆才意识到)。到这会儿,黑色的雨云已经垂得很低了,就像压在地面上似的。这时候,南风已经住了。周围却越来越昏暗。无边的庄稼则寂静无声,似乎充满了期待。一只只燕子疾飞着,飞得很低,并且匆匆忙忙。

毫无疑问,这是要下一场大雨了……

然而,这一切,这深邃的宁静,这暗淡的光线,这凝重的气息,却又让人感到十分的温柔。与前几日的燥热比起来,这时反倒更充分地体现了乡间的淳朴和美好。老骆此时的心情也是这样的,尽管他感到气闷,却仍然觉得舒适,而舒适又带来了疲劳——不过这是焦灼地期待和不停地奔波突然消逝了之后的那种疲劳。

老骆并没快走,实际上他是心存侥幸。他认为雨不会很快就下起来,也许会在晚上下,起码在他到家以后下。不知不觉间,他已经走了路途的一半……

恰在这时,雨便来了……

最初是一阵强劲的西北风打破了僵持着的宁静,平原喧声四起,庄稼波涛翻滚,路面上的尘土被卷起来,在脚前脚后打着旋儿。接着亮起了闪电,一道道闪电在浓云密布的天空上惊慌失措地闪烁。然后又是雷声,一连串的雷声已经震动了整个世界。

雨水随即倾落下来……

好凉啊!

然而,这却让老骆感到痛快。在细心地收好发票之后,他甚至停住了脚步,扬起脸来,欣喜地接受雨的冲刷。他感到了一种透彻骨髓的舒畅。在那一刻,他的皮肤,他的头发,他身上的每一个汗毛孔,他的整个身心,恨不得都打开来,以便接受这种舒畅。

当他重新往前走的时候,他的衣服已经被雨水打得湿透了。这冰凉的雨水,不久又把他身上的热量吸收殆尽了。而他最初的欣喜也便被周身的寒冷所取代。他就再没了别的念头,一心只想尽快到家,最好马上就钻进暖烘烘的被窝里。

糟糕的是,路面又变得泥泞了,路面就像铺上一层浸了水的棉花,每踩一脚都又黏又滑。这样一来,路就变长了。才五里路,却让他走了半天。走着走着,他还摔了一跤。他一屁股坐到了泥水里,摔得虽不严重,却弄了一身泥水。

老骆到家时,天已经黑了。招弟正在等他,一见老骆的身影进了院,她马上就把屋门打开了。

招弟说:"你咋才回来?"

只听老骆说:"我冷!我冷!"

招弟说:"快脱衣裳,上炕!"

招弟就不再说什么了,手忙脚乱地帮老骆脱衣裳,又帮他擦脚,擦身子。老骆吭吭哧哧的,觉得十分舒服。

这时老骆说:"待会儿你上村长家去,让他安排车,木头买好了,票儿在书包里……"

招弟说:"你就别管了,先躺下,我这就去。"

招弟终于服侍老骆躺下了,然后从书包里找出那张薄纸片,马上就去找了小村长。她本想回来给老骆热口饭吃,到家一看,老骆已经睡着了。她不忍打扰他,心里还想,少吃一顿饿不死人,就等明早一块吃吧。

这一夜,招弟始终半睡半醒。她惦念老骆,每次醒来都发现老骆正沉沉地睡着。这样直到第二天早上。招弟一早就悄悄起来了,她赶紧点火做饭,熬了一碗小米粥,又在粥里煮了鸡蛋。

饭一做好,她马上进了屋。她想老骆这时肯定醒了,因为他向来就有早起的习惯。进屋一看,发现老骆仍然沉沉地睡着。她这才觉得有点不对,又想他昨天遭了雨淋,便伸手在老骆的额头试了试,果然热得烫手。

招弟心里一惊,转身奔出门去,先去找了村里从前的"赤脚医生",又去找了夏木匠。不一会儿,他们就都来了。

这期间,老骆始终睡着。

"赤脚"看了看老骆,立刻显出惊慌的样子。

夏木匠问他:"咋样?邪不邪乎?"

"赤脚"惊惶地说:"还不邪乎?都昏迷啦……快上霞镇!"

小村长听到这个消息,也赶了过来。

他说:"别急别急,我这就去安排车!"

车很快就安排好了,停在老骆家门前。招弟似乎被吓坏了,她弯着腰,踮着碎步,里一趟外一趟地来回跑。她在车上铺了褥子,还放了一个枕头。左邻右舍也听到了消息,全都过来帮忙。大家七手八脚,把老骆抬上了车。

这时老骆醒了一下,他好像不知道发生了什么事,问道:"雨停了吗?"

"停了,雨停了。"不知道谁说了一句。

老骆就说了这么一句话,就又昏迷过去。

一挂马车把老骆拉出了三合屯,车上套了三匹大马,一匹铁灰的,两匹红的……

老骆在车上躺着。田招弟坐在老骆身边。车上还有夏木匠、"赤脚"和小村长。雨虽然停了,路还十分泥泞。三匹大马使出浑身的力气,拉着车快走。雨后的空气又潮润又浑浊,充满了泥土的气味。虽然太阳还没出来，但是云层已经很薄，天气又热起来。

马车走过了三合桥。

老骆的身体一颠一颠的，头发也一颤一颤的。他的头发就像一堆草，又乱又干枯。招弟叉开手指，轻轻地梳理他的头发。招弟双唇紧闭，心里刀割似的难过，心里不由想到，他是多么瘦啊！

招弟面色严峻，注视着老骆的脸。此时，老骆的脸多么苍白，看去就如一片干旱的土地，再没有了当年的英姿，也没有了当年的生动，没有了当年对她说"我要跟你结婚"时的那种热烘烘的气息，没有了新婚之夜他抚摸她时那种不可遏制的热情。就从那天开始，他为她的生命注入了新的内容……

想到这些，招弟终于忍不住，眼里很快蓄满了泪水。

夏木匠看见了，劝她："招弟你别急，一会儿到了医院，打一针就好了！"

九

"父病危速归母"。

骆玉生一接到这封电报，立刻就往家里赶。他一路上心烦意乱，想起不久前回家的时候父亲还那么健康，怎么突然就病了呢？有一阵儿还想是不是他们盼他回家，拍了这封假电报？又想母亲从来就不是个说谎的人，更不会用父亲的生命做由头……

玉生在霞镇下了公共汽车，直接就往三合屯赶。路很不好走，前两天肯定下过雨。赶到三合屯时，天已经黑了。一走到家门口，立刻发现房里没点灯，这可是从未有过的事，往常这个时间，父亲必定在灯下看书……他心里一下子就空了,头也有点晕,好像脚下的地在旋转……

邻居毛婶听见动静,推门进来了,说:"哎呀,是生子吧?你妈陪你爸上霞镇了。两三天了。你爸他今天下晌……"

毛婶说到这儿,已经哭起来。玉生当即就知道怎么回事了。玉生那会儿并没哭,他只觉得脑袋一下子涨得极大,不等毛婶再说什么,转身就往霞镇方向跑。

天越来越黑,大路一条灰白,路边的田地一片清静,田地有一种肃穆的气氛。

实际上,玉生跑在路上才算清醒过来,明白到底发生了什么事儿。他只觉得心里一阵沸腾,这才流出了眼泪。眼泪哗哗地往出涌,他也不擦,他心里一声接一声地叫着:"啊!爸呀!爸呀……"

玉生跑一阵走一阵,到霞镇时已经上气不接下气。他直接来到医院,院里没有几个病人,因此很清静。以前他没到这里来过,不熟悉这儿的情况,一时不知道父亲在哪儿。正惶惑间,听见有个地方传来轻轻的说话声,循着声音一找,找到了一间病房,见招弟、夏木匠、小村长和"赤脚",还有一个老师,正在这里。

独独没有父亲。

招弟一见玉生,立刻奔过来抱住他哭了。玉生扶住她的双肩,也哭起来。

玉生边哭边问:"我爸呢?我爸呢?"

招弟不回答他,只是哭。

这时夏木匠说:"你爸在停尸房里呢……别哭,你们别哭!……你爸挺有福,他没遭什么罪……"

夏木匠说着也哭了。小村长和"赤脚"也跟着哭了。

大家哭了一会儿,渐渐冷静下来,这时招弟对玉生讲了老骆的情

纪念　39

况。据招弟讲,老骆是死于心力衰竭。大夫说他心脏一直不是很好,这几天又活动量过大,累着了,加上又被大雨浇了一回,而且年纪大了,感冒发烧,诱发了心脏病,虽然尽全力抢救,到底没救过来。

招弟说完这些,禁不住又要哭了。

夏木匠在旁边说:"哎,可惜了!可惜了!"

那个老师说:"骆校长一连跑了两天霞镇,买木材,盖学校……"

听了这话,玉生心里立刻一动,就在昨天,他刚刚收到了父亲的一封信,信上说的就是盖学校的事儿。当时他还很不以为然,觉得父亲就像个孩子,又天真又幼稚。如今他又想起了父亲在信上写的那些话,信誓旦旦的。他当时还没想到,也压根儿不会想到,这竟是父亲对他说的最后的话……

直到第二天早上,玉生才见到父亲的面。玉生和招弟,还有夏木匠他们,一起来到了停尸房。这时父亲早已被放进了一口老红色的棺木里。小村长还事先告诉玉生,今天就要把他运回三合屯去下葬了。

夏木匠打开了棺盖。打开棺盖之前,他郑重其事地对玉生说:"看见你爸千万别哭,可不能让眼泪落到他的身上啊!"

玉生果然没哭,事实上,他这时已经很冷静了。连他自己都觉得奇怪,他为什么会这样冷静。

在玉生眼里,父亲还是从前的样子,几乎没有任何的变化。他仍然是那么平静,又那么安详,又那么坦然。只是原来很瘦的脸,现在不是那么瘦了。那脸上浮着一层青幽幽的光,竟有点像一件上了釉的瓷器。玉生知道父亲有闭着眼睛想事儿的习惯,如今他闭着眼睛的样子,仍然给人这种感觉。那么现在,他在想什么呢?直到想到这一点,玉生才不那样冷静了,立刻感觉有泪水涌上来。他赶紧直起了腰。他想起夏木匠的话,他知道家乡有这种说法,眼泪一旦落到死者的身上,死者便永世不得翻身……

玉生噙了满眼的泪,呆呆地站在那里。他朝招弟看了一眼,见母亲也是满眼的泪,她瘪着嘴唇,极力不让眼泪流出来。

这时夏木匠说:"你们也见过面了,咱们出去吧。"

几个人刚离开停尸房,医院里就拥进了许多的人,都是三合屯的人,都是些精壮汉子,还拿着木杠和绳子。几个人吃了一惊。

小村长问他们:"你们咋来了?"

汉子中有一个回答:"我们来接骆校长。"

小村长说:"来接就来接,我都安排好车了,咋还拿这些?"

汉子便说:"我们要把骆校长抬回去,不能让车颠簸他了。"

小村长就不说啥了。见此情景,玉生心里不由震动了一下。大家重新回到停尸房,动手把棺木拢好。

过一会儿,一共十六个人,便抬着老骆的棺木,离开霞镇,向三合屯走去。玉生则和招弟、夏木匠他们在后面跟着。

抬棺的人来到三合屯时,玉生再次吃了一惊。远远地,他就看见屯头聚着一大群人。人群一看见棺木,便一齐拥过来。他们跌跌撞撞,直拥到棺木跟前。玉生认识他们,那是三合屯的所有的人。与此同时,人们哭着,不过并没有哭声,有的只是眼泪。

依照旧时的规矩,死在外边的人,是不能再回到屯里的。所以便直接去了坟地。

棺木在前,送葬的人跟在后面。坟地在三合屯屯后的荒草滩,紧挨着细河。细河静静地流着,河面映着白光。

人们已经打好了墓穴。抬棺的人们将棺木在墓穴跟前放下来。玉生和招弟这才来到棺木跟前。一路上招弟都没哭。现在,手扶着棺木,她才又哭了。

夏木匠也在棺木跟前,他站在招弟身边,对招弟说:"招弟你哭吧,你放声哭,你哭出来心里会好受点儿。"

招弟并没放声哭,她只在轻轻地啜泣,轻轻地流泪。玉生搀着招弟。他感觉母亲正在浑身颤抖。他心里难受极了,心脏一抽一抽地生疼,他也哭起来。

在玉生他们身后,站着乡亲们和孩子们。孩子们都是三合学校的学生,乡亲们也有曾经当过学生的。他们最初也都啜泣着,现在都哭出声儿来了。他们的声音有粗有细,粗粗细细地形成了一片混响。

……

时间过得很快,一晃玉生已经回来十多天了。他要陪陪母亲,最痛苦的当然是她。最坚强的也是她。玉生注意到,自从埋葬了父亲,母亲就再也没哭过。玉生敬佩母亲对自己的克制能力。玉生认为,他有一个天下最好的父亲,也有一个天下最好的母亲。

玉生计划明天就回省城去了。他原打算要把母亲接过去住的,他的广告公司租了一套房子,三室一厅的,其中的一间是他的宿舍。他想让母亲和他一起住,顺便还可以帮他做做饭,等将来挣到足够的钱,再买一套房子就成了。他已经把这话跟母亲说了好几次,母亲却一直没答应。

她说:"我不去。有你爸在这里,我哪儿也不想去。你不用替我操心。我能照顾自个儿。你年年多回来几趟看看就行了。看看你爸,看看我……"

玉生听了这话,眼圈儿一下子就红了。他说:"妈,我保证!我保证!……"

招弟又说:"妈知道你是个孝顺的好孩子,妈知道你的心思,人咋着都是一辈子,当一个好人就行了,好人自有好报。别管别人说什么,只要自个儿认准了。这趟回去，抓紧说个媳妇吧！别太挑剔了，能对你好，能跟你贴心，就比啥都强。我知道，你们老骆家人都死心眼儿，都犟。犟也没啥不好。你看那些咬尖卖快的，不一定有啥好结果……"

玉生知道招弟说这番话的用意，他说："妈，你放心吧，我一定不会做出给你和我爸抹黑的事。"

招弟说："这就好。"

玉生突然想起那套《十万个为什么》，他想带着走，作为一种纪念。可一想到母亲根本不会答应，便也没说。

临走之前，玉生又在三合屯转了一圈儿，也去了三合学校，旧学校已经拆掉了，因此那儿乱糟糟的，操场上堆着新买来的砖瓦、水泥和木料。他在那儿见到了夏木匠，如今他是这次盖新校舍的总负责人。玉生问他新学校何时能盖起来，夏木匠说："就在这个暑假，反正学校开学得搬进来。"

第二天一早，玉生离开了三合屯。走到三合桥时，他站下来，回身看了看远处那两棵老树，老榆树，不由又想起了那个黑老汉和铁拐杖的故事……

（刊于《中国作家》1998年第1期；电影《我的父亲母亲》据此作改编。）

走进新生活

一

　　亦桐认识麦当娜是在1999年秋天的一个下午。

　　亦桐是一本文学期刊的编辑，主要编小说。编辑当久了，自己也有些手痒，有时候心情不好，为某些往事伤感起来，不愿回家，便窝在单位写一阵子。后来有些作品发表了，不管别人怎样看，个人倒很得意，觉得自己是个作家了。

　　以前，亦桐上下班总骑一辆"孔雀牌"自行车，哈尔滨自行车厂生产的，现在不骑了，这年春天的一个早上，他遇上了一次车祸：在一个交通岗的前边，他正准备左转弯，一辆客车从后边冲上来，剐着了他的车把，客车一过去，他便趔趔趄趄地同自行车一块儿摔倒在了马路的边上。赶紧跑去了医院。大夫伸手摸了摸他的一只胳膊，神情平淡地说："骨折了……打个固定吧！"

　　从此他便步行上下班。路途当然是不近的，走一个单程也要一个小时。好在编辑部对时间的要求不是很严格，又不用每天都到单位去。走来走去的，倒走出一种逍遥，一边走路一边看看风景，走累了点上一支烟，感觉真是不错。他也喜欢看街上靓丽的女子，觉得赏心悦目，同时也获得一点点青春的感受。现在伤处早已经好了，固定也早就撤了，他却再也不想骑车了。

　　于是一直这样步行。

从单位到他家（或者从他家到单位，道理是一样的，总之是从起点到终点），当然不止一条路可走。亦桐很快就发现了这一点。这样，他便有了选择的余地。他可以全凭兴之所至，今天想走这条路，就从这条路走，明天想走那条路，又从那条路走。感觉就像在做一种游戏，并且渐渐发现了这种游戏的乐趣，并且迷上了这种游戏。

而且，每条路都有各自的风景、各自的风格。比如，有的路上人多，有的路上人少；有的路上繁华，有的路上冷清；有的路上光鲜，有的路上破败……

这一天，亦桐走了一条比较僻静的路。

下午时分，天气不那么热了，日光的颜色已经略略地有些发黄。

亦桐后来想，如果他没走这条路，而走了另一条路，就不会遇到麦当娜了吧？

亦桐是一个身材瘦高的人，长着一张酷似蒙古人的脸，眼睛也像大多数蒙古男人那样又细又长，因此给人一种很粗犷又很稳健的感觉。

像往常一样，亦桐仍旧拎着一只半透明的塑料袋（就是现今人们买菜常拎的那种），袋里装着一只大号的牛皮纸信封，那是编辑部用来邮寄刊物的。信封里装着一个笔记本和一沓稿纸，此外，还有一支圆珠笔和一盒香烟。

看上去，亦桐走路的速度相当慢（这也像以往一样）。就像一个人在散步。没有别的原因，只是他喜欢这种走法儿。说来，自从开始步行上下班以来，他就渐渐地对所谓的时间观念有了一种新的认识，认为没有必要争分夺秒的，早一点儿到家和晚一点儿到家能有多大的区别呢？甚至，早一点儿到单位和晚一点儿到单位，又有多大的区别呢？他为这种认识有点得意，他自认为这是一种超脱。当然他也知道，自己的想法是有局限性的，不适合其他人，只适合他自己。

走进新生活

之所以说这条路僻静，只是和那些不僻静的比较而言。主要是汽车没有那么多，要隔好一会儿才驶过去一辆。倒是有一些骑自行车的人，双腿一长一短地蹬过去。

其实这时候他已经看见了那辆白色的小汽车了。他对小汽车向来注意不够，因此叫不出什么牌子。不过，他却注意到了车的牌号，那是"4"打头的。他知道一点：在这座城市里，那会儿，凡是这种牌号的车，都是私家车。

他注意到这辆车还有另一个原因：他发现这辆车的一只后轮胎似乎出了毛病，转起来有些晃动——只是不知道这样子多长时间了。看样子时间不会太长。

小汽车一瘸一拐地从他眼前驶过去，刚驶过去几米，就停下来。接着便从车上下来了一个人，而且是一个女人，而且是一个颇年轻的女人。这让他有点儿吃惊。当时，他已经注意到，那辆车里只有一个人（透过车后窗，发现这一点很容易）。

这人身穿一件浅蓝色的薄裙，感觉相当的醒目。不用说，他的目光已经被她吸引过去了。接着，他便见她绕着车身走了一圈儿。她大概很快就发现了问题的所在（似乎是一只后轮胎泄了气），他见她朝那只出了毛病的轮胎踢了一下。他觉得她肯定会非常的气恼。不过，她还是将车的后备厢打开了。

他这时正在朝她——确切说是那辆汽车——的跟前儿走，已经很近了。

他这时候想：我是不是应该帮帮她呢？当然，他并没有马上就做出决定。有一个原因是，他对这类事情一点儿也不懂。但是他想，应该有一个来帮她的人，比如骑自行车的某个人，比如那些同样开着车的司机。他突然感到很遗憾。在这期间，起码有十辆以上的汽车开过去了，骑自行车的人则更多。但是，竟然没有一个停下来的。

也许只有在这种情况下，他才有可能走过去的。

他走过去时，她已经从车的后备厢里拿出了千斤顶。他听见"哐当"一响，她将千斤顶扔在了地上。接着又弯下身去，显然还要找别的工具。

这时候，他便听见自己说："需要我帮帮忙吗？"

听见他的话，她已经直起身来，并且朝他看了一眼。她显然有些吃惊。然而很快，吃惊就变成了戒备。

他听她说："帮忙？多少钱？"

这下轮到他吃惊了。

他一愣，说："钱？"

当然，他吃惊还有另外的原因。他发现她是那么美。不，说美可能不够确切。可应该怎么说呢？

看上去，她在二十岁上下，最多不超过二十二岁（后来这一点得到了证实），脸色很白（应该说苍白），脸型有点清瘦，头发齐到肩部，很流畅，十分十分黑，黑且亮。脸上的表情有一点儿淡漠，似乎还带着点儿气恼，这倒显出一种娇嗔来，眼睛却不大，倒很清亮，此时似乎掩着一层淡淡的雾，有点蒙眬，并且隐隐透出一种孤寂，就像一种气味，可以嗅到似的。身材则是修长的，如果不是也有点清瘦的话，就该算是挺拔了。胸部也算不得丰满，不过透过几乎贴在身体上的裙子，仍然可以看见那里两只小小的奶子的轮廓。亦桐还注意到，她是没有带乳罩的。

亦桐看了她大约五秒钟。在亦桐看她的时候，她也看着亦桐。亦桐突然感到很没意思，似乎受了没来由的侮辱，便转过身，走了。走了三五步时，却听见她"哎"地叫了他一声。当然，她叫他的声音很轻，好像有点儿胆怯吧。亦桐虽然听见了叫声，却犹豫了一下，不过到底停

走进新生活　47

下了。

后来的事就比较简单了。

亦桐走回来,帮她换上了一只备用的轮胎。就像前边说的,亦桐并不会做这些事,但他却有一把子力气。她便指挥他做。他们先用千斤顶顶起了车身,再卸下那只泄气的轮胎。而这些,几乎都是他一个人干的。当然,她也偶尔帮了他一下。似乎在不知不觉中,他们就把事情做完了。不过,有那么一瞬间,他竟突然感到了一种茫然。然而,这种感觉很快就过去了,他想自己不过是帮了一个人一下,而且是主动帮的,帮完了也就帮完了,事情本来就很简单的!

亦桐一边看着完好如初的汽车,一边拍着沾满尘土的双手,似乎是很愉快的。

他想离开了。

这时她说:"谢谢你。"

亦桐便说:"不客气。"

然而,她这会儿倒显得局促起来,眼睛蒙蒙眬眬地看着亦桐,有那么三两秒钟的时间吧。亦桐注意到了这一点。接着她说:"咱们还不认识呢!我叫麦当娜。"

亦桐怔了一下说:"麦当娜?你不是那个电影明星吧?"

麦当娜说:"好像不是……"

也许因为自己说了这么一句充满机趣的话,她禁不住笑了一下。而这一笑,也使她显得开朗起来。她很快又说:"你叫什么名字呢?还有电话,能不能告诉我?没准我还会有事儿找你呢!"

亦桐迟疑了一下(也许根本就没有迟疑,也许,这正是他所期望的),便把自己的姓名和电话号码告诉了她。

然后,他们便各自走了。

他隐约记得,她似乎"嘀"了一下喇叭。

有些事情亦桐是后来才想到的。

不得不承认的是,这会儿,他对她更加好奇了。他想她是个什么人呢?或者,她会是一个什么人呢?当然他什么也想不出来,只能瞎猜。车牌号倒是一个线索。那么这辆汽车是她自家的吗?或者她是给什么人开专车的?可想来想去,并没想出什么结果来。

二

对亦桐来说,这件事似乎已经过去了。不过也未必真的如此。事实上,他一直为这件事默默地兴奋着,同时设想着种种可能性……

果然,大约十几天以后,亦桐一到单位,就有一位年轻的女编辑告诉他,刚刚有个人打电话找他,是个女的。女编辑笑眯眯的,一脸顽皮。干他们这种工作的,每个人的电话都很多,有作者也有读者,有男的也有女的,联系活动啊、问稿子啊,本来没什么可奇怪的,可是人们还是免不了拿这件事儿打趣了一番。女编辑还说:"你说怪不怪?这个人还问这是什么单位……"

亦桐说:"你对她讲了?"

女编辑说:"哪能不讲呢?好事嘛!对不对?"

这时候,亦桐已猜出来这个人是谁了。

女编辑又说:"我让她过一会儿再打一次。"

亦桐再接到麦当娜的电话时,已经是这一天的下午,大约一点钟。亦桐一听就听出来了。麦当娜这次的语气十分的坦率,开口就说要亦桐到她那里去一次,她说她心情不好。应该说,这可是大大地出乎了亦桐

走进新生活　49

的意外。一时间，他竟然有点儿蒙圈。麦当娜还说她现在就在家里，接着就告诉了她家的住处。亦桐暗想了一下，离这里倒是不远。但他犹犹豫豫的，不说行，也不说不行。

这会儿，麦当娜说："我知道，你是个编辑！"

亦桐说："是呀，我是编辑呀！"

麦当娜又说："你来不来啊？"

亦桐说："你有什么事吗？"

麦当娜说："我不是说了吗，我心情不好。"

和那一天相比，麦当娜的口气，已经有了很大的不同，似乎变得骄横了，亦桐立刻就感觉到了。

亦桐想了片刻，才吞吞吐吐说："那……好吧。"

麦当娜说："你按按门铃就行了，两长一短。记好了，错了我不给你开门。"

亦桐走出了编辑部。

下午一点，正是阳光最辣的时候。阳光嗡嗡直响。这时亦桐才在心里想：这件事，是不是有点荒诞呢？

编辑部面对一条热闹的大街，街上一如既往地热闹，车来车往。基于刚才的那个想法，亦桐现在有点儿不知所措。他再一次犹豫起来：我到底该去不该去呢？按照他的设想，这一去，必定要发生一个故事，而且将是一个重要的故事。如果现在不去，那么一切还来得及，来得及终止。

可是，同样是按照他的设想，他却是应该去的。他不仅去了，该发生的故事也发生了。事实上，按照他的设想，他是没有什么选择的余地的。如今，他就是他自己手里的一枚棋子，仅仅是一枚棋子。或者说，他是他自己导演的剧中的一个角儿。他只能服从，去服从另外一个自己。

用不了多久，亦桐已经来到了麦当娜告诉他的那条街。在举手按铃的时候，他再一次对自己说：如果你现在改变了主意，还来得及。可是，他一边这样想着，手已经按下去了。两长一短。他对自己有这么好的记忆力真有点儿吃惊。铃声刚刚响过，门就被打开了。他不由吃了一惊。一是吃惊门开得这样快，二是吃惊麦当娜这会儿的装扮：她竟然穿了一身睡衣睡裤，而且赤着脚。

在来这儿的路上，亦桐曾经设想了见面以后的情景，也设想了应该说些什么，在他的设想里，他们应该是很客气的，相互都有一种陌生感，打开门以后，麦当娜应该对他说一声请进。实际的情况却不这样，麦当娜并没有说请进，她只是注视着他，目光里一点陌生感也没有，似乎倒是十分熟悉的。虽然熟悉，倒不热情。这样注视了片刻（大约几秒钟的时间吧），她已经先自转身离开门口，朝里面走了。

亦桐也便进了门，同时回手关上门，又在门口把鞋脱了。

进门是一间很宽大的客厅。而且，客厅的宽大是亦桐没有想到的，让他有种置身于星级宾馆里的感受。客厅里铺着原木色的地板（在亦桐的设想里，原木色是最合适的颜色，也与麦当娜最般配）。客厅的深处镶着一面极大的镜子，有一整面墙壁那么大。客厅虽然宽大，却十分凌乱，一些东西的摆放毫无章法，显出随心所欲的样子，凌乱的感觉也许就是这样产生的。

亦桐站在那里，有种说不出来的感受，不仅仅是吃惊，更多的是觉得印证了他事先的设想。说实话，在他的亲戚朋友之间，他还从未见过谁家拥有这么宽敞得简直可以称得上豪华的住处。另外，从这里也可以看见另外几个房间：卧室、厨房、浴室等，有的门关着，有的门开着。这也都显示出主人的漫不经心来。

这时麦当娜说："你站着干什么？坐下呀！"

亦桐不知坐在哪里好，因为处处都乱糟糟的。

麦当娜好似这才意识到了这一点，快步走过来，把沙发上的东西噼里啪啦一通乱扔，之后指着一个地方说："坐这儿吧！就坐这儿吧！"

亦桐这才坐下来。可他突然感到很不自在，或者说，他突然拘谨起来了。麦当娜也坐下了，就坐在他前面的地板上，离他只有一尺远，两腿盘在身下，朝他仰着脸。

亦桐迟疑着从衣兜里掏出一包烟来，问："我抽一支烟可以吗？"

麦当娜说："可以呀……"还马上站起来，去拿了一只烟灰缸。

亦桐把烟点燃了，吸了一口（他总抽一种名叫"金枪叶"的地产烟，一是没有假货，二是便宜）。这时他认为，自己应该和麦当娜谈点什么。当这个念头出现时，他不禁笑了一下，心想你总是老一套。不过，这已经是早就安排好的，是情节所指定的项目，只能这样了。但是谈些什么却尚未想好，当然是越深入越好，目的无非是更多地了解她，毫无疑问，这也是情节所规定的。

将烟点上之后，话题也出来了。

他便说："你说你心情不好？"

刚说了这么一句，麦当娜突然笑起来了，笑得极响，笑得身体一仰一俯的，双手拍着地板，一仰一俯之间，睡衣的衣襟动不动就开合一下，胸部便闪电一样，甚至放出光芒来。这倒让亦桐吃惊起来，同时也感到慌乱，竟然把想好的话题忘记了，他迅速地四处瞅瞅，担心这笑声被别人听见似的。

麦当娜停住笑说："不用看，没人能听见。"

亦桐赶紧说："就你一个人？"

麦当娜说："还有你。"

亦桐说："别人都上班去了？"

麦当娜说："上什么班？这房子就是我的。听明白了？就我一个人住在这里……"

亦桐说："听明白了，听明白了。"

麦当娜说："你是不是还想问问我爸是干什么的？我妈怎么样？我还有没有兄弟姐妹？你看——"

麦当娜随意地指了一下马路对面一座高档的楼房，说："我爸爸就住在那儿。想知道他干什么吗？他是盖楼的，他还是买卖土地的，他还是流通汽车的，他很忙。"

说到这里，她再次笑起来，不过笑得没前一次响了。笑完了，又说："我妈也很忙，不过她不在这座城市里，她在南方呢！她是个小心眼儿……"

亦桐认为，麦当娜是个坦率的人，有一些单纯的成分。他已经渐渐地放松下来。

亦桐问："那你……每天都做些什么呢？"

麦当娜说："你问我？看书啊！写诗啊！和朋友唠嗑儿啊……"

亦桐说："什么？你写诗？！"

麦当娜说："你不信？都写了一本子啦！你想不想欣赏欣赏？"

亦桐倒是很想欣赏欣赏，可是不等他说话，麦当娜已经说："今天就算了吧！改天吧！改天我让你看个够儿……"

亦桐想了一下，看看按照规定情节还有什么需要问的。终于想起来了，于是问道："你中学在哪儿上的？"

麦当娜说："十八中啊！"

亦桐说："重点校呢！为什么不考大学呢？"

麦当娜说："考了，没考上。本来应该考上的，人人都说我聪明，老师也这么说。同学都妒忌得眼红。可他妈的不知为啥就是没考上！"

亦桐注意到，麦当娜说话的声音已经渐渐低下来了。他还注意到，尽

走进新生活

管她把话说得随意,却能让人感觉到,对没考上大学这件事,她还是很在意。他不想再听别的了,按照规定的情节,这些情况已经足够了。

不料麦当娜说:"你问了我这么多,现在该我问问你了吧?"

亦桐显出老谋深算的样子说:"我有什么好问的。"

麦当娜突然有点忧伤。她说:"是没什么好问的。像你这种人,知道一个就全都知道了。老婆孩子呗。工作也挺满意的,收入也够吃饭的了。就这样一辈子也行了。没事儿再写几篇小说……"

麦当娜苦笑了一下,虽是苦笑,却让人觉得有点调皮,孩子似的调皮。

亦桐又坐了一会儿,就离开了。因为,按照规定的情节,他这次是不能和她在一起待太长时间的。凡事都有个过程,是不可能也不应该这一次就把什么话都说完什么事情都做完的。本来,麦当娜后来还提出,要亦桐同她去吃晚饭的(顺便说一句:麦当娜吃饭有一个专门的饭店),不料亦桐看看手表说:"时间来不及了,我儿子要放学了,我得去接他。"

说完,就急匆匆地走了。

三

后来,亦桐曾听麦当娜讲,在他离开以后,她竟然哭了。虽然,这也是在规定情节之内的,却是亦桐没有想到的——不,也许他已经想到了。

通过这次接触,亦桐发现麦当娜是个单纯而又复杂的人。她可能很脆弱,而感情又很丰富。同时,她又有点儿孤傲,也有点儿敏感,看起来她很放松，实际上却特别孤单。

亦桐不知道自己的判断准不准确。

后来，亦桐还突然想到，她还应该有一个男朋友的。亦桐责怪自己的疏忽：我怎么把这茬儿给忘了。

事实上，亦桐离开以后，麦当娜并没有马上哭，她当时有点儿饿了，不过她并不想吃饭，便随便扯过一本杂志看起来。那是一本诗歌杂志，里面的每一首诗她都看过不止一遍了。这次她根本就没有看进去。她只是觉得一行行字迹在眼前滑行过去，这些字迹的意义她却半点儿也没弄明白。也就是说，她心不在焉。这样看着看着，她才哭了。但她并不知自己为什么会哭。而且，她也没有大放号啕，她只是默默地在那儿流泪。她让眼泪流啊流、流啊流，越流越想流。

这样不知哭了多久，仿佛突然就下定了决心，在最短的时间内，总之以最快的速度，拨通了男朋友的手机。

她对男朋友说："到我这儿来一趟啊！"

她仿佛听见男朋友支吾了一下，猜他肯定在忙什么事情，但她就说了这么一句话，说完就挂断了电话。

男朋友必定是听完电话就赶过来的，因此急得很，进屋时呼哧呼哧喘着粗气。男朋友是自己打开房门进来的，他有这儿的钥匙。男朋友进门时，她正坐在正对着房门的沙发上，一动不动地看着男朋友。

男朋友进门就说："你看我正跟几个朋友谈事儿呢……"

她淡淡地说："是吗？你有什么事儿好谈的……"

男朋友说："瞧你说的，我怎么就没事儿好谈的？这几天，我正在考虑搞一个新项目……"

她说："这样啊……那祝你成功吧！"

说完不理他了。

走进新生活　　55

停了一下,男朋友说:"你找我有事儿?"

她没回答他,却轻轻地叹了一口气。

男朋友是一个很标致的男人。像个歌星,一个文质彬彬的歌星。

男朋友又说:"想我了是不是?"

男朋友一边说话一边往麦当娜身边走,走到跟前时伸开了双臂。这种情形是以前常有的,接下来,麦当娜便该一下子扑到他的怀里,然后是拥抱和亲吻。

可是这一次却不同了,这一次,麦当娜说:"你先坐下,我有话跟你说。"

男朋友并没有坐,他不知道她要说什么话,显然认为又是自己得罪她了,所以装出一副受气包的样子说:"好吧,有话就请说吧……"

麦当娜沉默了一会儿,大概不会少于五秒钟,然后才慢慢地出口气坚定地说:"以后……你不要再来找我了……"

男朋友怔了一下,仍然以为她是在赌气,所以并没有真正在意,说:"为什么呢?"

麦当娜说:"不为什么,我有了一个新恋人。"

男朋友说:"你说什么?真的吗?"

麦当娜说:"是……是真的。"

麦当娜的语气十分诚恳,男朋友这才觉出事情的严重性来,一下子脸色都白了,眼睛瞪得老大。

男朋友说:"这人谁呀?"

麦当娜说:"说了你也不认识。"

男朋友说:"他哪儿的?"

麦当娜说:"本市的。"

男朋友说:"他干啥的?"

麦当娜说:"是一个编辑。"

男朋友说:"编辑?编辑是干啥的?"

麦当娜说:"编辑嘛……怎么跟你说呢……编辑就是……出刊物,出书,出报纸的……"

男朋友说:"那就是个文化人啦!穷酸吧……"

麦当娜突然笑了笑说:"是酸啊。还有老婆孩子呢!跟你说,我可不管这些。我已经决定了,我要嫁给他!"

这样看来,事情似乎是很简单的,事实上也真的是很简单的。对麦当娜来说,处理这类事情,似乎,也只能采取这种方式了。

两个人就此沉默下来,好像再没什么话可说了。这期间,男朋友一直盯视着麦当娜,仿佛在确认什么,也许是在想她是怎么发生这种变化的,是什么事情导致她这样的。不过,若说起来,出现这种局面并不是完全在意料之外,就是说,男朋友还是有那么一点儿精神准备的。他一直就认为她有一点儿反复无常的,是一个性格多变的人,就像个心智还没长成的孩子。而且,他也早就发觉了两个人之间存在差异,可能还是无法调和的差异,主要还是精神方面的差异。在许多事情上,两个人的想法都是不一样的。把事情说简单一点,那便是她想法太多,要求也太多。而这些要求,又恰恰是他无法满足的,比如那些精神上的要求。在她面前,他总有一种无所适从的感觉。

包括写诗这件事。他知道她写诗。可是他不懂诗,也完全不喜欢诗,觉得那是很无聊的东西。说来,他印象中的诗,主要还是"两个黄鹂鸣翠柳,一行白鹭上青天",以及"远远的街灯明了,好像闪着无数的明星,天上的明星现了,好像点着无数的街灯……"等等这些,也就是说,都是在他上小学和上中学时学习过的。当然了,他也读过麦当娜的诗,好奇嘛!但实际上,他并不懂,起码是不太懂。甚至,他都不

走进新生活　57

知道她在诗里面说了什么。在他眼里,那就是一些胡话,一些呓语。说实话,一直以来,他并没有在意她写诗这件事,也就是说,他并没有多想,他曾经觉得,那可能很好玩儿,但对他来说,那却一点儿意思也没有,一点儿意义也没有。

这样沉默了一会儿,麦当娜已经先自站起来。男朋友以为她这是要送他走了。没想到她却进了卧室。他不知她要干什么,认为这是要他自己离开了。以前是常有这种情况的,如果她累了或者不高兴了,就会这样一走了之。

此时此刻,男朋友突然有了一种仇恨感,对象当然只有麦当娜。照理说,他有这种仇恨感也是正常的,十分十分正常。可是,他又不敢做什么,他甚至不敢骂一声。他怎么敢?和所谓的爱情相比,当然还有更重要的东西。而他并不想失去这些东西的。甚至可以这么说:正是为了这些东西,他才有了对她的爱情,也才忍受了她的爱情。孰轻孰重,他当然是再清楚不过的。虽然事情到了这个地步,他也绝不想激怒她,他要尽力挽回局面,根据他对她的了解,他认为,这种可能性仍然是存在的。

四

亦桐在这座城市里有个三口之家。一家人住在他妻子的单位分配给她的一套一室一厅的单元房里。单元房也是最近才搬进去的,以前,他们一直租别人的房子住。

亦桐的爱人在机关上班,现在该称为公务员了,具体做一些抄抄写写外加统计报表的事情。人长得还算标致,不胖不瘦,只是性格不很好，脾气太暴躁，爱发火，也爱唠叨……常常有这种情况：刚开始的时候，还比较冷静，可是说着说着，火气就上来了。说：你看看你，整天写那破小说，一个字儿才几分钱，一年到头也写不了几个字儿，你还不断地抽烟，那点儿破稿费，连抽烟的钱都不够。

人一旦愤怒起来，脸型就变了，两只眼睛差不多聚到一块儿，鼻翼的两侧还会发红，就像那儿落了一只红蝴蝶。真是要多丑陋有多丑陋。不过，她倒也有一个优点，便是不管如何愤怒，手里却始终做着活，唠叨尽管唠叨，活儿却不耽误。什么时候唠叨停止了，活儿也做完了。

到如今，亦桐听这些话已经习惯了。当初可不是这样的，当初听到这些话，他是很愤怒的，非常的愤怒，觉得自尊心被伤害了，觉得自己的尊严被伤害了，认为这是对自己的亵渎，也是对文学的亵渎，曾经无数次动过离婚的念头。不过后来，他却不这么想了，反倒对她生出许多的同情。

人们常说付出多少得到多少，生活中是否存在这种等式呢？

作为丈夫和父亲，亦桐当然意识到了自己的某些责任，并且知道这是无法推卸的。然而对此，他却常常感到力不从心。不过，这又不等于你可以不做，有些事你是必须做的，你可以做不好，但你必须做。他觉得自己是越活越被动了。

而在这样一篇小说里，强调这一点，也许是必要的。

在遇见麦当娜之前，亦桐一直就是这样生活的。

第二天，亦桐刚上班，麦当娜就打来了电话。亦桐心里震颤了一下，有点惊讶：这是他没有想到的。不，这是他已经想到了的。

麦当娜的声音，听起来兴致勃勃，无比的开朗，无比的轻松。这边亦桐刚刚应了一声，那边她马上就说："嗨！你过来一趟啊！我开车去接你。你看看窗外，今天天气多好！咱们到江北去，买点儿吃的东西，午饭就在外边吃。本来应该你买的,你是男人嘛!考虑你拖家带口的,就我买吧!工资是不是都交给你老婆了……"

说到这儿,她还咯咯咯地笑起来,话说得连珠炮似的,根本不容人插嘴,这一笑,才算有了间隙。隔着话筒,他也能感觉出她的热情来。

亦桐不知怎么办才好。

亦桐说:"你是说现在吗?"

麦当娜说:"当然是现在啊……"

亦桐说:"可我现在上班儿呢!"

麦当娜听了这话,立刻在电话里面"哎呀、哎呀"地叫了两声,显然刚刚意识到。停了停才说:"那咋办呀?你说……"

亦桐说:"过一会儿吧。那就下午吧。"

麦当娜明显很失望,说:"下午啊?那还好几个小时呢!"

亦桐说:"可我确实走不开,一会儿我们还要开例会……"

麦当娜说:"我还有一个决定告诉你呢!"

亦桐说:"什么决定现在说吧。"

麦当娜说:"我要当面对你说。"

亦桐感觉到了她的任性。亦桐突然觉得这有点像在游戏。他想她真像一个孩子。这个想法竟让他有了一点点的感动。当然,他是应该有一点点的感动的。或者换一种说法,他是必须有这一点点感动的。他也发现了她身上一些可爱的东西,发现了某种程度的纯真,发现了热情。就这篇故事而言,只有这样才能顺理成章,才会不显得勉强。关于这一点,亦桐十分清楚,只有亦桐清楚。

亦桐说:"什么事非要当面说?那么神秘?"

那边麦当娜停了一会儿,终于说:"当然重要了……那就下午吧……下午你在单位门口等我。还记着我那辆车的样子吧?白色的……

好了，干脆我按喇叭叫你得了！"

亦桐说："下午几点？"

麦当娜说："一点吧！听好了，一点整！"

亦桐有点儿无可奈何。而事实上，这却是注定了的，注定了这次亦桐要扮演一个全新的角色。无论如何，他都必须这样做了，而且必须做得好。亦桐呢，也是清楚自己将要扮演的这个角色的。他也是乐于扮演这一类角色的。照目前的情况看，一切都进行得很顺利。这一切，都是在计划之内的。这就犹如一出戏剧，必定会有一个发展的过程，总得一步一步地走过来才成。

差五分钟一点，亦桐来到了街上。这时候，麦当娜已经到了，一看见亦桐，马上按响了喇叭，还从车窗上伸出一只小手，朝亦桐摇晃。

亦桐上了车。上午，他看了一大堆的稿子，还开了一个会，搞得疲惫不堪，头昏昏沉沉，上车就歪在靠背上。

麦当娜却打扮一新，穿了一条红裙子。脸面也精心修饰过了，嘴唇上涂了口红，黑油油的头发梳理得很光滑，束了一条红发带。

麦当娜开动了汽车，一边对亦桐说："你怎么无精打采的？"

亦桐说："我有点儿累……没关系，一会儿就好了。"

听亦桐这样说，麦当娜竟然感觉自己震颤了一下，心里蓦地生出了一种柔情、一种关切，甚至有一种怜惜。在她，这可是从未有过的。她竟觉到了一种幸福，感觉暖暖的。这一瞬间，她柔情似水。

她说："那你……闭上眼睛眯一会儿吧……"

麦当娜把车开得万分的小心。而且，她认为这非常重要。她时而会朝亦桐看一眼，见他果真闭上了眼睛。过不久，她又听见了他轻轻的鼾声。她知道，他真的累了。她一边小心翼翼地开着车，一边感受着他的气息。他的气息是那么强烈。她的怜惜也便渐渐强烈起来，以至于心中

走进新生活　61

竟然生出了一种软软的痛感。她越来越觉得他是可爱的。同时也觉得他是陌生的，在她眼里，他代表的是另外一种人，另外一种人生，她所不了解的人生，因此令她好奇。她承认，她对这个男人充满了好奇。她意识到，她嫁给他的决心是越来越坚定了。她认为这件事她做得到。

她把车开过了松花江大桥，在一个出口下了主路，沿着一条不很宽的乡间公路向前开，最后来到了一片树林跟前，在一片草丛前面将车缓缓地停下来。但她并没有马上下车，她担心一开车门会吵醒了亦桐。她便手扶方向盘，安静地坐着，一直坐到亦桐睁开了眼睛。她心里呼啦一下，立刻兴奋起来。

亦桐说："哦，我睡着了？"

麦当娜说："你现在睡醒了……"

亦桐说："不好意思……"

麦当娜说："你这么累？"

亦桐说："昨晚写东西，没睡好……"

麦当娜说："以后就不要这么辛苦了，真的……"

亦桐说："哦，这是哪儿？我们到哪儿了？"

麦当娜说："江北……不知道是哪儿……离呼兰不远了吧？"

接着，两个人分别从两侧车门下了车，又不约而同地走到车的前边，面对面地站在那里。

这时亦桐说："你说有个决定告诉我。现在说吧。"

麦当娜竟怔了一下，似乎忘了这茬儿了。她当然有个决定，而且是个重要的决定。她笑了笑道："哦，先不跟你说了。"

亦桐摇摇头，没说话。

麦当娜锁好车门，两个人便向树林里去了……

当然，这些都是在规定情节之内的。也就是说，在这个故事里，这是必需的。

那天，亦桐和麦当娜都很开心，也很快乐，也很轻松，也很兴奋。这也是必需的。

那天，他们一直玩儿到天黑时才驾车回来。

临分别时，亦桐感慨地说："多少年没这样轻松过了！"无疑，这是一句由衷的话。

"是吗？"麦当娜重复着说，"是吗……"

麦当娜这样说着，竟然抽泣起来。

亦桐一时很吃惊，说："你哭什么呢？"

本来，亦桐这会儿已经打开了车门，就要下车去了，现在却停下来，重新坐回了车里。

麦当娜说："我爱哭……我就是爱哭……没关系……你听我说……"

于是，麦当娜便讲了那天亦桐离开她的房间以后的事，讲到她哭了，但她自己都不知道，她为什么要哭……讲到最后，她声音轻轻但语速很快地说："我就是觉得没意思……干什么都没意思……我其实就是一个废人……一个可怜虫……一个有很多心思的大傻瓜……我什么也不会做，什么也不能做……我不工作、不上班……我不做任何事，连吃饭都有厨师给我做好了，还要端上来，就差要人喂了……这是真的……可你和我不一样……你和我熟悉的那些人也不一样……你完全就是另外一种人……我确实是这样感觉的……我也确实有个决定要告诉你，确实有一个决定……"

亦桐静静地听着麦当娜往下说，想等她说出那个决定来。他是最见不得别人的眼泪的，在麦当娜抽抽咽咽地说话的时候，他好几次都想帮她擦擦眼泪。

走进新生活　　63

可麦当娜却不再往下说了。人也渐渐平静下来，不再抽泣了。这时她说："好了，我没事了，你走吧！"

亦桐这才走了。

其实，亦桐是知道她那个决定的。尽管麦当娜还没说。事实上，他知道整个事情的发展过程，也知道这其中的任何一个细节。

他唯一不知道的，是自己会不会伤害她。

五

以后的几天，亦桐出差了。一起去的还有另几位同事，不幸的是，在分配房间的时候，他们把亦桐跟一个他不喜欢的人分到了一起。以前，亦桐跟这个人出过几次差，发现了他的一些毛病。其中最大的一个毛病，就是爱说是非，总说单位的谁谁谁，还有谁谁谁，在闹矛盾、在说谁坏话。每说起来都兴奋异常、吐沫横飞、眉飞色舞，可以半宿半宿地不睡觉。这让亦桐感到害怕。

亦桐出差回来正是这天吃午饭的时候。

亦桐对妻子说："我回来啦！"

妻子却没有搭理他，也没说让他吃饭。亦桐只好自行放下行李，换上了拖鞋，又上了一趟厕所。

这时妻子说："有一个叫麦当娜的女人给家里打了一个电话。"

听了这句话，亦桐才注意到妻子的脸色有点儿不对。他说："哦，她找我吗？"

妻子并没回答他的话，而是问："你们认识多长时间了？"

亦桐说："才几天。她怎么知道家里的电话呢？"

妻子说:"这还不容易!问你单位的人嘛!这女人挺好吧?"

亦桐说:"是一个年轻姑娘。她找我吗?"

妻子这才说:"不,她找我。"

亦桐不由有点儿吃惊:"找你?有事儿吗?"

妻子说:"没有其他事儿,就提了一个要求。"

亦桐说:"她说什么了?"

妻子说:"让我把你让给她!"

亦桐说:"你开玩笑……"

妻子突然恼怒起来,话也说得刻薄了,她说:"跟你开玩笑?她是觉得你好呢!成了她心上人啦!这么有魅力呀?没看出来!还问我要多少钱跟你离婚!你说你值多少钱?二分钱都不值!"

亦桐有点手足无措,他说:"这……太过分了!"

不知说谁太过分了。

这件事让亦桐很尴尬。并不是因为别的,主要是亦桐原来并没有想让妻子介入这个故事。亦桐认为,就这篇小说而言,这个故事里的一切,都是他自己的事。他认为,让爱人介入进来,这是自己的疏忽。按照预定的想法,这一段本来是要讲夜总会那件事的,要讲亦桐陪着麦当娜去了一次夜总会,并且在那里见到了麦当娜的父亲……

关于麦当娜给亦桐爱人打电话的事,你甚至可以认为并没有发生过。反正亦桐是这么想的。

夜总会的事才是重要的。

这次亦桐没有接到麦当娜的电话,是他直接去了麦当娜的住处。

这时已是亦桐出差回来的第二天。这一天是星期天。通常情况下,周末两天总是他专心写作的日子。因为家里地方太狭小,只有那么一间屋子,老婆孩子的,在家根本无法专心,便只好到编辑部来写。吃完早饭就来，中午泡两袋方便面，吃晚饭时再回去。偶尔也有不回去的，写到半夜，晚饭再泡两袋方便面。

今天亦桐没写出什么来。出去才几天，信袋里已经积了许多信，总得看一看。这还不是重要的。主要他是有点心神不宁。他总是禁不住想麦当娜给爱人打电话的事。他越来越清楚，她绝对不是在胡闹，她这样做绝对是真心的。这使他意识到了事情的严重性。他也对麦当娜有了一个新的认识。这让他心里越来越不是滋味，有种酸楚感，不知是为自己酸楚，还是为麦当娜酸楚。

他等着麦当娜的电话。这是第一次，他盼望着她的电话。他后来才意识到了，今天，麦当娜是不会来电话的，因为她不知道他在周末也到单位来。这样直到下午五点，他终于决定要到麦当娜那里去一趟。他这样做，表面的原因当然是她给爱人打电话这件事，他要问问她，她为什么要这样做。可是，同时他也清楚，其实不是这么回事，起码不完全是这么回事。他明确地意识到，自己对麦当娜的感觉，已经发生了某种变化。

两长一短，亦桐按响了门铃。

麦当娜见到亦桐时，真是吃惊极了。

麦当娜说："是你呀！你回来了？你出差也不跟我说一声！给你打电话才知道。这些天真没意思。正好来了两个哥们，我们正准备上夜总会去呢！"

说这话时，麦当娜看着亦桐。很明显，她是吃惊的，也是欣喜的。说话时眼睛已经渗上了一层泪水。

亦桐突然感动起来。

亦桐说："你让我进屋好吗？"

亦桐进屋后，果然见有一男一女两个青年坐在客厅沙发上。想必麦当娜早对他们说起过亦桐。他进屋时他们都直直地朝他看，目光里毫不掩饰地流露着好奇。麦当娜也不给他介绍，只说："看什么看什么？一点礼貌也没有！"

这时那女青年说："一看就是个吃苦耐劳的。"

说话声音很大，根本不怕亦桐听见。说完了嘻嘻笑着。亦桐是后来才知道的，这女青年名叫皮小丝，知道那男青年是她朋友。知道他们和麦当娜是玩伴儿。知道皮小丝的父亲是开家具厂的，男青年家里倒有一处皮货行和一处家电商店。

皮小丝又说："你就是当娜姐的精神世界了？看起来，还有那么点儿意思哦……"

麦当娜则说："你胡嚼什么，快闭上你的嘴！"

皮小丝仍旧笑嘻嘻地说："好，不说了，不说了。"

麦当娜这才让亦桐坐下来。落座之前，那男青年站起来和亦桐拉了拉手，其实只碰了一下手指尖。亦桐一坐下，麦当娜立刻去沏了一杯茶来。

皮小丝又说话了："当娜姐还有茶啊！你可是从来不喝茶的，啥时候改口味啦？"

麦当娜说："你还敢胡说！"

亦桐已经明白了皮小丝话里的意思，知道这茶是麦当娜专给他准备的，可是她怎么知道自己爱喝茶呢？猜测的吧？

皮小丝这时突然想起了什么，说："我俩过几天就要结婚了，你这大文人，说说去海南好呢还是去西藏好？"

麦当娜先接过话茬儿，对亦桐说："他俩要到外地度蜜月去……叫我看，当然是西藏好一些喽！"

大家随即就这个问题讨论起来。亦桐自然也发表了意见。他并没

走进新生活 67

去过这两处地方，意见当然是局限在书本上的。就等于他转述了一些别人的看法。不过，对这几个年轻人来说，他的意见还是蛮有价值的。为此，皮小丝还再一次调侃了一下亦桐，说了诸如"真不愧是个大文人啊"这样的话。

这样聊了一会儿。这时男青年看了看手表："哎呀六点多了。咱们是不是该走了？"

麦当娜便说："是该走了。你们走吧。我今天不去了。"

皮小丝说："干啥呀？干啥呀？要去就一块儿去。不是你张罗的嘛！败不败兴呀你！"

麦当娜说："你还不知道我呀！什么事儿都有一搭没一搭……也没有什么事儿是一定要做的……"

皮小丝看了亦桐一眼说："我当然知道你了，还不是因为来了贵客。可也不能过于重色轻友啊！这也太不够意思了……"

这时男青年说："哎，我有一个建议……"

说着还看了一眼亦桐。

皮小丝说："有建议就说嘛，啰唆啥劲儿……"

男青年说："我的建议很简单，就是大家一起去……"

麦当娜便望着亦桐说："是这样，刚才我们正说要去新生活夜总会……当初不知道你会来……那就一起去，好不好？"

亦桐稍稍迟疑了一下，随即点点头说："那好吧，那就大家都去吧……"

新生活夜总会坐落在本市一条并不算繁华的小街上，名气却相当大，住在这个城市的人，可能很少不知道的。亦桐当然也知道，只是他没去过。实际上，亦桐还从未走进过任何一家夜总会。亦桐倒是会跳舞的，歌也唱得不错，有时候参加一些笔会改稿会，偶尔表现过几次，反响相当热烈。

这是一幢独立的二层小楼,是早年遗留下来的老房子,据说是某个东欧国家早年在这个城市的领事馆,建筑风格完全是欧化的,建筑质量非常好,建筑风格则既庄重又雅致,现在又装饰了一些霓虹灯,感觉特别的洋气,有若一个童话世界。楼前还有一个小广场,停了许多小汽车。

四个人上楼的时候,亦桐下意识地走在了后面。不知为什么,他心里有点儿紧张,仿佛这事儿特别的重要,仿佛他要面临某种重大的抉择。四个人一进门,立刻就有浓妆的小姐迎上来问候他们,小姐还特别对麦当娜说了一句:"麦小姐你好……"见到皮小丝也如此。这说明,她们是认识她们的。

然后,由一位小姐引着,四个人来到了一个沙发围成半圆的包厢前。然后,大家就坐下了,麦当娜挨着亦桐,皮小丝挨着男青年。

大家共同面对着舞池。

总归亦桐对这里是不熟悉的。心里因此便很仓皇,感觉很不踏实。

不知麦当娜以前在这里是什么状态,她今天的表现却非常的沉静。这是一下子就能感觉到的。同时也感觉到她和这里许多人的不同,和皮小丝也是不同的。

又一支乐曲响起来。主持人说下面请某某先生为大家献一首某某歌曲。皮小丝便和男青年离开座位,跳舞去了。这某某先生的歌喉十分粗糙,甚至让人想把耳朵堵起来。尽管这样,跳舞的人却全不在意,样子都十分投入,皮小丝和男青年也十分投入。一时间人影缤纷。

这时麦当娜说:"是不是很没意思的?"

亦桐说:"还行啊……感觉挺神秘的……"

麦当娜说:"你以前很少来这种地方吧?"

亦桐说:"是啊!这是第一次呢……"

走进新生活

麦当娜说:"我不信。你们文化人,生活这么封闭吗?"

亦桐说:"还是比较封闭吧……来这种地方,是需要勇气的呀……另外也需要钱……对不对?"

麦当娜说:"哦,那还是少来的好!"

亦桐说:"你呢?你以前常来吧?"

麦当娜叹息了一声:"是啊!经常来……"

让亦桐没想到的是,接着他就见到了麦当娜的父亲。

说来,在知道他是麦当娜的父亲之前,亦桐就已经注意到了这个人。他还不到五十岁,感觉很粗壮。他引起亦桐的注意主要是他跳舞的样子,他跳得太笨拙了,不是不会跳,只是让人感到笨拙。他拖着脚步,挂着一脸自信的笑意。舞伴是一个相对娇小些的女子,漂亮是不必说的,年龄也就是麦当娜的年龄,差也差不了几岁。娇小女子也笑着,她笑得比他还灿烂,笑出了一种幸福感。她光光的手臂缠着他的脖子,还露出了一小撮腋毛,似乎是浅灰色的。

麦当娜也看见父亲了。见亦桐正朝那边看,便问:"你看什么?"

亦桐只好说:"看那两个跳舞的。"

麦当娜便说:"知道吗?那个人就是我爸。"

亦桐并没多想,说:"是吗?那你该去打个招呼。"

麦当娜笑笑说:"不必了。一会儿看见我,他会过来的。"

亦桐觉得有点蹊跷。

不一会儿,父亲果然看见了麦当娜,果然朝这边走过来,神情有一点点夸张地说:"哎呀!你也来了?什么时候来的?"

麦当娜说:"刚来一小会儿。"

父亲虽然看见亦桐了,却装出没看见的样子,或者说,是视而不见。他在麦当娜身边坐下了。麦当娜向亦桐这边挪了挪。

父亲咋咋呼呼地说:"今天来了两个客户,要来放松放松……你呢,这些天都干什么?写诗对不对?……别老写诗了,看写坏了脑子……经常出来玩玩儿……我太忙了,也没工夫去看你……"

麦当娜说:"我知道你忙。"

父亲说:"最近你妈来过电话没有?我给她打过,没打通,手机可能关掉了。你记着再给她打一次。"

麦当娜说:"行。"

父亲说:"好了,我那边还有应酬,就不陪你了。"

父亲又说:"是不是皮小丝也来了?刚才我看着像她嘛!"

父亲走了。望着父亲摇摇晃晃的背影,麦当娜对亦桐说:"有时候,我会想起小时候他每天接我送我上学去,骑着一辆破自行车……怎么觉得那么不真实呢!"

亦桐不知说什么好。

麦当娜终于和亦桐跳了一支曲子。叫《橄榄树》。麦当娜最喜欢这支歌。亦桐也喜欢这支歌。他们第一次牵起手来。亦桐的手很宽厚。麦当娜的手则凉瓦瓦的。刚跳时,两人都不很自在。可是两人都跳得很好,跳得很和谐。两人都感受着对方的气息。《橄榄树》的音乐像蒸气一样渗透进他们的身体。他们互相凝视着,目光却越来越迷离。

这时,麦当娜喃喃地说:"你抱住我!你抱住我……"

六

那天,他们离开新生活夜总会时,已是凌晨一点钟。本来,在跳完《橄榄树》之后,麦当娜就想离开了,可是皮小丝和男朋友都没玩够,她便只好留下来陪着,亦桐也只好陪着。

自从跳完那支曲子,麦当娜和亦桐一直坐在那里,守着那支做成苹果状的蜡烛,再没有动。他们相互依偎着,并不说话。亦桐这才发现麦当娜是那么脆弱。

故事到这儿有点难办了。亦桐意识到了这一点。他将面临一次新的选择,他应该怎么办?同时他也清楚,他没有抉择的权利,他只能听从另外一个人的安排或者吩咐。

问题的关键在于时间,是时间本身造成了现在这种局面。我们只要略想一想,就可以发现,其实许多事情都是和时间有关系的。有时候,时间就是一切。当然,我们也可以把这种说法理解为一种借口。因为有时候我们也可以创造时间。

站在麦当娜住处的楼下,亦桐说:"你自己上去吧。我只能送你到这儿了。"

麦当娜说:"你真是这么想的?"

亦桐说:"这……可是……"

麦当娜说:"你不想上去陪我?你真是这么想的?"

麦当娜的声音里并没有乞求,却有一种哀怨。

直到到了楼上,亦桐才意识到,自己其实是很想陪着她的。

打开房门,一股暖意迎面扑来。在这个季节,外面的夜晚已经有点儿凉了。

麦当娜说:"真冷啊!我去加件衣服。你先坐着。"

麦当娜进了卧室。一会儿披了一件外衣,款款走过来。亦桐以为她会坐在自己身边的。她却坐在了他的对面。

麦当娜说:"你累吗?"

亦桐说:"还行。"

麦当娜说："你不情愿上来，是吧？"

亦桐说："不。"

麦当娜说："你怎么老不不的？我要跟你说点正事。"

亦桐没吱声。

麦当娜说："我问你一件事。你是不是有话问我？一直没得机会……"

亦桐想起了她给爱人打电话的事。

亦桐又说："不。"

麦当娜说："我真是那么想的。你记得那天去江北我跟你说的话吗？"

亦桐说："什么话？"

麦当娜说："我要你娶我。真的。我可以给你老婆钱，足够她花的。还有你儿子。你可以把他接过来，我们一起住。我保证对他好。我供他上大学。能出国留学，我也供。你知道吗？我爱上你啦……"

刚说的时候，麦当娜还是冷静的。这一点亦桐看得出来。可是说到这儿。她就不是那样了。她居然哭起来了。她哗哗地流着眼泪。

她抽抽咽咽地说下去："……你听我说……我知道我自己。我不是个好孩子。我现在爱你，却不知道将来会不会还爱你。我不知道我能爱你多长时间，我一点把握也没有。他们都说我是个怪人。说就说吧！反正我也不和他们来往。我很少跟人来往的，因为我看不惯那些人。我也看不惯我爸，也看不惯我妈。当然，他们也看不惯我。他们老是吵架，他们好像一点儿感情也没有了，他找情妇，她也找。他们就差离婚了，可他们就是不离，他们互相折磨，好像那样很有快感。我不想像他们那样，我也不想过他们的那种生活。可我又不知道我能过哪种生活，真的不知道。我总是害怕。我不知道将来怎么办。我没做过一件对别人有

走进新生活　　73

好处的事。我真是太没意思了。我就这样活一辈子吗？我又什么也不会干，我知道，我什么也干不了，我就是一个废人……"

麦当娜说到这儿，突然不说了。她泪眼婆娑地望着亦桐，满眼的自哀自怜。

亦桐也望着麦当娜。亦桐一直认真地听着，在她断断续续的倾诉中，他感到一种悲凉，他想这是一个满腹心事的女孩子，他还想听她往下说的，她却突然不说了。

他们互相望着。他们渴望着什么。

这时候，客厅是那么静，静极了。只剩下电子钟在那儿顾自嗒嗒嗒响着。问题在于，亦桐来过这里两次了，竟从没发现这儿还有电子钟。

亦桐突然特别的恐慌，他不知道下面的情况该如何发展了。

七

到这时，这个"新生活"的故事已经结束了。

亦桐确实是一本文学期刊的编辑，业余时间爱写小说，确实也发表过一些，原来确实踏着一辆孔雀牌自行车上下班，今年春天确实出过一次小小的车祸，从此就不骑车了，又不愿意挤公共汽车，只好每天步行，后来也确实走出了一些乐趣。

那天他确实见到了一辆白色的小汽车。小汽车是从身后开过来的，在开到他前面之后，他立即发现有一只轮胎（一只后轮胎）是瘪的，小汽车因此一瘸一拐，他同时也发现，小汽车的车牌号是"4"字打头的。

在亦桐前面十几米左右的地方，小汽车靠在路边停下来。他想这是车上的人发觉了轮胎的毛病。车门打开后，确实从里面出来了一位姑娘。这可是他没想到的。而且只有她一个人。姑娘穿了一条白裙子（小说里是浅蓝色的），看起来，她很苗条也很单薄。下车以后，她的确用脚踢了一下那只瘪了的轮胎，明显是很懊丧的。接着她打开了小汽车后备厢，又很吃力地拿出来一只"千斤顶"（亦桐不知道它的正规名称），"哐当"一声扔到了地上。

但是，他没有看见她的脸。

亦桐离小汽车越来越近了。这时他想到，我是不是应该帮帮她呢？他一边这样想，一边往前走。

当时正是下班的时间，马路上有许多骑自行车的人，也有许多汽车（各种汽车）不断地驶过去，大家全都什么也没看见似的，义无反顾地过去了。

我是不是应该帮帮她呢？亦桐又想，我应该帮帮她……那一刻，他连怎样跟她搭话都想好了，他准备这样说："小姐，要我帮忙吗？"他甚至想到了她听见这话之后的反应。这当儿，他已经走到与小汽车一条直线的位置。可是，他并没有停下来。

已经走过小汽车了，他仍然在想：我是不是应该帮帮她呢？一边这样想，一边离小汽车越来越远了。这时他已经知道，他是不会去帮她了。他心里终于有了一点点的愧疚。

也许正是这点愧疚，才使他不断地想这件事。不断地想，思路便不断地深入。下一个问题是：她是个什么样的人呢？就是说，她会是干什么的呢？小汽车、苗条的身材、车牌号以及她用脚踢了一下瘪了的轮胎，都为他提供了线索。其中车牌号是最主要的，它表明这辆车是私人的。而苗条的身材又表明她是一位富家女子。那么，便是一个拥有汽车的女子了。而这种女子，在当今中国尤其在这座城市还是较鲜见的……

亦桐接着想，既然如此，如果我帮了她，会不会发生个故事呢？

走进新生活　　75

（顺便说一句，在潜意识里，亦桐一直自觉是个很有魅力的男人呢！）

可是他没帮。

问题就出现在这里。

亦桐有点惋惜。他认为自己失去了一次机会，一次难得的机会，一次走进新生活的机会。

再过一会儿，亦桐到家了。

这一天是月末。

强调这一点，因为这一天是妻子进行家庭经济结算的日子。每个月的这一天，妻子都要把当月的收支情况进行一番结算，收入多少，支出多少，等等。甚至连上街乘车花了多少钱，都要包括进来，所以准确率相当高（误差绝不超过一元钱）。对妻子的这种做法（或称行为），亦桐其实是很恼火的，却又表示深深的理解。

结算的结果，这个月他们把钱花涨了。

"都是因为你出了一趟差！"妻子对亦桐说，她的神情是那么痛苦。

（刊于《鸭绿江》1999年第3期。）

春秋引

《春秋》者，鲁史记之名也。记事者，以事系日，以日系月，以月系时，以时系年……

——《春秋左传集解序》

一

平原上春气浮动，春气正渐渐变得粉红；平原展开，等待一个辉煌的时刻。

这时，二根正在推开一扇朝南的门板。他宽大的手掌，同时推出了一阵悠长粗糙的声响。伴着这阵声响，门扇大开。

现在二根跨出了第一只脚，他立刻觉得眼前有一团红色跳荡了一下。他竟一怔，就站了一瞬。他一脚门里一脚门外的架势无疑有点可笑。当他跨出第二只脚时，已经觉得满世界都是红色的了。

好湿的一颗太阳！

面对太阳，二根眨着眼睛。他似乎想起了一件什么事情。就想。……许是昨晚儿的那个梦？许是朋余那五毛钱？……想着，忽觉有一个硬硬的东西，沿着胸腔顶上来，不由张开了嘴。不等细想一下怎么回事，已经从嗓子眼鼓了出来。原来是一个嗝儿。他知道这是吃得太饱的缘故。早饭是玉米面大饼子，妈的那大饼子烙得才好，黄澄澄的一看就知道好！菜是土豆汤和咸菜条儿。土豆是去年窖存的。土豆汤真是滑溜：一张嘴，吸溜——嗓子眼儿顿时就满满的，半碗已下去了。

二根吃起饭来，总是吃得极饱。只要有这种机会和可能性，就绝不会放过。要吃就吃个饱！干吗不吃？在他，这大约已经是一种人生的经验了。要知道，不吃饱了是会饿的。他有个儿子，是个念书的人，已经念到高中了。吃饭就不像他，很文明，一小口儿，还是一小口儿。还要慢慢地嚼。对此，二根是很看不上的，觉得很可笑，也很别扭。二根认为，儿子将来非吃亏不可。

在二根完全站在门外之后，屋里他的老婆喊了一声："根哪！别下死劲儿地干，早点儿回来！——"

"是哦——"二根一边应着，一边操起了一样家什，又轻轻一摆，放到肩上。那动作自有一种潇洒。至于拿的什么，却要由季节来决定了。比方若在夏天，他会拿一柄锄，而到了秋天，自然就该拿上镰刀了。无论拿的什么，他的动作都会一样的潇洒。

今日，他拿了一把锹。

在二根走出院子之后，他看见朝阳下的村子似乎还是昨天的样子。还看见有几个像他一样的男人，也像他一样正在走出屋门或走出院落。门声此起彼伏。门声都很粗糙……只是没有女人。因为这会儿还用不着她们，用她们的时日还在后头。先让她们养着吧！

几个男人打起招呼，他们的声音在早晨新鲜的空气里显得极响亮也极生动。几个男人一边招呼着一边慢慢地聚在了一处。几个男人竟然都扛着一样的家什。

"瞅你那蔫样儿，昨晚又打气了吧？"朋余对王树说。显然，朋余是个爱开玩笑的人。

"没打没打，哪能老打？"王树愁眉苦脸地说，很深沉的样子。

看见朋余，二根便又想起五毛钱的事情来。那还是二月初的事，二根到小卖店买盐，买了，刚要走，撞上了朋余，是来打酒的，说钱不够了，叫住了二根，说有没有五毛钱？二根很犹豫，半晌，才说：有。朋余立马就是满脸的笑，说，明儿个就打发孩子送过去。可是明天并没送来，明天的明天也没送来。可苦了二根，总想，天天想，又不好问，怕伤了面子，不问，心里又撂不下，妈的真是难受！每次见面，都指望朋余自个儿会想起来，那可太好啦！可他就是想不起来，真忘了似的。二根心里不是个滋味。

"也平平地去？"这时，茂叔瞅着二根说。

"平平地，春起了呀！"二根说，才觉心里轻松了一点儿。

说话间，几个男人竟又脸对脸地蹲在地上了。有人还拿出了烟口袋，一边说：蛤蟆头，劲儿冲着哩！就让每人都卷一根……便有蓝白相间的烟雾，升上了他们的头顶。烟雾一升上头顶，蓝白就不再蓝白，而变成粉红了。

现在，四十岁的二根已经走在村外的大路上。四十岁的二根还很结实。四十岁的二根正是好时候呢！

日光正在由红变白，并逐渐显出温热。渐白的日光使平原越来越开阔越来越干净了。

平原是黑色的。黑色的平原上漫溢着白色的日光。

而二根只走。二根甚至勾着脖颈。二根不看平原也不看日光。二根熟悉平原就像熟悉他家的土炕一样。大平原，大平原，东北的大平原。平原太大太大，以至于二根还从未走出去过。也有可能，二根将永远也不会走出这片平原。不过，直到如今，二根也没有想过这个问题：走出平原的问题。二根是个很实际的人，考虑问题也是很实际的，而这个问

春秋引　　79

题，显然并不那么实际。

　　这是一条朝南的大路。太阳从左面照射过来。阳光照得二根的脸轮廓分明。那脸因为过多的沉默已经十分坚硬，甚至麻木了，就是说，轻易，是见不到喜，也见不到悲的。就不像年轻的时候，一丁丁的小事，喜兴的事或不那么喜兴的事，伤心的事或不那么伤心的事，遇到了，就不得了啦。……这条路其实很长……然而二根并不着急，他已经走了很久，少说也有十几、二十几年了吧！想当初，二根也曾经很年轻很年轻的，曾经还是个孩子呢！二根确凿已经走了很久，并且还要走，也许还要走上几年几十年，所以二根并不着急。

　　二根心气平和。

　　今天，二根穿了一件黑色夹袄，裤子是蓝色的，鞋是那种从供销社买来的六元九角钱一双的农田鞋，没戴帽子。二根的头发很茁壮，有一点点乱，一点点乱的头发里现在正弥漫着日光的光辉。二根的衣裤都很肥大，虽然新近浆洗过了，上面还是处处散布着皱褶。二根不在意这些，二根认为只要穿着舒服就行了。二根的衣裤都是老婆缝的，二根穿老婆缝的衣裤总是很舒服的。

　　走在大路上的二根突然闻到了一种气味。二根对这种气味是那么敏感，立刻循着气味望过去。那是一头牛。在黑色的地平线上，那头牛十分醒目。那是一头黄斑牛，头很大，牛角很短但很粗壮。……眼前的情景，使二根想起了小时候某些牧牛的经历……他怦然心动。不知是不是被二根的目光惊动了的缘故，此时牛竟抬起了头，朝二根望来。牛的眼一片湿润。

　　四目相对。

　　二根收回目光……在今天早上，二根正在走向田地，他的田地。

现在二根来到了他的田地。锹已经放下肩来,现在他站在田边,手扶锹把,目视前方。他的神情越发严肃。一般说来,他每次都要这样,每次都要站上一会儿。当然他说不上为了什么,真的说不上,他没有想过。他站着,甚至能够感到血在血管里流动的声音。哗哗啦啦。这声音十分有力。

此时田地一片寂静。

他站着,不由就想起爹来……爹是去年刚刚去世的。老人家活了七十岁。老人家的身子骨就像二根一样结实。老人家直到临死的前三天还跟儿子在田里干活呢!……就是眼下这片田地……现在,二根不仅看见了爹,还看见了自己。看见了爹和自己干活的样子。这样一来,他的心便也像田地一样寂静下来。寂静而空漠。二根立刻听见了一种声音,这是爹的声音。

二根先是听见爹咳嗽了一声,就知道这是爹要说话了。

"根哪,想啥呢?"果然,二根听见爹说。

二根并不吃惊,说:"啥也没想,爹……"

爹说:"又春起了!"

二根说:"是呀,爹。"

爹说:"翠兰没来?"

二根说:"她在家里呢!爹。"

爹说:"好生待她。咱们庄稼人,除了田地就是女人啦!"

二根说:"是呀!爹。"

爹说:"旺生呢?"

二根说:"他上学去了。"

爹说:"都上到高中了吧?"

二根说:"是呀!高中一年了。"

春秋引

爹说:"没想过日后咋安置他?"

二根说:"没想。到时候,再说吧!"

爹说:"快二十了吧?要不念书,也是个好劳力啦!"

二根说:"十六了,爹。"

爹说:"要不,就让他下来种地得了。你也该有个搭把手的人了。"

二根说:"说也是呢!可旺生,这孩子,自个儿有了主意啦!"

爹说:"是嘛!这孩子……"

二根刚想再说什么,可是,爹已经不见了。二根愣怔了一下,又眨眨眼睛:爹确凿是不见啦!

二根就不再说话了。这就像平常一样。平常,他们父子也是很少说话的。若说起来,也不过一问一答而已,是相当枯燥的。

他们都不善言辞呵!

二根又站了一会儿。

现在,二根开始干活。在干活之前,他先朝手心吐了一点唾沫。寂静的平原上,接着就响起了乒乒乓乓的挖土声。二根宽厚结实的身体上,正处处沾满着阳光的粉末。二根感觉到了铁锹插进潮湿的土里所产生的摩擦和阻力,当他把土掘起来的时候,那崭新的油黑油黑的冒着潮气的土也沾上了阳光的粉末。

二根挖土的身影一起一伏。二根一起一伏的身影在阳光里很灿烂,并在地面上投下了一块暗影。他的身影起伏,那块暗影就跟着变化。

一旦干起活来,二根就什么也不想了。

二根干了一会儿,有点累了,就直起腰来。平原上消失了乒乒乓乓的挖土声。二根一手扶住锹把,而将另一只手举起来擦抹额上细碎的汗。平原又归于一种寂静了,然而是一种嘈嘈杂杂的寂静。开始,二根并没有注意这种嘈杂。可是,这种嘈杂越来越响,已渐渐响成了一片。

二根迷迷糊糊，尚未缓过神儿来，于是侧耳细听。……听着，发觉原是鸟在鸣叫。待一听出鸟叫，嘈杂就不再嘈杂，嘈杂顿时就清晰起来。清晰而且尖锐。

这一刻，平原响彻鸟叫。

二根呆立不动。他的心却像有针划过一样，紧紧地缩了起来。这是他今年头一遭听到鸟叫。小时候他极爱玩鸟。那时每到春天，他都会和伙伴们，和朋余、王树，还有其他人，整日奔跑在平原上面。……当然，他认为自己那时还不懂事。……现在，这些都过去啦！……就这么轻易地过去啦！他妈的！他妈的！

二根闭上了眼睛，呆立不动。

许久。

二根撇开了锹把。接着，他竟然翻身扑倒在地上。现在，他已经脸朝下趴在那里了。他趴在地上的身体抽搐着，一动一动，一动一动。二根眼里，正流着泪水，泪水啊——

又过了许久，二根已经不再抽搐了。然而他并不起来，他就那样趴在那里。

现在他终于起来了。在他起来以后，我们发现，他脸伏过的地方，有一块已经湿了。

现在，他在那儿坐着。他已经变得安静，他甚至有了一种很痛快的感觉。

鸟叫声继续响着。这时二根抬起了眼睛。于是他看见了，看见了鸟，成群的鸟，他看见它们正在阳光里上下翻飞，它们展开的翅膀被阳光照得透亮儿透亮儿的。它们飞行的样子欢快而优美。

二根看着它们。他一眼就会认出黄下颏，认出叫天子，认出花背来的。在二根看出黄下颏、叫天子的时候，他的心已经十分开朗了。

春秋引　83

一会儿，平原上又响起乒乒乓乓的挖土声了。我们知道，挖土声会一直响下去。在二根乒乒乓乓的挖土声里，确实已经省略了许多东西。

现在，二根停止了挖土。二根已经肩起铁锹，他肩起铁锹的动作依然潇洒。

二根正在离开这块田地。

太阳从东边移到了西边，并且正在吃力地切入远处的土地。

在二根走到村头的时候，碰见朋余和王树还有茂叔也都回来了。他们打着招呼，之后，就各自急急地回家去了。

二根走进家门的时候，翠兰曾经对他笑了一下，这一笑既柔软又灿烂，散发着一种大酱气味。二根不由冲动了一下。

翠兰并不说啥，二根也不说，只是跟着进了屋。想必儿子也听见了动静，已过来了。就都脱了鞋，上炕，在饭桌前坐好，吃饭。

晚饭是玉米楂子粥和鸡蛋酱。

二根吃得很香。

待吃过饭，天已经黑下来。儿子又去了西屋。二根和翠兰就睡下了。也许，二根还和翠兰说了一些什么，也许什么也没说，二根将身一翻……

二

当二根再次跨出屋门的时候，他甚至吃了一惊：窗前的菜园早已满满当当。似乎这是一夜之间的事，他发觉自己竟然丝毫没有注意这些辣椒、向日葵都是怎样长大的。

事实上现在已是秋天。这些辣椒、胡萝卜、向日葵不仅长大了，而且已经成熟。也有了霜。只一搭眼,就看得见,在辣椒、胡萝卜、向日葵的茎叶上,处处散布着一粒一粒、一片一片的白色霜花。当然,霜花很是好看。不过呢,一待太阳升起来,这些霜花就变成露珠儿了。

此刻,太阳正在升起。而霜花的融化又十分迅速。我们都没有亲眼看到它们卷曲、扭动继而伸展的过程。其实这仅仅是眨眼之间的事,还没等我们缓过神儿来,霜花早已消失,仿佛是一种升华,露珠儿正沿着茎叶在低处向一起凝聚。

二根在门后拿起一张镰来。他用舌头吮着嘴唇,神情好似真的感到吃惊了似的。其实他一点也没吃惊,他早已觉察到了一点点移动过来的季节,他的感受力原本就是十分敏锐的,哪怕是一丝一毫的变化,在他,都会有精细的体察。他就像一支温度计。他实在是用心关注着这一切啊……

二根握镰在手。远远的,他瞥见了今天的正在上升的太阳。接着,他走出了院门。

在二根走出院门的同时,翠兰正好跨出了屋门并急匆匆地在门后拿起了另一张镰,也跨出了院门。而在二根和朋余、王树还有茂叔等蹲在一处打招呼吸蛤蟆烟时,翠兰已经站在二根身后整理头上艳艳的头巾。

朋余瞟了翠兰一眼,说道:"二根嫂真好看啊!"

翠兰听了骂道:"扯你娘的臊!"

朋余厚着脸皮说:"老天在上,我可是真心的!"

翠兰说:"告诉你,二根可是在这儿,当心他揍你!"

这时,二根笑着。

现在的情景是这样的:二根握了一张镰,走在前边,与他相距三米左右,翠兰也握了一张镰,跟在身后。这让人想起当年他们一起到公社去领结婚登记证的情景来。那时就是这样：他们一个在前，一个在后，相距三米左右，而且始终保持着这个距离，他快走，她也快走，反之也是如此。全凭一种感觉。

走在后边的翠兰，是一副很乖巧的样子，很安静，似乎有一种特点，全不像平常。平常，翠兰是一个挺泼辣的人，喜欢笑，一笑就嘎嘎嘎，把脸都能笑歪了，也能笑得直不起腰来，走路也喜欢走得很快，总不想把路走得很稳，像眼下这种走法，是极少见的，是只有和二根一起走的时候才有的。

二根走路总是很慢的，或者说，不快不慢，一步是一步，稳稳当当，是一种匀速运动。有女人的时候这样走，没有女人的时候也是这样走。这种走法，看上去已经成为一种享受。二根一步一步地走着，免不了就要想点什么。或许，想的是自打春天一天天过来的日子吧？还有脚下的大路。还有大路两旁的田地。

秋天和春天毕竟不同了。在大路两侧，无边的平原已经变成了无边的青纱帐了。青纱帐已经成熟。青纱帐是一天一天成熟起来的。青纱帐也是金黄色的。而青纱帐自有一种神秘。

此刻，秋阳的朝晖飘浮在青纱帐上方，那样子真像一片雾。

他们是在青纱帐里走着。

走在青纱帐里，二根有着一种很踏实的感觉。

自始至终都是这样：二根握了一张镰，走在前边，与他相距三米左右，翠兰也握了一张镰，跟在身后。始终都是三米，他快走，她也快走，反之也是如此。全凭一种感觉。

现在，他们来到了田边。二根先到一步，便站了一会儿，看样子似乎在等翠兰，而事实绝非如此。这甚至是一个秘密。他从未对人说起过他在这种时候的恐惧、虔诚,他从来没说。

他面对着青纱帐。而青纱帐很静。而很静的青纱帐自有一种神秘。

现在他说:"干吧!"

他这样说是因为他知道翠兰已经来到身边,虽然他不曾回头,他甚至知道她此时准是又在整理头巾。头巾甚是鲜艳。

说干就干。

他们先割玉米。他们一共有十五亩地,其中十亩是玉米,还有二亩谷子和三亩高粱。他们要在割完玉米之后再割谷子和高粱。这是二根早就盘算好了的。

无论从哪个角度讲,二根都是一个优秀的农民。他挥动镰刀,镰刀一闪一闪。他挥镰时姿态优美,并且每一下都落点准确。在他挥镰时,可以看见他手臂上的肌肉在绛紫色的皮肤下一上一下地滑动……玉米的茎叶挂满了露珠儿,所以,每当镰刀挥过去时,露珠儿顿时便被震得飞散开来,露珠儿亮晶晶的,飞散时闪闪烁烁,很是好看。露珠飞散时并没有声音。

现在只听见"咔嚓咔嚓"的响声了。

在"咔嚓咔嚓"的响声里,一株株玉米被放倒了。二根就有点痛惜,同时,也有一种满足。

二根这手好活计都是从爹那儿学来的。有一次,大概是去年,翠兰甚至说,你的一举一动都像爹的样子。连说话,连卷烟,连划火柴,连迈步,连拿筷子,都像呢!

是很像的。很像很像。也许,二根就是爹的一次重复?

爹已经死了。

"咔嚓咔嚓"。

"唰啦唰啦"。

在咔嚓咔嚓的声响里，日光已经越来越强。渐强的日光使得玉米的茎秆不再存有露珠儿。在这样的秋天的中午，日光仍然是很热烈的。这样秋天的中午已经有过好多好多个了。无论如何，这样秋天的中午还是很让人迷醉的。

其实，二根在干起活来的时候，是很少再想什么事情的。

然后，翠兰喊道："晌午啦！晌午啦！……二根，该吃饭啦！"

二根不应。再喊时，才直起身子。在二根转过头来的时候，翠兰看见他的眼里显出一种近乎沉醉的东西。

翠兰说："哎哟！累死我啦！……"

可是，看起来二根并不累。不累的二根看着翠兰时，不由就咧嘴露出一种调侃的神气，很天真的样子。

"……好，吃饭……"二根说，一边回身将手中的镰放在一堆割倒的玉米上。可当他再将身体转回来时，却不见了翠兰。二根正有些纳闷儿，忽地便听到了水响，很清脆也很有力。二根笑了一下。这时翠兰已经站起，系着她的裤带。

现在，二根和翠兰开始吃饭。饭是从家里带来的，也有菜，都盛在一只米黄色的搪瓷盆里。盆有盖，盖是棕色的，还印了四个字：美在其中。……现在盖已揭开，连饭加菜是满满的一盆。饭是小米干饭，颜色金黄，菜是土豆炖豆角，豆角碧绿；外加一撮辣椒酱，辣椒鲜红。

面对饭盆二根顿时有了饿感。他们握勺在手，勺是那种每只六分钱的白色铝勺。盖一揭开，饭菜的气味便和着微微的秋风飘散开来。这气味招来了蝇子，二根不管不顾，翠兰挥手轰赶。也招来了田鼠，那贼亮的胆怯的贪婪的小眼睛一闪一闪，之后又哧溜一下不知钻到哪里去了。

二根先吃完了，打了几个嗝儿，然后一仰身躺在一堆割倒了的玉米棵上，躺倒时已将双手叉在一起枕于脑后。他仰脸朝天，感到真是自在。天空很蓝，蓝到让人吃惊的程度，极其空远，看着，不由竟产生了一种飞升的感觉。他就赶紧将眼睛移下来了，移到还在吃饭的翠兰身上了。翠兰已将头巾解下来，露出了油黑的短发。目光又移到翠兰的眼睛上，见她正紧紧地盯着饭盆儿。

二根的目光移到了翠兰的身上。翠兰穿一件蓝色布褂，衣襟垂下来的样子显得很平直，而肩膀却显出浑圆结实的样子，衣服贴在那里，现出一块明显的暗影，二根知道那是一片汗迹。……可以说，二根看得很细，二根一边看着，渐渐不由就想起了什么。他想我们眼看着就要老了，他还想她真是个能干的女人啊……

现在翠兰也吃完了，她盖上了饭盆，她也像二根一样，仰身躺在了另一堆玉米棵上。二根移开了目光。二根的目光又朝向蓝蓝的空远的天空去了。翠兰也朝着天空。两个人都看着天空，谁也不说话……所以，现在的情景已经是太阳照耀着躺在田野上的一男一女两个人的身体了。日光，也有了一种遥远的缥缈的橘黄色的感觉。

许久许久。只听翠兰说："根哪，想啥呢？"

翠兰的声音传过来，二根竟吃了一惊，马上说道："哦……没想，啥也没想。"

翠兰又说："今年的庄稼多好！真好啊！我妈活着的时候，告诉我，在我三岁的时候，我爹就死了……是得肺病死的。我妈说，没有男人的日子可真是不好过……这天咋这么蓝呢？小时候，妈老跟我说……二根，你听我说话了吗？"

"听了，听了……"二根说。

二根是在听，二根甚至受了感动，他在想人活着真是不容易啊！他还想其实这话早就说过了……他还想了一些别的。他想了很多很多。

就谁也不说话了。

现在，二根开始想象庄稼上场以后的情形。玉米、谷子、高粱。他知道今年的收成不错。他想象着粮食堆在场上的样子：玉米粒是黄灿灿的，谷粒也是黄灿灿的，高粱却显得暗红……接下来，无论玉米、谷子，还是高粱，又都装进了麻袋，都一顺溜儿地排在场上。再往下，麻袋就装上大车了，大车往来于场院和粮库的那条大路……这时候，二根便感觉到了车轮正在脑袋里滚动的样子。

在二根想象这些的时候，他发现自己心里已经有了一种喜悦。

现在二根站了起来。

他说："干活儿吧！"

之后，田地便又响起割玉米的声音来了。

"咔嚓咔嚓"。

"唰啦唰啦"。

这声音还将响上很久。

现在，响声已经停止。二根直起了腰，并且转过身来。这时候，他竟突然感到了一种莫名其妙的不安。现在他面对着收割了的田地，而这里是如此的空旷，并且有将落的太阳正在上面渲染着一种如血的光辉。二根发觉自己颤抖了一下，似乎想起了什么事情。

现在他们正在离开这块田地。他们顺着收割了玉米的垄沟向路上走。走着，二根突然听见身后响起了说话的声音。

"根哪，回了？"

二根立刻听出这是爹。爹说话的声音很响，似乎震得青纱帐都悚然一抖。二根就站下了，并转了身：他想听得更真切些，他也想看见爹的样子。许久，田地却静静的，再无声响。二根只好转回头来，又走。

"根哪……"想不到爹又说。

二根再次站住，回头，等着再听到爹的话。可是又什么声音也没有了，田地仍静静的，二根就又转回来，又走。

"根哪!……"爹便又说。

这次二根不再回头，走着。

爹就说下去："……爹没给你留下啥，爹只给你留了一手好活计。这就够了。是不是？爹到啥时候都是个庄稼人，你也啥时候都是个庄稼人。……自小我就看出来了，你是一个好孩子，你忠厚，你肯下力，你孝顺，你还是个心肠软的人，爹喜欢你，爹信你，爹就是再也不能帮你了，再也不能啦！……爹想你啊！"

二根听着，觉得心里好热好热。二根已经泪流满面。二根并不擦。二根就让泪水哗哗地流。二根心里好痛好痛啊！

然而二根不再回头。

翠兰对此并无察觉。

这样，直到他们走出田地，爹的声音才渐渐消失了，飘散了。

现在，他们已经走在路上。他们走在路上的情景我们似曾相识：二根握了一张镰，走在前边，翠兰也握了一张镰，跟在身后，两人之间的距离，大约三米。

在路上，二根看见今天的太阳正在接近远处尚未收割的青纱帐，那儿一片火红。

青纱帐被点燃啦！

回到家，儿子已经做好了晚饭。翠兰朝二根满意地看了一眼。晚饭是玉米糁子粥和鸡蛋酱。吃完饭，儿子去了西屋。

现在，二根和翠兰躺下了。二根抓住了翠兰的手，紧紧地攥着。

（刊于《绿洲》2006年第6期；《小说月报》2007年第2期转载。）

泽地的恋情

有一天我和珍珍正在水边的苇丛里玩耍，我捉到了一条鱼让她吃，她不仅张开嘴巴还闭上了眼睛让我喂她。她是个爱撒娇的妻子。她一口把鱼吞进肚里，然后转身就跑，边跑边叫召唤着我。她的两条腿美极了，细细的长长的红红的真是美极了。她一边跑一边展开了两只翅膀，阳光从翅膀上透射过来，看上去就像两片薄纱。我也跟着跑去。茂密的芦苇迅速地后退、后退……跑着跑着她微笑着回头看了我一眼，然后飞离了苇丛。我当然不甘落后，随即也飞了起来。

天空好蓝。云彩都是白的，阳光把它们一朵朵照得就像棉花。风是如此柔和，细语般轻轻地从我们身上抚过。下边是无边的泽地，水面碧蓝澄澈就像一面奇大无比的镜子，我看见了我们映在水里的洁白的身影。我还看见了珍珍的光洁饱满的胸脯。我永远也不会忘记一年前，我们第一次见面的情形。当我第一眼看见她活蹦乱跳的样子时，我是多么激动啊！我马上就知道她和我一样，也刚刚离开父母正在找伴儿。我还知道她一定会答应我的请求跟我一起生活。我有这个把握。我同样不会忘记当我壮着胆儿第一次为她梳理羽毛时她那副娇羞而欣喜的样子，我甚至听到了她怦怦怦的心跳声。她静静地望着我，眼睛里充满了激动也充满了信赖……

苇丛里水面上处处都有成双结对的白色身影在嬉戏在漫步在卿卿我我，一派宁静祥和的景象。偶尔也会响起一声嘹亮的鸣叫，叫声回旋在辽阔的泽地上，听起来悠扬悦耳，洋溢着按捺不住的喜悦。春天永远是美好的，然后将是蓬蓬勃勃的夏天。大家都像我和珍珍一样，热爱新的生活，热爱我们美丽的家园——这个我们出生和长大的地方，这个名叫扎龙的地方。不管我们走到哪里，年年都要回到这儿来。我们熟悉这里就像熟悉我们自己一样。不光如此，我们还熟悉这里的人，他们都是好朋友。

我和珍珍飞呀飞，我们画了一道弧线再画一道弧线。我一直跟在珍珍的后面。本来我一振翅就能飞到她的前边去，但我愿意飞在后面愿意在后面看着她，这样我心里高兴。我们飞呀飞。这时突然传来了长长的细细的呼哨，呼哨的间歇夹杂着一声声呼喊：

"二郎！珍珍……二郎！珍珍……"

珍珍你们都知道了，二郎就是我。这都是管理员给我们取的名字，我觉得特别好听。听见喊声我低头望去，我看见有三个人站在水边的草丛里。这是叫我们呢！我们停止飞行，展开翅膀，向那三个人影滑去，落在他们面前。三人当中我只认识一个，他穿着一件黄上衣左胸上印着两个白字，是这里的管理员。另外两个一个戴着前进帽儿一个穿一件米色风衣还戴着墨镜，不知道是谁。我们一落下他们就围过来，戴墨镜的还转着圈儿看我们，同时对我们指指点点，弄得我既紧张又不安。然后我认识的那个穿黄上衣印两个白字的人走到我身边把我抱起来，在另外两个人的簇拥下向远处的公路走过去。我不知道他们要干什么朝珍珍看了一眼，珍珍正不知所措地站在那里突然朝我叫了一声。

扎龙自然保护区工作日志：

×年×月×日，东方电影制片厂借二郎去拍电影，每日付给管理处租金五十元。电影名叫《泽地的恋情》（据说）。

泽地的恋情　93

他们把我装进一只铁笼子又装上一辆汽车,铁笼子旁边放着好多鱼显然是留给我吃的。我这才意识到我八成要出远门儿了,这可怎么办?关键是珍珍她还在等我呢。我心里忽悠一下差点儿大叫起来。这是一辆面包车。我从车窗看见米色风衣和前进帽儿正在跟穿黄上衣的人握手。然后他们上了车,车厢一颤又一颤。穿黄上衣的人还凑过来朝我笑了笑然后又对米色风衣说了几句话,好像不是夸奖我就是对他嘱咐着什么。米色风衣一边点头一边伸出又大又厚的手掌朝铁笼子使劲儿拍了两下,笼子和我都一阵颤动。

接着"嘭"地一声关上车门汽车滑动起来,我赶紧下意识地从后面的车窗朝外望去。不知为什么原来那么广阔那么多姿多彩的泽地现在只剩下了模模糊糊的窄窄的一条,而且越来越窄还在不断地跳荡。这时米色风衣点燃了一支香烟。烟雾飘过来。我从未闻过这种气味一时头晕得很,只好合上眼睛身体紧紧地靠在笼子上,这才好受一点儿。

傍晚我们来到一个有很多很多人很多很多汽车的闹哄哄的地方,米色风衣和前进帽儿把车开进了一个院子,车停了,他们说着话,前进帽儿过来给我添了一点水,然后他们关上车门离开了这里。这儿就剩我自己了。我又想起了珍珍,她现在肯定在等我,她肯定回到了苇丛我们温暖结实的小窝儿在等我,不知道我为什么还不回家,她肯定站在小窝的前面伸直了脖子高举着她那带着红点儿的脑袋目不转睛地朝我离开的方向看。想到这些我心里立刻一阵尖锐的刺痛就像被一根细线紧紧地勒住了。

如果在泽地这时候我和珍珍早就入睡了,我们头尾交替依傍在一起,她会把头放在我的翅膀下我也把头放在她的翅膀下闻着她身上散发出来的温馨美妙的气味越睡越香甜,有时候睡着睡着我动了一下或者她动了一下我们就醒了,我们都迷迷糊糊地嘴里发着梦呓相互爱抚着一会儿又睡去了。可是现在就剩下她自己了！我浑身一阵痉挛仿佛听见了她的叫声，长长的孤独而凄切细一听根本就不是，而是汽车在鸣喇叭。

一夜过去。米色风衣和前进帽儿又上了车。我们离开了这里。我又看见了鲜红鲜红的太阳挂在远处的树梢上，我不清楚这个太阳是不是泽地上空那个太阳。不过它们很像。每天早上我们都会看见它，就像一只鸟蛋包裹在粉红色的朝霞里，霞光染红了苇丛染红了水泊，如果你在水泊里走动波纹也是红的一层层荡漾开去，有时候突然听到泼剌一响，原来是一条小鱼跃出了水面带起的水珠儿恰似一串火苗儿。

汽车跑啊跑啊，不知道又跑了几天，之后开进了一个大门，这时是在下午，对着大门是一座高楼，前面有一片广场，广场上站着许多人，车一进门那些人就拍起了巴掌啪啪直响。车停了，米色风衣和前进帽儿很快下了车和广场上的人一个接一个地握手，把我剩在车上半天没人管。

报纸新闻一则：

【本报讯】东方电影制片厂新片《泽地的恋情》×月×日在××影视基地开机。这是一部爱情喜剧。故事发生在一片沼泽地里，三十岁的英国女人托妮桑娜是一位国际鸟类问题研究专家，为了协助考察鸟类生存状况应邀来到中国，在一个课题组里工作。课题组的负责人名叫高健，年近四十仍然单身，他对待工作勤勤恳恳，表现出中国知识分子的种种美德，只是性格中有许多怪异之处。在工作中托妮发现了高健种种优秀的品质，进而产生了爱情。同时高健也对托妮心存好感。但是两个人性格差异很大，接触中不断发生矛盾和误会，因此闹出了许多笑话。据有关人士说，这将是一部有趣且温馨的好电影。本片女主角将由国际著名当红影星××担任，男主角的扮演者为我国大腕明星×××。另外

泽地的恋情　95

剧组还从扎龙自然保护区借来了一只名叫二郎的丹顶鹤,它将作为男女主人公的爱情信使出现在影片里。

扎龙自然保护区工作日志:

自从二郎离开,珍珍便日夜哀鸣,而且食水不进,直到昨晚,突然死在巢里。后被工作人员发现,将尸体取回。其时身上的羽毛又脏又乱,已经瘦得皮包骨头,看了让人特别伤心……

那以后不知过了多少日月,天黑了天又亮了不知过了多少日月,有一天他们突然把我装上了汽车。开车的还是米色风衣和前进帽儿。开始我不知道要到哪里去,汽车跑啊跑啊我才意识到这是要送我回去啦,珍珍啊!珍珍啊!珍珍啊!珍珍啊……这些日月我无时无刻不在想她,想得我都忘了她的模样。珍珍啊珍珍啊……

汽车跑啊跑窗外已是一派初秋景象,沿途的庄稼、树木、杂草正在变黄,越往北变得越黄。走着走着我终于闻到了泽地的气味那么清新香甜感觉那么舒服,接着我看见了远处的泽地,还是那么模模糊糊窄窄的一条,渐渐才越来越大变成了一片。汽车"嘎吱"一声停下来,那个穿黄上衣胸前印两个白字的人(还有其他几个人)正在等着我们,他们握手寒暄好一阵才把铁笼子和我抬下了车。笼门一开我立刻冲了出来,差一点儿没把黄上衣撞倒,我觉得他要对我说什么,别说啦别说啦什么也别说啦!我撒腿向泽地的深处跑去。跑着跑着我飞起来边飞边叫珍珍珍珍我回来啦!我想让她听见我的叫声好来迎接我。

我一直飞进苇丛飞到我们原来的家。没有珍珍连我们一起编织的小窝也没有了。珍珍珍珍我继续叫,回答我的是我的回声。

天就要黑了，太阳已经落下去，泽地变得朦朦胧胧。我哆嗦一下又冷又饿，浑身一点儿力气也没有了，珍珍珍珍你在哪里？我要找到她我对自己说，哪怕找遍整个泽地。我强打起精神可双腿沉得要命走起路来蹒蹒跚跚，你瞧我成了一个无家可归者。我一边走一边叫珍珍珍珍，走几步叫一声越来越有气无力，而且天越来越黑我越来越冷最后扑通一声跌倒了觉得一点儿力气也没有了……

　　作者附记：

　　×年×月×日，我到黑龙江省的齐齐哈尔市去参加一个朋友的作品研讨会，会间游览了扎龙自然保护区（距齐市三十公里）。这件事就是我在那时候听到的。我当时十分难过。同时听到这件事的还有另外几个人，其中有几个女同志当场就哭起来，哭得非常伤心。给我们讲述这事的人是保护区的一名工作人员，据他介绍，丹顶鹤是所有鸟类中对爱情最忠贞的，它们一旦结为伴侣，便会终贞不渝，如果一方出现意外，另一方则必定以身殉情。

　　我对此深信不疑。

　　（原刊于《作品》杂志2010年第9期，《小说选刊》2010年第10期"佳作搜索"栏目介绍，《国家湿地》2010年第11期选载。）

东北平原写生集

西腰窝

西腰窝，全称西腰窝屯。

早些年，这里曾经发生过一件震惊全县的大事件。

去年七月间，我来县里看个朋友，并跟他回了一趟老家，就是西腰窝屯。吃过午饭之后（还喝了一点儿酒），跟他的老父亲坐在炕上闲唠嗑儿，偶然间说到了那件事。老父亲快八十岁了，剃着光头，说话大嗓门儿。老人家早年当过生产队的会计，粗通文墨，读过"三国"和"水浒"。他说他没别的毛病，就是耳朵有点儿背。

我请他把事情仔细地讲一下。他说："这七百年的谷子八百年的糠，翻腾它还有啥意思？他们说你是个写书的，就喜欢探寻这类事儿，那我就给你说说吧。有说得不踏实的地方，你也别太计较了。要说这事儿嘛，还真是挺大的，没听我家文斌说嘛，都叫人写进县志了……"

老人家喝了一口水，开始说——

"这事儿发生在光复第二年，也就是1946年，咱这撒子刚解放。那会儿，咱这儿还不叫黑龙江省，叫松江省——齐齐哈尔那边叫嫩江省，佳木斯那边叫合江省，后来才把几省合到了一块儿。解放以后呢，头一件事儿就是搞'土改'……

"知道啥叫土改吗？简单说，就是要把那些有钱人家儿的土地分给穷人。当年还有个说法，叫'平分胜利果实'。除了土地还有房子、牲口、农具、家具、首饰、衣裳、金镏子啦，皮大氅啦，那也都是'胜利果实'。老百姓管这个叫'分浮财'。主持操办这些事情的是各屯的农联会，全称叫'农民联合会'，下面还有分管部门，武装啦、锄奸啦、民政啦、生产啦、财物啦，简称'六大部'，每个部有个负责人，称作队长，负责武装的就叫武装队长，负责锄奸的就叫锄奸队长，明白我的意思吧？

"在当年，哪个屯子都有有钱人家儿，就是那些地主和富农。一个屯子，除了'地、富'，余下的就是佃户。佃户又叫贫农，也叫雇农。他们自个儿没有田产，靠租种'地、富'的田地过活。凡是一个屯子，贫雇农都是大多数。各地的农联会，也基本由他们组成，有的还是'地、富'家里的长工，反正都是穷人。选举农联会的干部时，也首先要看你是不是穷人，穷到什么份儿上。为了搞土改，上级还派来了工作组，挨家挨户地串门，这叫摸底排查，当时还有一个政策，让我想想咋说的来着……哦对了，说是要'依靠贫雇农，团结中农，孤立富农，消灭地主'，随后便挑选一些积极分子组成了农联会。

"说起这农联会的人，也是啥人儿都有，有老实巴交的农民，也有一些'二流子'，还有个别耍钱鬼儿，官话儿叫搞赌博的，反正挺复杂。

"到土改那会儿，西腰窝共有一户地主两户富农。两户富农一户姓陈，一户姓葛，那户地主姓丁。姓丁的地主名叫丁汉奎。在当年，西腰窝的地产三分之二是他家的，总共七八十垧。他家是从丁汉奎他爹那辈儿发起来的。他爹是山东人，'闯关东'过来的，那会儿咱还是大清国。他爹我没见过，光听说这人挺能干。一过来就四处扑腾，在大山里伐过树，还下过小煤窑，身板硬实，脑子又活，日积月累就攒了一些钱……不知怎么又相中了西腰窝这地场，就在这儿置了一些地，有个十

东北平原写生集　　99

几垧吧。他一死,就把这些地传给了独子丁汉奎。丁汉奎我倒是见过。他跟他爹差不多,也是精打细算,省吃俭用,农闲时一天只吃两顿饭,一门心思扩充家产,把钱都用来置办田地车马了。这样只用了几年时间,他就使土地翻了番儿——不是一番儿,是几番儿呢。骡马大车也越来越多。拉车的马都挂着铜铃铛,走路时哗啷哗啷直响,那个威风!家里呢,也陆陆续续雇起了劳金,知道啥叫劳金吗?就是长工。

"那两个富农中的一个,就是那个姓葛的,还当过西腰窝的村长。

"到土改那年,丁汉奎六十多岁。中等身材,圆盘脸,细眼睛,平时剃光头,就跟我这样。我记事儿的时候,他已经有点儿发福了。早年他常常下田干活儿,六十岁以后就不太干了,不过还经常到田里转一转。平常也喜欢在屯子里溜达溜达,穿戴得齐齐整整,衣裳虽不是新的,却洗得很干净。倒背个双手。步子不急不缓,很有'绅士'派头——他好像挺喜欢这种派头——前街后街地走。见了人也挺和气。不管看见谁,都会点点头。见到年纪相当的人,还会停下来,哼哼哈哈地说几句话,天气啦、墒情啦、收成啦,有时候也对对方表示一下关心。谁家娶媳妇,或者'老'了先人,他都会叫人去随一份礼,有时候还亲自去,这就要看对方是什么人了。礼金呢,也是有轻有重。尽管丁汉奎是个地主,人情往来分儿上还很在意,起码大面儿上说得过去。

"丁汉奎没有儿子,只生了一帮'丫头片子'。这是他最大的心病。他一辈子讨了三房老婆。那时候,老人们都在背后'臊派'他,说他夜夜都不歇着,把吃奶的劲儿都使出来了。为这还求了好些个偏方,吃了好些个补品,家里头还盖了个佛堂,供着送子娘娘的牌位,每天都要带着老婆们烧香上供。后来岁数大了,八成儿是觉得自个儿不行了,下边的家伙不听使唤了,这才好歹消停了。他为啥非要生个儿子呢?明摆着,不然他那份儿家产留给谁呀?那些个地,还有那些个房子。为这个,他指不定多犯愁呢!不过后来他总算想出了一个主意。他那些闺女不是给他生了一些外孙吗,他在里头挑选了一个,收养过来,还给人家改了姓,跟他姓丁。可过来没几年,就搞土改了。那孩子比我小几岁,十一二的样子吧,我在街上碰见过几回,模样挺机灵,眼睛骨碌骨碌的,很有主意的样子。——这人现今还活着,跟当年相比,那可是大变样了⋯⋯

"对了,这丁汉奎还有一个嗜好:他喜欢养狗。打小就喜欢。听说他小时候,经常在屯子里跑来跑去,不论他走到哪儿,身后都会跟着几条活蹦乱跳的狗。这我没有亲眼见过,是老人们说的(在他小时候,还没我呢)。那些狗后来我倒是看见过,老实说都不是什么名贵的种,就是一些本地狗,不过都挺高大的,很威势,叫起来也都是高喉大嗓。我听说,他特别不喜欢身材矮小的狗,就是那些个哈巴狗。他还专门给它们建了'狗屋',砖墙瓦顶,比穷人家的住房还要好。这可是没办法的事儿,人家有钱啊!他家的狗都挺凶的,平时就散放在院子里,四围是挺老高的院墙,家里一旦来了生人,它们马上就会凶巴巴地狂叫,'汪汪汪,汪汪汪⋯⋯'所有的狗都一块儿叫,那才吓人——胆小的人,会被吓得半死。

"西腰窝的'土改'搞得风风火火的。

"'土改'大致分这样几个步骤。第一步是反奸清算。反奸清算主要是对那些横行乡里的汉奸和恶霸,动员村民揭发检举他们的罪行,有冤申冤,有仇报仇。第二步是砍'大树'、挖财宝,简称'砍挖运动',也叫'扫堂子'。第三步是平分土地。就是将地主和富农的土地充公后打乱平分。分地方法是先按贫富等级排队编号,然后按号码次序,分头挑选,贫农、下中农优先。在分地的同时,还分配房屋车马等各类浮财⋯⋯

东北平原写生集

"'土改'一开始,姓葛的村长就叫乱棍给打死了。——他当村长那会儿,正是满洲国的时候。他就一门心思帮'日伪'做事,帮他们抓劳工,当时叫'出勤劳奉仕',又帮他们催逼出荷粮。有一年粮食歉收,好多人家儿交不上出荷粮,这家伙,竟然把县公署的警察招到屯里,把村民都集中到村公所,许进不许出,对没交上和没交齐出荷粮的,逐个上刑。有个叫周洪的,被他们扒了衣裳,用皮带抽。还有个女的王李氏,因为那年四十岁,就被打了四十板子。有个外号叫王二合适的,对他们说:'这回叫你尝尝合适的滋味儿……'上来就是一顿暴打,皮带、木棒全用上了,硬是把人给打死了。有个老头儿叫李长发,下巴上长着一丛白胡子,他们就叫人往下薅,薅得满下巴淌血。

"那天屯里开控诉会,丁汉奎和姓葛的,还有另外那个富农,都被拉到了台子上——他们都是控诉的对象。控诉之前,主持会的人先讲了几句话。没等他讲完呢,台下就闹哄成一片了。有哭的,有骂的,有说'打死他!打死这个狗杂种'的,都是冲着姓葛的来的。接着就有人冲上了台,先是一个人,接着是一帮人,挡都挡不住,有人撕扯他的衣裳,有人揪巴他的头发,有人抓他的脸,乱得就像一锅粥。后来有人拿来了棍子,大声说:'让开点儿,看我怎么收拾他……'举起棍子就打。受到他的启发,别人也都拿来了棍子(不知从哪儿拿的)。有的还拿来了扁担。凡是拿来棍子和扁担的人,都围在姓葛的身边,一边叫喊一边朝他身上打。棍子和扁担呼呼乱飞,碰到一块儿还噼噼啪啪地响。那姓葛的呢,起初还'啊啊'地叫,一边说着告饶的话,后来就没有声气儿了。

"大家都认为这家伙罪有应得,该死!要说,人可千万不能把事儿做得太绝了……

"控诉会一结束,丁汉奎就回家了。有看见的人说,他一路上东倒西歪、跟跟跄跄,还脸色煞白。这一半可能是吓的,另一半可能是站得太久了,怎么说他也是六十多岁的人了。听他们说,他浑身哆哆嗦嗦,就像突然犯了寒热病,到家后一声没吭,就直接爬到炕上,躺下睡了一觉。我猜啊,这个觉他一准儿睡得挺不踏实。那么大的事儿摆在那里,他能踏实得了?他一准儿在那儿翻江倒海。他肯定得想下一步该怎么做——换了我也会想的。他一准儿知道胳膊拧不过大腿这个理儿。果不其然,第二天天一亮,他就跑去农联会,跟'六大部'的人表了态。农联会办事的地方在屯后街,紧挨着庄稼地,原本那是老韩头的家,他们临时借用的。老韩头是个孤老头。

"'六大部'的人当时都在场。民政队长啦,生产队长啦,有一个武装队长王下雨(说是他妈生他的时候正在下雨),还有农联会主任兼财政队长张尚林。丁汉奎对他们说——呃,他好像是这么说的:'我举双手拥护政府的主张。我家那些东西,房子、地、牲口,所有的,都听凭你们处置,你们说咋办就咋办,我绝无二话。我就是有一个请求,我家现今这几口人,还是要有个存身的地方,还得吃喝拉撒,看能不能给我们留几间房子,再留几样衣裳被窝,不用多,够用就行了。你们看这样行不行……不行就当我没说……'主任张尚林说:'等我们合计合计吧,反正我们是按政策办事儿……'这张尚林以前是丁家的佃户,家里人口多,日子挺难的,有时候,丁汉奎会照顾他一点儿。'算你觉悟高吧……现在是我们穷爷们儿的天下,我们说行就行,说不行就不行……'这句话是锄奸队长说的,锄奸队长名叫聂大贵,当年三十啷当岁,平时有点儿大大咧咧,日子过得挺穷的,不高兴就拿老婆当'下酒菜',就是打老婆……

"好像是那年一、二月份吧,屯里开始'砍挖运动',也就是'扫堂子'。我还记得头一天,全屯子的贫雇农们,有农联会的人在前头领着，敲着锣，打着鼓，还举着红旗，齐呼啦地拥向那几个大户人家儿，接着就把他们的东西一样儿一样儿往外拿，金银首饰，衣裳被褥，就像我前边说的。有大件儿的东西，柜啦、炕檐啦、地桌啦，还有梳妆台，一个人拿不动，就几个人合力搬。拿出来的东西都堆在大街上，有人在那儿等着登记。车啦马啦，也都该牵的牵该推的推，都弄到了街上。地契账本儿更干脆，点把火一烧就完事儿了。眼看着大家伙儿往外搬东西，大户人家儿就有想不开的，特别是一些妇女们，就在那儿哇哇地哭，有的还跟搬东西的人撕撕扯扯。心疼呗！丁汉奎可跟他们不一样，搬东西的时候，他家一丁点儿别的举动都没有，自始至终都消消停停（我猜他事先肯定跟家里人交代过）。还有他家那几条狗，他也事先弄好了，都给关在'狗屋'里，还用锁头锁了门。至于他到底是个啥心情，眼看别人大模大样地拿自己的东西，他是不是又害怕又窝火……这可就不好说了。

"后来到底出了事儿……

"我记得那天是旧历二月十六，阳历多少号不知道，农联会的人开会合计事儿，差不多开了一整天，快到吃下晚饭的时候，大家都饿了（饿得肚子咕噜咕噜直叫唤）。这时候，锄奸队长聂大贵打断了正在讲话的张尚林，建议先整点儿东西吃，吃完东西再开会。聂大贵还说，这革命也得吃东西不是？饿着肚子哪有精神头儿啊！聂大贵的提议得到了大家伙儿的赞同，在场的人七嘴八舌，都说是啊是啊，这饿得眼睛都冒金星儿了，不吃点儿东西怎么行？接着就说吃点儿什么好，还有说要回家吃的，吃完了再回来开会。还是那个聂大贵，想了一个主意说，你们想不想吃狗肉？那可是大补的东西。大家伙儿都说那当然好，可你上哪儿整狗去呢？聂大贵说，狗是现成的，丁汉奎家好几条呢，还个顶个儿那么肥。大伙儿就跟着起哄说，好啊好啊，他一个狗地主，不吃白不吃。大家伙儿这么一说，聂大贵叫上王下雨，顺手拿起一杆枪，就奔丁汉奎家去了。

"对了，那个农联会主任张尚林过后说，他当时曾经阻拦过他们，不让他们去，可是没顶事儿。

"后来听屯里人说，聂大贵和王下雨那天出奇地麻利，一到丁汉奎家就直奔'狗屋'，砰砰两枪，就把两条狗给撂倒了。等丁汉奎听到动静出来瞧看，俩人儿正拖着死狗往外头走。前后还不到一袋烟的工夫。

"我刚不是说了嘛，丁汉奎喜欢狗。你动了他的狗，就等于动了他的心头肉。

"农联会那些人，等聂大贵和王下雨把狗拖进来之后，先动手剥了狗皮，切巴切巴往锅里一扔，点着火就烀上了。有说是刚刚开锅，狗肉的香味刚冒出来，有说已经烀好了，几个人正在大口大口地吃……不管咋说吧，反正就在这时候，丁汉奎进来了，手里端着一杆枪。说他可能看见了地上的狗皮，满眼睛都是眼泪，一进来就恶狠狠地骂：'你们这帮穷鬼……'嘴里骂着，举枪就打……"

听到这儿，我有了疑问，不由问道："他怎么会有枪？"

老人说："别打岔……那年头儿，大户人家儿哪有没枪的？有的还有炮勇呢！"

我不吭声了。

老人接着说——

"第一枪，先把王下雨打倒了——他不是武装队长嘛，身边也戳着一杆枪。王下雨吭都没吭，一下子就趴那儿了，那年才19岁。接着他瞄准了聂大贵，一枪打中了聂大贵的膀子，没打死。聂大贵摇晃了几下，骂了一声：'他妈的你想反把呀……'丁汉奎狠狠地说：'谁让你杀了我的狗……'说着又开了一枪。这一枪打在他的胸口上，聂大贵也死了。丁汉奎又把枪对准了张尚林。连着打死了两个人,其他人都吓'麻爪'了,只有张尚林还沉着。这时候,张尚林在炕里坐着,靠近一扇窗,想反抗没武器,情急之下说了一句:'人命关天,就为两条狗值得这样吗?'丁汉奎说:'没啥值不值的……'趁丁汉奎说话的当口,张尚林猛地撞碎窗户,翻身跳到了窗外。丁汉奎急忙开了一枪,不过没打着。

"没打着张尚林,丁汉奎回头瞄准了杨万才。这个人能说会道,从前挑着担子走屯串户换过麻糖,见人说话儿先点头,为人处事挺周全,平时很少得罪人。大伙儿选他当农联会,主要是看他见识广。见丁汉奎把枪指向了他,杨万才颤着声儿说:'别价别价……打狗不是我的主意,是聂大贵说的……'丁汉奎咬着牙,又说了一句刚才说过的话:'你们这帮穷鬼……'一边说一边开了枪。杨万才应声倒地,不过他当时没死,过两天才咽的气。在丁汉奎要打杨万才的时候,魏福悄悄从里屋溜了出去。他是农联会的生产队长,平时老实巴交的,庄稼活儿干得好,还跟丁汉奎沾点儿亲。魏福吓得双腿直打飚儿,好不容易跑到院子(跑出院门他就没事儿了),这当儿丁汉奎追了出来,照他身后就是一枪。这一枪没打准,打中了他的大腿,把他打趴下了。等丁汉奎来到跟前,魏福说:'他姨姥爷,是我啊……千万别打!'丁汉奎杀红了眼,他说:'是你也不行,六大部的一个不留!'说着'砰'的一枪,又把魏福打死了。

"就这样,丁汉奎一气儿杀了四个人。农联会主任张尚林侥幸逃脱。还有一个农联会干部那天有病没参加会,躲过了一劫。

"这事儿当年真闹得挺大的,区里县里都来了人。第二天,就把丁汉奎押走了。在那四个人死后半个来月吧,丁汉奎被拉到那四个人的坟堆儿前,让他跪在那儿,一枪给毙了。

"那天好多人都去看热闹，我也在那儿。枪响过后，就见他身子往前一拱，接着就趴下不动了。

"我那年才14岁。那件事儿过后好几天，我心里都麻酥酥的。我妈说我是吓着了，还拿个勺子敲着门框给我叫魂儿……"

在我们说话期间，有一个老头儿进了院子。跟朋友的父亲一样，他也须发皆白了。老头儿很瘦，走路有点儿蹒跚。另外，他一直咧着嘴，似乎在嬉笑。

朋友的父亲见了他，通过敞开的窗户跟他打招呼："老丁，吃了没？"

老头儿一边往窗前走，一边道："吃了吃了，吃的高粱米粥……老远就听你们家吵吵把火儿的，是不是来客（qiě）了？"

朋友的父亲说："我小儿子从县里回来了，就是文斌，他还领来一个朋友。你进来再吃点儿？有酒呢。"

这时老头儿已来到窗前，并将双肘放到窗台上，伏在那儿，说："不了不了，我一会儿还有活儿呢……"

来到跟前才发现，老头儿的神情有一点儿特别，眼睛总是躲躲闪闪的，脸上一副不好意思的样子，似乎很害羞。在老头离开后，朋友的父亲对我说："知道这是谁吗？这就是丁汉奎的外孙子。自打丁汉奎一死，他就这样了，一辈子傻呵呵的，也没娶上个媳妇（傻了吧唧的，谁跟他呀），没事儿就四处瞎溜达，干活儿倒是还行，能养活自个儿，屯里人也挺照顾他……"

隔了片刻，朋友的父亲突然叹了一口气，说："唉，这个丁汉奎，他可真把人坑惨了！还有那几家呢，守寡的守寡，没爹的没爹……就说那个王下雨吧，他爹死得早，他就跟他老妈过日子，临死前俩月，他刚跟后屯一个姑娘定了亲，打算秋后办喜事儿，这下全泡汤了，他那边一出事儿，他老娘立马就疯了。还有聂大贵呢，还有杨万才呢，啊，你想

东北平原写生集　107

想……"

老人家最后说:"行啦——你们接着唠,我得去眯一会儿了。人老了,不中用啦……"

大姑屯

大姑姑嫁到了大姑屯。

这已是30多年前的事情啦。

某一天,当我无意间想起了这件事,同时也就想起了青春时代的大姑姑,想起了她美丽的样貌,想起了她后来的遭遇,当然也想起了那次叫我终生难忘的"送亲"活动。

说到送亲,这本来是一种习俗。在我老家那一带,男人女人结婚时,倘若新郎和新娘不在同一个屯子住,便要由娘家负责,将新娘子给新郎官儿送过去,这就叫送亲。——这个习俗如今还有。

在当年,送亲基本都用马车。就是那种四匹马拉着的胶轮大车。一般来说,一辆马车就够了。可要是娘家的客人比较多,七大姑八大姨,外加叔伯娘舅、兄弟姐妹、侄男甥女,多到十几位甚至几十位,要用两辆或三辆车,那也是有的。

每辆车上,都要铺一床花棉被。

还有一点要说明一下:如果两地距离不是很远,比如就是两个相邻的屯子,婚礼当天把人送过去就行了,但若两地距离较远,则在婚礼的前一天就得送到,总之不能误了拜堂的时间。我们那儿有个规矩,凡新婚夫妇,拜堂一律都在上午,只有改嫁或再娶的,才会在下午拜堂。

当时,我还没去过大姑屯,不知道那里有多远,但听大人们说,似乎是很远的。我还听大人们说，大姑屯跟我们不是同一个公社，而在另一个公社。

不过，此前我倒是见过大姑父了。

大姑父姓杨，大名叫杨德亮，个头儿很高，颧骨也很高。我第一次见他，是他到我们这儿来相亲。我现在还记得，那天他穿了一身蓝卡其布的衣裳，很新，也许是第一次穿；脚穿一双黄胶鞋——显得脚很大；头发也刚刚剪过，鬓角和后脑勺都剪得很短，连头皮都看得见了，脑瓜顶上留了一条头缝儿，头发大部分被梳向了右边，一小部分被梳向了左边。

大姑姑跟大姑父的亲事，是曹金贵的老婆给介绍的。曹金贵的老婆以前就是大姑屯的人，好像还是大姑父的姐，多年前嫁给了曹金贵，成了我们屯的人。

相亲是在一天傍晚。吃完晚饭后，就见曹金贵和他老婆，还有大姑父，来到了大姑姑家里。说起相亲，其实就是见个面。我记得，那天大姑父坐在北炕的炕沿上，自始至终红着脸，也没说几句话，只在别人问他什么的时候，才简短地回答一两个字，是或者不是，有或者没有。大姑姑的表现比大姑父还要差一点儿。她坐在南炕的炕里，背倚着窗台，整个相亲的过程，连一句话都没说。本来她是正对着大姑父的，可她连头都不敢抬，就那样低着，直到大姑父他们离开了，才把头抬起来，长长地出了一口气。

在我们那儿，当年的婚事大概都是这样一个程序。首先是相亲。相亲之后，觉得可以了，便要过彩礼。彩礼分为头茬礼、二茬礼、三茬礼。彩礼一过，亲事基本就定下来了。当然也有例外的，由于种种原因，会有退婚的，但总的来说，这种情况很少。

相亲已经过去了两三年——这期间，过了头茬礼，过了二茬礼，过

东北平原写生集　　109

了三茬礼，就等着成亲了。

那阵子，我见大姑姑特别的忙。因为她是生产队的社员，每天都要到生产队干活儿。春种，夏锄，秋收，入冬则要打场，就是给庄稼脱粒，这一切都搞完了，还要挖沙子改良盐碱地，反正没有闲着的时候。等到下了工，吃完下晚儿饭，她又要忙自个儿的嫁妆。被窝，褥子，枕套，还有各种小玩意儿，以及新衣裳。衣裳还要分单衣和棉衣，棉袄啦，棉裤啦。而且不光是她自己的，还包括大姑父的。特别是棉衣，一定要里外三新（新衣面、新衣里、新棉花）。

当时大姑姑用彩礼钱买了一台"蜜蜂"牌的缝纫机，一有空儿，她就会坐下来踩一会儿。踩的时候嗡嗡嗡、嗡嗡嗡，真像一只蜜蜂在那儿叫。不过，做被窝和棉衣的时候，又是另外一种情景了。做被窝做棉衣，就都要在炕上做了。那要把裁剪好的东西在光溜溜的炕席上铺展开，接着将买来的棉花一片一片地"絮"上去，要"絮"得不薄不厚，十分的均匀（这样穿起来才舒服）。再用线一行一行地纴起来。针脚不必太细密，可太宽松了也不行，那样棉花会"滚包"——有的地方棉花过多，形成一个个疙瘩，有的地方又没有棉花——最合适的行距是一寸左右（不超过一寸）。

在做这些的时候，人要坐在炕上，不仅弯腰还要低头。

房顶悬挂着一盏15瓦的电灯泡。

那段时间，不知道多少次，我眼见大姑姑坐在炕上，一心一意地做棉衣，做被窝。那个15瓦的电灯泡就吊在她的头顶上，光线"黄不棱登"的，一点儿也不明亮。这"黄不棱登"的光线就像一条纱巾，覆盖着她的头，她的背，她的脖颈儿，还有她不停活动的两只手。她全神贯注，一声不吭，眼睛紧紧盯着手里的伙计，只从鼻孔发出均匀的喘气声。偶尔，她也会停下来，扭动几下僵硬了的脖颈儿，再揉一揉酸胀的双眼，有时候会到外屋地（厨房）舀一碗凉水喝，一回来马上又接着做活儿……

每次看见大姑姑在那儿忙，我心里都会想：当个女人可真辛苦啊！有时候我也揣测，这会儿，大姑姑心里会想啥呢？她会不会很幸福？会不会很期待？会不会很着急？

那几年，大姑父每年都要到大姑姑家里来一次。具体时间我说不太准，大体是在每年的正月，在初五之后，十五之前。每次都要带一些礼品：酒，罐头，饼干，糖块儿，而且都是双份。在我们那儿，这叫"四合礼"，算是最贵重的礼品了。糖块儿和饼干还要用黄色的包装纸包扎起来，包得四棱四角的，再用长长的纸绳扎好（一般都扎成十字形）——酒也不是什么名酒，就是我们县里出产的老白干。

大姑父每次来，都是先去曹金贵家，先在那儿住一晚上，第二天才由曹金贵或他老婆陪着，来到大姑姑家。大姑姑家则会招待他们吃一顿饭。这顿饭，大姑姑会亲自下厨。所做的菜自然也都是家里能做的最好的菜。鸡啦，鸭啦，鱼啦。这都是早早就预备好了的，就放在小仓房里冷冻着，要专等大姑父过来才做。一到了这一天，大姑姑家里会处处弥漫着肉香，连墙角旮旯都是，站在院子里都闻得到。

为了这顿饭，大姑姑得忙上一小天儿。首先，她要把那些东西拿到屋子里化上。化得差不多了，便要用水细细地洗，洗不净的地方，还要用刀子刮。这时候，大姑姑的手会变得很红，尤其是手背，仿佛特别的滑溜，特别的嫩，就像那儿换了一层皮。洗好之后才依次下锅。照我们那儿的习惯，基本上都是炖：小鸡炖蘑菇，猪肉炖粉条，鲤鱼炖豆腐。炖菜是很费工夫的。炖一个菜，起码也要半个小时。等到所有菜都炖好了（先炖好的菜，盛出来放到锅台后面热着），再一样一样地端上桌子。

我们那儿还有个习惯,也是一个规矩吧:家里来了客(qiě),女人是不能上桌的。

另外,我注意到,在那个过程中,大姑姑和大姑父,他们是从不说话的。就我了解的情况,他们还真的从没说过话。他们甚至从未正眼相看(对视)过。他们如果相看,也是非常迅速的,就那么轻轻一"碰",马上就躲开了。也就是说,他们都是很害羞的。

那么,他们是不是从来就没说过话呢?

这我就不知道了——因为我没见到过。

现在,大姑姑跟大姑父终于要成亲了。

正日子就在明天!

我们要把大姑姑给大姑父送过去。

这天上午,吃完头晌饭,大约11点钟,"送亲"的马车出发了。

"送亲"的马车一共两辆。其中,第一辆车上全部坐人;第二辆车上除了坐人,还拉了一些嫁妆,比方那台"蜜蜂"牌缝纫机,还有她这几年缝好的棉袄棉裤和被窝(分别用被单包着,包了几个大包),还有大姑姑家里陪送的一对榆木柜,还有大姑姑的一些好姐妹给她买的小东西,洗脸盆了,暖水瓶了,玻璃镜子什么的——所有的东西都装在车后稍儿,用一根麻绳紧紧地拢住。

大姑姑坐在第一辆车上。我也坐在第一辆车上。第一辆车上还坐着大姑姑的哥哥、嫂子,她的娘舅和舅母,她姨家的两个妹妹,她的干妈顾老太太,她的好姐妹夏春芳和高二秀等,总共十多个人。

第二辆车上有七八个人,不过我忘记都有谁了。

大姑姑坐在第一辆车的正中间儿。

那天,大姑姑穿了一身的红衣红裤。红衣红裤都是新的。脖颈上还扎了一条红围巾。脚上穿着红袜子，外边是一双绣了云字钩的纳底儿布鞋。

穿上这身衣裳，人也变得好看了。

老实说，在我眼里，大姑姑以前并不怎么好看，或者说，我没有发现她的好看。我觉得，以前的大姑姑再平常不过了。以前的大姑姑，总是穿着打补丁的衣裳，因为每天要到生产队去干活儿，还粗手大脚的。脸色也不白，就像没洗干净。头发嘛也干巴巴的，上面落满了尘土。大概由于劳累吧，看上去总是一脸倦容，没精打采的……

可是今天，大姑姑就像换了一个人，头发、脸色、眉眼，处处透露出一种说不出来的神采和气息，都那么好看，好看得让人奇怪，让我不敢相信：这还是大姑姑吗？

在乡亲们的注视下，马车缓缓地驶出了屯子。

就在这当儿，大姑姑突然没头没脑地哭起来，哭得抽抽搭搭的，眼泪鼻涕一块儿往外冒，那样子说不上有多伤心，说不上有多难过，说不上有多委屈……

我当时吓坏了，不知道她这是怎么了，为什么要哭。

让我觉得奇怪的是，其他人对此倒没显得怎么吃惊。不过，他们也劝了大姑姑几句。有的说，咳，哭个啥？女人都有这一天儿的。有的说，想家你就回来看看嘛，虽说远了点儿，坐班车半天儿也就到了。有的说，女人就是这个命，嫁到哪旮儿哪旮儿就是家。有的说，我看那杨德亮挺本分的，不大会给你气受。有谁接过来说，他要敢给你气受，你就回来找曹金贵算账，他不是介绍人嘛……

大家七嘴八舌地说了一气，除了我，每个人都说了话，到后来，好像没啥话说了，就都不吱声了，光让大姑姑自个儿在那哭。

看见大姑姑哭，我也差点儿没哭出来（妈妈老早就说我眼泪窝子浅）。尽管我不知道大姑姑为什么哭，也不知道她心里在想什么，却对

东北平原写生集　　113

她产生了深深的同情,深深的怜悯。

说起来,我以前好像还从没见大姑姑哭过。在我的印象里,她一直是个粗枝大叶的人,似乎什么事儿也不放在心上,又有点儿胆小,很听话,也很能干活儿,一般让干什么就干什么,不怎么爱说话,很少跟人争辩,却很会讲故事,我们叫"讲瞎话儿",狐狸精,女鬼,妖怪,神仙,道士,和尚,受难的书生,员外家的小姐和丫鬟……讲的时候瞪着眼睛,一改往日的神情,连嗓音都不同了,一会儿高一会儿低,偶尔还会故意发出一种怪声儿,憨声憨气的,就像一个男人,吓得人头皮发麻。

听大姑姑"讲瞎话儿",一般都是在过年的那几天——平常基本没讲过,可能是干活太累了吧,就没有那个心思了。

就在大姑姑哭的时候,马车驶进了一个镇子。这是我们公社的所在地。我对这里还是比较熟悉的。那会儿我正在读初中(初中一年级),我读书的中学就在这儿。

而大姑姑是没有读过书的,连小学都不曾读过。

不久,马车穿过了镇子。

镇子的北边有一条砂石路,听说这条路直通县里,每天会有一趟班车(长途汽车)沿着这条路从县城开过来。赶车的车老板儿说,我们要先在这条路上走一会儿,走个十几里,等到了一个名叫石显章的屯子再拐下去,抄一条近路,经过公社的畜牧场,然后爬一个大坡,就进了"胜利"的地界了。胜利是大姑屯所在的公社名儿。

因为这条路的路基高,显得视野特开阔。

路两旁都是田地。

这会儿已是十月,地里的庄稼大半都收割完了,整个田地十分空旷,也十分安静,感觉天也高了地也远了。而在那一天,秋阳依偎着一朵白云，懒洋洋地挂在空中，光线是那么温馨，又那么柔和。一阵阵秋风从田地里吹过来，空气香香甜甜的——但已有了一丝丝的凉意。

不知从什么时候开始，大姑姑已不再哭了。

马车一颠儿一颠儿的，马儿们小跑着。

大人们拉起了家常。

他们具体说了啥话我不记得了，大概说了天气，似乎也说了年景，好像还说了人造地球卫星，说它能在天上播送《东方红》，又说哪里出了一个破坏"抓革命、促生产"的现行反革命，他竟然下毒药把一个生产队的马全都给毒死了；说哪儿有个女青年，长得特好看，就叫大队书记"那个"了，后来生了一个小男孩儿，头上长着两只角，还长了一个大象似的长鼻子（肉瘤），是人不像人，像兽又不是兽；说有个地方挖防空洞，一下子挖出了满满一水缸的铜钱……

另外还说了一些我们屯子和邻近屯子的事儿，包括我们大队的事儿，说谁家的男人能吃苦，说谁家的女人那才叫会过日子（勤俭），说向阳大队有个邵新成，被保送上了大学，说这就叫一步登天，一毕业就变成国家干部了，挣工资，还能捞一个城市户口；说联合大队有一棵百年老柳树，某一阵子显灵了，能给人治病，说要是诚心求它，不管你得了多重的病，到它跟前拜一拜，给它挂一根红布条儿，再朝它磕几个响头，立马就好得利利索索的……

这些话和这些事，都是我特别喜欢听的。

大姑姑也在听。跟我一样，她也听得津津有味。

在大人们说话儿的时候，马车已过了"石显章"，从沙石路上拐下来，走上了一条窄窄的便道，也就是一条土路。走不多远，就来到了公社的畜牧场。车老板儿告诉我们，原来是没有这个畜牧场的，最近几年才成立。车老板儿还说，这儿原是一片草甸子，因为碱性大，不适合种庄稼，放放牲口还可以。

　　畜牧场的场部就跟一个屯子差不多，有一些民房，房子也是平房和草房，只是整齐一点儿。场部四周都是平坦的草地，无遮无拦，看上去空空旷旷，把场部衬托得就像一个岛。这当儿，场部显得很安静，好像没有几个人。对我来说，这里完全是个陌生的地方。我想大姑姑也是如此吧。我断定，以前她肯定没来过这里。——这么说吧，就我所了解的情况，在这之前，大姑姑的活动区域，恐怕还没有超越周边五里路的范围。

　　土路从南向北，穿过了畜牧场。

　　接下来，马车穿过了一片草地，又爬了一段坡路，——这段坡路很长，足足有一里路，可能一里路还不止。上坡的时候，气氛紧张了一阵儿，尤其是车老板儿，"啪啪"地甩动着长鞭，一边大声地吆喝着；马儿们也攒足了力气，抿起耳朵，低下头，奋力向坡上登爬。

　　好歹爬上了坡顶，大家都松了一口气。

　　马车停了一会儿。马儿们要歇歇气儿。当然，人也要歇歇气儿的。坐车坐了这么久，有必要下来活动活动，顺便也好解个手。车刚停稳，大家就都从车上跳下来，迅速跑进路边的田里，找到一个勉强可以隐身的地方，自行方便。

　　我也撒了一泡长尿。

　　马车又上路了。那以后，我们经过了另一个镇子，亦即胜利公社的所在地，还有五六个屯子，在太阳快落山的时候，来到了大姑屯。

　　记得在路过"胜利"时，大姑姑的好姐妹夏春芳曾经对大姑姑说："秋莲呀，往后你就是个'胜利'人啦……"

　　我当时背对着大姑姑，所以没见大姑姑的表情，也没听见她说什么话，只听见大姑姑在夏春芳的手背上亲昵地拍了一巴掌。

那天晚上，我们就住在了大姑屯。住处是大姑父的家里人给安排的，我们一干人分散开住了好几户人家儿。几户人家儿的房子都挺宽敞，也挺干净。听大人们说，因为大姑姑和大姑父还没有拜堂，我们住处就是大姑姑临时的"娘家"。

晚上睡觉之前，我出于好奇，当然也有那么一点点儿担忧（不知道担忧什么），溜到大姑姑的住处看了一眼。她跟另外几个女的住在一块儿。我进去时，她们正在说话。说的什么我没听清。而且，一看见我，她们就什么都不说了。但我发现，大姑姑的眼神亮闪闪的，特别的明澈，特别的浪漫——我不知道这样说对不对。

片刻，大姑姑对我说："死生子，你上这儿干啥来了？都这么晚了，还不回去睡觉去……"

我不知道说啥好，吭吭哧哧道："我，我……"一边说一边向后退，最后迅速地出了门，一溜儿小跑离开了这里。

第二天上午，大姑姑和大姑父拜了堂。

顺便说一句：这是我今生参加的唯一的一次"送亲"活动，印象至今那么深刻，真的是难以忘怀啊！

这以后的几个月吧，我就听说大姑姑怀孕了。

那期间，大姑姑曾经回来过一两次（我们那儿叫回娘家）。每次回来，她的肚子都会变大一点儿，走路也慢吞吞的，脸上常常显出疲惫之色，然而表情却是安详的、平静的，偶尔会悄悄地笑一下，不知道她笑啥。我还记得，她那阵子特别能吃，好像总也吃不饱，一上饭桌就狼吞虎咽，见啥都往嘴里塞，不等嚼完就咽下去了，有时候会噎得直"哏喽"。

接着又过去了几个月，好像在大姑姑就要生小孩的时候，我突然听到了一个惊人的消息,说大姑父出事了。我听说,大姑父因为在社员大会上向公社的工作组揭发他们生产队的队长多拿多占集体财产,以及利用权势欺压群众,还乱搞男女关系。队长一时恼怒,两人当场便厮打起来。队长骂道:"一个小泥鳅还想翻大浪?妈的给我打!看他还敢不敢嘴欠……"队长还有两个亲兄弟,一听这话,马上就上来帮忙,三个打一个。大姑父当时就被打得昏死过去,急忙用马车送到胜利卫生院,这才抢救过来,后来一检查,竟把脊梁骨给打断了,躺在病床上,动也不能动。

大姑父被打伤没多久,大姑姑早产生了一个男孩子——大姑姑生孩子的时候,大姑父还住在医院里。大概又过了两个多月,大姑父才出了院。可他尽管出了院,身体却没有恢复过来。自此再不能干重活儿了,甚至走路都不能快走,要一小步一小步地往前挪动。人也越来越瘦弱,原来一个五大三粗的人,竟瘦得只剩了一身的骨头架子。而且大姑姑再也没有生孩子,据说这也是大姑父身体不好的原因。

后来我去过大姑屯几次,也许十几次,去看望大姑姑,也看望大姑父。每次去,都看见大姑姑在忙。一早一晚在家里忙,喂猪呀,喂鸡呀,到了晚上,还要赶它们进猪圈、进鸡架。同时还要做饭,一忽儿在锅台上淘米切菜,一忽儿又到灶膛那儿添柴烧火,感觉她就像旋来旋去的旋风,一会儿旋到这儿,一会儿又旋到了那儿。而白天,她则要到生产队去上工。听大姑姑自己讲,那会儿她每年能挣三千多个工分,跟一个男劳力差不多少,如按每天十个工分计,除去下雨阴天,她一年要上三百多个工。

这时的大姑姑,身体也很瘦,不过要比大姑父强一点儿,但也强不了多少,两腮瘪瘪的,脸皮又黑又干枯,就像刷了一层漆。

在大姑姑忙的时候,大姑父会过来帮她。可能由于抽烟太多的缘故，大姑父会不停地咳嗽，不过不是很剧烈，声音也很轻，隔一会儿咳一下，再隔一会儿又咳一下。我对这个印象很深。

再后来，我因为到城里上大学，就很少到大姑屯去了。大学毕业后，又留在城里参加了工作，去得就更少了。

之后有一年，当时我已经成家并且有了小孩，单位不给分房子，租了一间房子住，记得是在那年冬天，大姑姑突然风风火火地来到了我家。一同来的还有她的儿子，一个很壮实的小伙子，很像当年的大姑父。坐下后，大姑姑说，她想跟我借一笔钱，给她儿子说媳妇，过彩礼。还说了转过年就还给我。可我当时没有那么多钱（我那时的月工资是39元），把所有的余钱都凑起来才300元，都给他们拿上了，又给他们买了返程的车票，就把他们送走了。

为此我一直心存愧疚，一想起来就愧疚，直到如今，想起来仍特别愧疚！

我简单算了一下，现在，大姑姑起码70多岁了，还结结实实地活着。大姑父比大姑姑大两岁，也还活着。

我要找个机会，再去看看他们！

积万屯

积万屯最早的名字叫沈积万屯，后几经演变，显见是为了叫起来顺口，才变成了积万屯。

沈积万是一个人名儿。

像这样以人名命名的村子，在东北有好多，有的至今还在使用。

在当年，沈积万是屯里最富有的人。用一句曾经很流行的话说，他就是个大土豪,大粮户,或者大地主。

今天说话儿,这已经是60多年前的旧事了。

说起当年,沈积万的名字可是响当当的。家财万贯自不必说。现在积万屯名下的土地,包括域内的水塘、树林和草地(当地叫草甸子),从前都是他的,加起来有300多垧。

另有房屋近百间,佃农70余户。

现在,积万屯还残存着沈家当年的老房子。不过不多了,仅仅有几间。几间房子都是砖墙瓦顶——砖是青砖,上覆灰瓦。听当地一个村干部说,在当年,沈家可是不得了,就说房子吧,多到数不过来。什么上房啊,下房啊,正房啊,厢房啊,东房啊,西房啊,膳房啊,账房啊,还有专门的书房和客房,还有针线房和使女房,包括长工房。

据村干部说,土改的时候,这些房子大多分给了屯里的乡亲,剩下的有几间做了村委会(及至后来的大队部),还有几间给屯里的小学做了教室。那些分给各家各户的,因为不停地分家,多半叫他们拆了。村委会那几间,也因为扩建,在前几年翻盖成了新房子。只有小学校的那几间,因为给他们批了新地块,建了新校舍,腾出来了空在那儿,还没来得及拆。

村干部说,现在各地都在搞"乡村游",最近县里下了指示,要他们把这些房子"装潢装潢",搞一个旅游景点。

就残存的几间房子看,好像还都很结实,且举架很高,宽敞明亮,用当今的话说,工程质量蛮好。

沈家当年人口很多。沈积万一生娶了两房太太。两房太太各有儿女。其中大太太生了一子三女,二太太生了二子二女。儿女们也早就该娶的娶了该嫁的嫁了,又都有了自己的儿女。这样,若再加上那几个儿媳,加上孙子孙女,全家就有30多口人了。

直到现在，凡是说起沈积万的人，还都认为他有本事。这话大概不会错。能把家业折腾到这个程度，还操持得那么好，若没一点儿本事，肯定是不行的。听屯里人的意思，第一是说他头脑活络，有心计，会算计；第二说他会看形势，能抓住机会；第三说他善于拉关系找靠山，官、匪皆有交往，还会利用这个给自个儿造声势，弄得谁都不敢招惹他；第四说他有软有硬，会软会硬，该软的时候软，该硬的时候硬，不带含糊的。

据查，"民国"元年（1912年），他还选上过县议会的议员（初叫"临时县议会"），后又当过县协和会的分会长（伪满时期）。

屯里人说，沈积万可不是一般的土财主，是见过大世面的。穿衣戴帽都特讲究。绫罗绸缎，长衫马褂，头戴礼帽，手拿一根文明棍，偶尔还穿穿皮鞋（天气好的时候），往街上一站，就像一个从城里来的"老客"。再就是吃。据说他餐餐都是四菜一汤，山珍海味谈不上，却也是有鱼有肉，外加时令青菜。主要是做得精细。为此，他还花高价从城里的饭馆请来了一个厨子，每天调着样儿地给他做菜。因他喜吃爆炒鸡心，家里就养了好多的鸡，隔几天便杀一批。他常对家里人说，吃不穷穿不穷，算计不到才受穷。

这都是人们从他们的父辈或祖父辈那里听来的。

再有一点，就是他从不高声说话，不论什么情况，也不论跟谁，他说话都慢条斯理、蔼声蔼气，就像跟你商量事儿，年纪越大越是这样。绝不会跟你急。可是由于他的身份，他的话你却不敢不听。实际情况是，在当年的积万屯，他绝对是说一不二的，他叫你往东，你不敢往西，他叫你往西，你不敢往东。

即便是跟下人，或者子女，也是这样。

如前所说，沈积万总共生了三个儿子、五个女儿。他对他们都很疼爱。

儿女们的情况不尽相同，却也大同小异。就说几个女儿吧，她们的不同之处，大概只表现在所嫁的对象上。有的好些，有的不那么好。比方说，有的家里越来越富，有的则由于丈夫不争气，又嫖又赌，使家道中落了；有的丈夫做了官，有的丈夫却得了肺痨，或者其他什么病，一家人都了无生趣；反过来，因那做了官的丈夫又讨了一房"小"，闹得家中鸡犬不宁……大概不外乎如此。

三个儿子的情况也大致如此。

这三个儿子，一个叫沈家文，一个叫沈家武，一个叫沈家斌。

在所有孩子中，老大沈家文排行第二（他上头还有一个姐姐），老二沈家武排行第六，老三沈家斌排在最后一位，本地称作老疙瘩。这其中，沈家文因是长子，被沈积万选作接班人（有点儿皇帝选太子的意思），留在身边帮他操持家业；老二沈家武，他则花钱给他在县里买了一个闲差，类似于某个部门的科员，期望将来可以混个一官半职，老婆孩子还留在屯里；三兄弟中，只有沈家斌的情况复杂一点儿：沈家斌天性聪敏，却自小身体羸弱，总是病歪歪的，七岁起便被送到省城读书，让沈家斌的妈妈跟着，还专门在那里买了一套院子，并派了几个用人去服侍他们，先读了几年私塾，继而进了官办的学堂，因为读得好，一直读到了大学（那个大学在北平），可是万万没想到，有一年他却失踪了——突然间就没了音讯，活不见人，死不见尸。

在确信沈家斌失踪后，沈积万大病了一场。

本来，在所有的孩子中，沈家斌就是沈积万最疼爱的。他觉得他聪明、乖巧、有正事儿，再加上自小身体不好，天生就让人怜爱。

沈积万一病病了三个多月，才一点儿一点儿好起来。

有人问起他的感受，他总是声音低低地说："心疼，我就是心疼……"

三个多月的时间，他没有正儿八经吃过一顿饭，每天只喝一点儿稀粥。家里给他买了那么多好吃的，他却看都不看一眼。就连那些平常最爱吃的东西，他也压根儿不想吃了——甭说吃，那些鱼啦肉啦，一闻到气味他都会干噎。

见他这个样子，家里人都特别焦急。那个他花高价请来的厨子，简直绞尽了脑汁，一天到晚琢磨着做点儿啥他才吃得下，可都没有用。有一天，实在急得不行了，就跑到他跟前，带着哭音儿跟他说："东家，你这样可不行啊！你这样光喝稀粥，几天身板儿就糟烂了。你总得吃上点儿荤腥儿，这样你才挺得住哇……"

他呆呆地看着厨子，似乎想说什么，不过并没有说，那样看了一会儿，就把脸转到一边去了。

一度精神也出了毛病。

比方说，有一阵儿，他总在那儿哭，一边抹眼泪一边叨念沈家斌的名字："家斌呀，家斌呀，你到底跑哪儿去了？你总得给我来个信儿呀……"这样反反复复地说。

有一阵儿他不哭了，总是夸奖沈家斌，见人就说："家斌才是最聪明的，打小儿就聪明，别看他不喜得说话，那心里才有数呢，要不他能考上大学吗？那可是北平的大学呀！"

有一阵儿，他还出现了幻听，动不动就一惊一乍地嚷嚷："我听见大门响了，还有皮鞋底子声……快去看看，保准儿是家斌回来了，把他领到我屋来……"大门离他的房间那么远，其实是啥也听不到的。

有一阵儿，他还硬说见着沈家斌了，他会说："家斌出去了？咋这么麻溜呢？是不是上茅房了？让他快点儿回来，我的话还没说完呢！"

东北平原写生集　　123

开始的时候，人们不知道怎么回事儿，还说："家斌在哪儿呀？我咋没看见……"

他就说："我们爷俩儿刚还唠嗑来着，你还说没看见……喊！"

后来大家明白了，凡有这种情况，都是在他刚刚睡醒的时候，也就是说，他说的是梦里的事情。

大约三个月之后，这种情况才渐渐消失了。他也从炕上爬起来，偶尔到院子里晒晒太阳，顺带活动活动手脚。

据说他当时特别瘦，人都变了形，就像一根麻秆。

人们后来曾经推测沈家斌失踪的原因，一个是被抓进了笆篱子（监狱），思想犯啊，政治犯啊，这种事情当年多得很；另外可能是遭人绑票又撕了票，图财害命呗；还有可能是自己不小心，出了什么意外；再就是做了什么"天诛地灭"的事儿，跑到什么地方，隐姓埋名，不想见人了……

说起来，在那个兵荒马乱的年月，什么事情都有可能发生的啊。

谁都没想到的是，沈家斌突然回来了。

沈家斌回来的这一年，沈积万已经78岁了。这时候，他已基本恢复过来，能吃能喝了，不过身子一直都有点儿虚，跟前些年是没法儿比了，再加上年岁越来越大，已经走不了远路，顶多就是在院子里转悠转悠。另外他还落下了一个毛病：听不得沈家斌的名儿，听到就会当场晕厥，如果当时他是站着的，便会立刻四肢僵直，一头栽倒在地。因此，这几年家里人一直都是小心翼翼，避免提到沈家斌的名字。

沈家斌是在1946年回来的。

在此前一年，即1945年，8月15日，日本宣布了无条件投降。

统治东北14年的"满洲国"也跟着倒台了。

本县的县志记载了这段历史：

1945年8月13日晚，日籍副县长××××，以及居住在县城的全部日本人，均乘马车逃往××，后又逃往×××。逃走前焚烧了大量文件和书籍。

8月15日，以伪县长吴焕章为首，组成了地方维持会。

8月17日，伪警察队改编成警备大队（群众称其为"白帽箍"）。

8月21日，苏联红军一部和东北抗日联军一部进驻本县县城。

8月29日，三民主义青年团（简称三青团）松江省××支部成立，×××任书记。

8月末，成立国民党××县党部，×××为县党部书记（称老年派）。

9月4日，国民党长春党务专员办事处派×××、××、×××等人来本县建立国民党组织，×××任党部书记长（称青年派）。

10月上旬，苏联红军纸币百元、10元、5元、1元在市场出现，与伪满纸币等价流通。

下旬，苏联红军查封国民党××县党部，勒令解散"党专"××支部。

本月，民主大同盟××分会建立。1946年初，该组织改为中苏友好协会××分会。

11月，中央东北局派××、×××等人接收本县伪政权，××任县工作委员会政委（即县委书记），×××任县政府主席。

下旬，成立县武装大队。

冬，县小朋友剧团成立（1947年，该剧团改为土地改革工作队文艺宣传队）。

1946年1月,县武装大队到本县××区围剿土匪,击毙匪首黄虎。

3月,开展"二五减租,分半减息"运动。

中旬,原县政府主席×××因工作需要调省,沈鸿接任县政府主席。

3月20日,驻本县苏联红军撤离回国。

下旬,县政府主席沈鸿发布训令,改革了伪县公署遗留下来的机构,重新配置了工作人员。

……

就在这年(公历1946年)的春末夏初,确切说是四五月间,沈家得到了一个消息,说有人在县里看见了一个挺像沈家斌的人,穿着一身灰军服,戴着眼镜,可还不敢确认,因为他没在跟前,只在街上远远地瞄了几眼。

还说这人亲耳听见有人喊他:"沈主席……"

刚听到这个消息时,家里人都不敢相信,毕竟这是道听途说,况且只是"挺像"、只是姓沈而已——全天下姓沈的人多了去了。而且,如果他是沈家斌,离家这么近,他怎么着也得先回家来看一眼吧?看看爹,看看妈(不幸的是,因伤心过度,沈家斌的生母已于几年前去世了),看看兄弟姐妹,侄男甥女。

沈家的老大沈家文,更是半信半疑,为了尽快把事情搞清楚,他当即就让老二沈家武去了一趟县城(沈家武已于去年混乱时期回到了乡下),让他探个究竟,因为他熟悉县城的情况。

沈家武去了三天,回来了。

沈家文问沈家武:"咋样?"

沈家武说:"这人可能不是家斌。他姓沈是没错儿,可名字是叫沈鸿。听他们说，他是跟着'八路'从关里过来的，是个共党的大官儿。"

沈家文叹口气说："要是能亲眼见见就好了。他们可是说有点儿像……"

沈家武说："我也这么打算过，上门去看个究竟。可我是给伪政府当过差的，就怕叫人家给逮住喽，那里现今全是共党的天下了……"

沈家文说："那就先这样吧。这事儿你可别跟爹说。唉，我咋总觉得那就是他呢……"

后来终于证实了，沈鸿确是沈家斌。沈鸿是沈家斌参加革命时给自己重起的名字。在当年，这种情况是很多见的。很多人参加革命后都改过名字，而且后来还一直使用（这样的例子不少）。

在把事情搞确凿之后，沈家文终于把这事儿告诉了沈积万。

果不其然，沈积万一听到沈家斌的名字，当下就瞪大了眼睛，接着便口吐白沫，双拳紧握，脖子向后一挺，晕倒在榆木椅子上。沈家文、沈家武，还有其他几个在场的人，马上七手八脚地帮他捶胸拍背，又是掰手指，又是掐人中。过了大约十来分钟，他才悠悠地吐出一口气，苏醒过来。

沈家文说："爹，你听我说……"

沈家文简要地把事情讲了。

沈积万没等听完就流出了眼泪，吭吭哧哧地说："这可是真的？这可是真的？"

等哭完了，也好似冷静了，又问沈家文："你说他就住在县里？都好几个月了？"

沈家文说："我听到的也不确实，有两三个月了吧？"

沈积万说："离家这么近便，他咋不回来看看？"

东北平原写生集　　127

沈家文说："我寻思他是忙吧，一时半会儿脱不开身。现今……他当了共产党了……"

沈积万说："不管他当了啥，他也不能不认我这个爹吧？你去找他，麻溜就去……"

沈家文急忙说："行，行……这两天我就去……"

第三天，沈家文便亲自上了一趟县，见到了沈家斌。据他回来讲，沈家斌现在是县政府的主席，身上挎着一把短枪，住在老县衙的一间偏房里，出来进去都有护卫跟着。说他的脾气做派跟先前差不多，好像没咋改，还是不怎么爱吭声，对人带搭不理的，没个热乎劲儿。模样儿也没大改变，面皮白白静静的，就像个学生，只是下巴和腮帮子长了一些胡子茬儿。还说，看样子他特倦乏，眼珠儿上有好多红血丝……

沈积万越听越着急，说："别说这些没用的……你们都说啥了？"

沈家文愣了一下道："我们没说几句话，他就问了问'爹妈他们还好吧，家里怎么样'，剩下就都是我说了……"

沈积万说："那他说没说，他啥时候能回家？"

沈家文说："没，他没说……"

沈家斌到底没有回来。

转年，解放区开始搞"土改"。

在"土改"之前，先搞了"反奸清算"。

所谓"反奸清算"，就是要清算那些在过去，尤其是在伪满时期，做过坏事的人。看你当年有没有坑害过人，有没有当过伪满政权的狗腿子，横行乡里，欺男霸女，图财害命，帮他们逼交"出荷粮"，抓劳工，看谁不顺眼就说谁是"思想犯"，就抓起来送官，严刑拷打，有的给打死了，有的给打残废了——其中包括一些在伪满时期担任过官职的人，也都在清算之列。

搞"反奸清算"的目的，也许是给"土改"做个准备吧。

"反奸清算"刚开始时，形势比较混乱，各地发生了多起死人事件，在一些群众大会上，有些人当场就被众人打死了。有时候，大家不问青红皂白，只要有人一喊："打死他！打死这个吃人不吐骨头的王八蛋！"或者，"打死这个狗汉奸！"人们保证扑上去就打。拳头、巴掌一齐挥舞，木棍、农具（锄头、扁担、铁锹、镐把等）也派上了用场。总之，人人满腔怒火，个个义愤填膺，天不怕，地不怕，反正有人给他们撑腰。

这当中，肯定有罪大恶极的，他们倒是该死，也有不是那么坏的，就是说，他们罪不至死。

后来有人意识到了这种偏差，进行了纠正。正规的说法叫"纠偏"。纠偏制止了一些过激的做法，明确提出要缩小打击面，禁止公报私仇，禁止盲目的、一窝蜂式的打人现象。规定采取群众举报、摸查线索、由上级审查的方式，对那些确有罪恶的土豪劣绅、汉奸地主，由县政权进行统一审核后，再行处理。该押的押，该杀的杀。

这之后没多久，县里审查处决了一批人犯。这些人中，有"日伪"时期的官吏及伪警特人员（即汉奸），有叛变革命的，有横行乡里的恶霸、流氓，有惯匪（当地称胡子）和惯盗，有借势欺压农户并身负血债的劣绅，有试图破坏运动，对群众进行威胁恐吓的地主富农，另有杀人犯、强奸犯，等等。

其中包括沈积万。

沈积万的罪名有三项：一是在"日伪"时期，不顾民族大义，出任伪职；二是当年伪县公署派人到积万屯来催讨"出荷粮"时，他曾经把家里的一间房子借给他们当刑讯室，对没交上和没交齐出荷粮的村民严

东北平原写生集　129

刑拷打，并致一名村民当场死亡；三是强行收买、侵占他人土地。

这个名单是由沈鸿，也即沈家斌，最后签署的。

那一刻，沈家斌心里会想些啥呢？

他会不会痛苦？会不会难过？

他会不会回想起往事？

他会流泪吗？

不知道。

这些，除了沈家斌自己，可能没有人会知道。

需要补充的是，在沈鸿签字之前，这个名单已经由县里的几个主要领导开会讨论过了。当然，沈家斌也参加了讨论。根据当时的政策和一些具体情况，沈积万的罪名是可轻可重的，也就是说，是在轻重之间。而在处理上，则既可以选择轻判，也可以选择重判。他们选择了重判。而提议重判的，恰恰是沈家斌。

他为什么这样做？

沈积万被人从积万屯带到了县里，临时关押在县监狱。县监狱是一些用大块的青砖建起来的老房子，本县设立之初就有了。

有一天，沈积万提出要见一下沈家斌。

沈鸿（即沈家斌）请示了县里的其他几位领导，获得批准后，在一天下午，吃过午饭后，由警卫员和一个下属陪着，匆匆来到了县监狱。

看见沈家斌走过来，沈积万的眼睛马上就亮了，迅速把沈家斌打量了一遭，之后欣喜地说："啊家斌……你真的长大了，肩膀也长宽了，有个男人样儿了……哈好，好啊……"

沈家斌诧异了一下，不过没说话。

沈积万接着说："我总以为你还是那么瘦筋巴拉的，没长开的样子，就像个病秧子……想不到这么结实了……好，好啊……"

沈家斌还是没说话。

沈积万又说："那你成了家没？"

这次，沈家斌点了点头。

沈积万说："成了？那你咋不把媳妇儿领来跟我见个面？"

沈家斌说："她不住在这儿……"

沈积万吃惊地说："你是说你们不住在一块儿？两口子呀，那哪行！"

沈家斌说："她有她的工作……"

沈积万说："那她住在哪儿？"

沈家斌说："她在她工作的地方住……嗯……在南边……"

沈积万说："你们有孩子没？"

沈家斌说："还没……"

沈积万说："她娘家是哪儿的？"

沈家斌说："她老家在湖南。"

沈积万说："湖南啊……听说过……"

沈积万停下来，停了一会儿，才又说："你妈死了……你知道不？"

沈家斌说："大哥告诉我了……"

沈积万说："他说了为啥死的吗？"

沈家斌说："说了。"

沈积万突然哭起来，一边哭一边吭吭哧哧地说："你说你！你说你……你那年咋就一下子断了音信……全家的人……你大哥，你二哥，你妈，你那几个姐……都以为你出了事儿……以为你叫人给祸害了……叫人绑票了……叫人给杀了……你说你……你咋就不事先跟家里说一声儿呢？你都快把我急出火连症了……你说你呀……咳……"

东北平原写生集　　131

沈积万擦了一把鼻涕。

过一会儿，沈积万轻轻叹了一口气说："家斌我问你一句……你是不是后悔有我这个爹了？"

沈家斌没说话。没说是，也没说不是。

又过了一会儿，沈积万又说："我就是为了这个家啊……"

停了停，沈积万又说："我哪能想到会是今天这个形势啊……"

沈家斌再没说一句话。几分钟后，他离开了这里。

隔过一天，沈积万就和其他犯人一道，被枪毙了。

沈积万死后，沈家文把他的尸首运回了积万屯，直接来到屯后的坟茔地，悄没声儿地埋了。

不久，沈鸿就被调到别的地方去任职了。

据说，他再没有回过积万屯。

滕家渡

这是一件发生在1968年的事。

事情发生在××县××乡的滕家渡屯。

早先，滕家渡屯是个渡口，位于一条河边。当地人称此河为宽河。据说以前水势颇大，河面宽达十几丈，可以用船载运粮草的。现在不然了，但仍有数丈宽（三五丈宽，还是有的）。又因这里是平原地带，水流并不湍急。从春到秋，河岸皆杂草繁茂，兼有野花，站在此岸望彼岸，可见一片蓬勃的倒影。入冬，则一河清冰，在被积雪覆盖之前，冰面一片碧洁，宛若巨大的水晶，光可鉴人，且特别光滑。人若在上面行走，一不小心，就会摔个四仰八叉。但却成了孩子们的乐园，不论男孩子还是女孩子，都一窝蜂地跑到冰上来，身穿厚厚的棉衣，在这儿玩冰爬犁、打跐溜滑儿、抽杀儿（即打陀螺）、你推我搡地摔跤、互相使脚绊儿。摔跤的时候，只要一个人摔倒了，所有的人都会一块儿摔倒……

不过，若说宽河最有活力，最多姿彩，最好看，最有趣味……还是春夏秋三季。

春，一般是在阳历三月，有时候会延迟到三月的下旬，河水开始解冻，当地称作开河（越往北，开河的时间就越迟）。开河是一个缓慢的过程，少则几天，多则十几天。这期间，冰面首先会出现许多麻点儿，然后，河中间儿的冰面会逐渐塌陷，随即会发生坼裂，"咯嘣咯嘣"，老远的地方都听得见，夜里就听得更清楚。裂开的冰块最初很大，但会逐渐变小，成为流冰，漂浮在水面上，不断地冲撞着，顺流而下，渐流渐小，直至消失。刚刚化开的河水，清凌凌的。在开河的同时，河两岸的杂草也会复苏，一根根火柴头似的草锥儿，从往年的枯草的下面钻出来，密密麻麻。初时，浅绿中带点儿嫩黄，继之会一点儿一点儿变深，但仍然是新鲜的。

至夏，河岸已是一片葱茏。在经历了若干场大、中、小雨之后，河水日渐充盈，河槽满满当当，流速也好似快了一些。有的地方，河水会溢上河岸，把一些青草（主要是芦苇和蒲棒草）浸在水里。流动的河面上，还不断有大小鱼儿突然跳将出来，瞬间又落回到水中，发出"啪啦"一声轻响。偶尔也有一只小小的蓝色的水鸟（当地人称其为"蓝靛刚儿"），几乎贴着河面，向前飞翔，在水面留下它的身影。除了刮风和下雨，河面都是安静的，河水不动声色地流动着，几乎不发出什么声音，显示出一种沉稳和自信。在有月光的夜晚，河面会显出一长条的白。站在一个恰当的位置，还可以看见月亮在河水里轻轻地抖动（一忽儿被拉长了，一忽儿又变宽了），仿佛她在洗濯自己的面容。

东北平原写生集

到了秋天，河水会变少一点儿，河面则越发的安静。随着气温的降低，早晨和晚上，河面会有一层雾气，缥缥缈缈，有时薄一些，有时厚一些。不过，待太阳一出来，雾气就消散了……那秋日的艳阳，照耀着河水，也照耀着河岸，仿佛使一切都变得澄明了，也变得悠远了。河岸上的杂草，那些芦苇、蒲棒草、三棱草、青蒿、黄蒿、艾蒿，经历了一春一夏的风吹日晒，现在已经由"荣"转"枯"。那一蓬蓬的黄蒿，用手一碰，即会腾起一股黄色的烟雾，吸到鼻子里，会呛得人打喷嚏。那些蒲棒草，早就结了蒲棒，一根一根地挺立着，就像一支支染了色的冰棍。再过几天，就会有人把它们统统割掉，用来烧火煮饭了。到那时，河岸就会光秃秃的，要等到来年春天，才会再次丰满起来……

一年一度，周而复始。

几十年、上百年，甚至几百年、上千年……就这样过来了。

宽河是一条东西走向的河。滕家渡屯在河的北岸，距河岸不到一里路。

作为渡口的滕家渡，名气曾经大的很。也一度相当的繁荣。曾几何时，那些散落在宽河两岸的大小屯落，包括集市和城镇，起码在方圆几十里的范围内，只要有人往来于两岸，不论从河南到河北，还是从河北到河南，都要在这里过河。

诸如那些走亲戚的妇女们，特别是到了什么节日，就会拖家带口，赶到亲戚家里。还要大包小包，带上好多的礼品，鸡啦，鸭啦，甚至会牵上一只羊，可能还有干菜和馒头。还有挑着担子走街串巷的货郎，有时候也要到对岸的屯子去。还有一些四处打零工的人，这边的活儿干完了，要到其他的地方找活儿干。还有那些乡绅，要去对岸商议事情，或者去拜访什么人物，再或者，去上头的官府参加什么会议，当然了，他们的排场会大一些，有时候要坐轿，有时候要骑马，有时候还要坐马车，那就要连车带马一同上船……

作为渡口的滕家渡，在清代同治年间就有了。其时，本地已陆续有了一些村屯，包括一些规模稍大的集市。屯落和集市都零星地散布在河的两岸。日久，两岸的屯民必然会有来往。比方，大家偶尔会到集市去买卖一些各自所需的物品。肯定还有互通婚嫁的——张家的男子没娶媳妇儿，李家的闺女尚未出阁，中间儿有人一说，那就相看相看吧，这一相看，还真成了！一旦成了亲，两家就要互相走动……而在此之前，人们只好涉水过河。这样当然极不方便。后来就有人提议，要在河上建个渡口。他的提议得到了响应。但这显然不是一件简单的事，当中可能还有很多细节，包括筹钱造船，雇请船工，也许还要上报官府批准……这里就不说了。

至于当初为何要把渡口放在这里而不是其他地方，那就不得而知了。但有一点可以肯定：他们一定是经过了反复的协商，反复的权衡，考虑到了多种因素，包括地势上的便利，最后才把地点定在了这里。

总之，经过一番努力，人们终于把一切打点停当，随即便叮叮当当，造了一只宽头大船，又请到了船工，再挑选一个黄道吉日，可能还要噼噼啪啪地放上几挂鞭炮、几只"二踢脚"……渡口即"开渡"了。

第一个船工姓滕。

据讲，这姓滕的船工当年30来岁，名叫滕贞发，是本地一个乡绅介绍过来的。此前，他在呼兰水师营当差。说到水师营，实乃朝廷当年在本地设立的一支运输队，主要职责是从呼兰往齐齐哈尔、墨尔根以及黑河三城运粮。规模也不算大，只有运船10艘，水手40人，另有官2人——资料记载：呼兰水师营始设于清乾隆元年（公元1736年），至光绪三十二年（公元1906年）撤销。

滕贞发刚来时，还是个光棍儿汉，只身带着一个行李卷儿及一点点杂物，吸烟的烟袋啦，防身的刀子啦。因为当时这里还没有屯子（距此最近的一个屯子在10里路外），他便在河的北岸搭了一间土屋，又盘了火炕锅台，每天自己煮饭吃，粮米由附近各屯的粮户们均摊，他自己又开了一小块儿菜地，种些白菜、萝卜、茄子、豆角，每天再趁闲打点儿鱼，就这样过着日子。

　　这样过了一两年，有个好心人，看滕贞发孤单，就给他介绍了一个女人，据说是个结婚不久就死了丈夫的女人，两个人便结了婚，从此在一个锅里煮饭，一铺炕上睡觉，夜里做些生儿育女的事情。又出于安全的考虑，选了一处地势稍高的地场，另建了家屋。新屋建成后，船工需每天一早就去渡口，候在那里，至晚方归。一待有人过渡，便撑起方头船，由北岸渡到南岸，或者，由南岸渡到北岸，总之，由此岸渡到彼岸……

　　渡口开通后，即陆续有人迁来这里，搭屋建房，安家落户。所建的房屋都在滕贞发家那间新屋的附近。经数年，竟有了十几户人家。初时颇散乱，却也形成了一个小屯子，这就是最早的滕家渡屯。到后来，迁来的人家儿越来越多，屯子的规模便越来越大。一份资料介绍，在清光绪末年，屯中已有民户一百二十多家。

　　而在这期间，滕贞发一直做着渡口的船工，一做做了几十年。后来他死了，就由他的一个儿子（长子）接着做。儿子又做了几十年，一直做到了1930年（民国19年）。就在这一年，本地政府在这里建了一座石板桥，人们习称大石桥。石桥一建成，渡口便停用了。

　　渡口虽然停用了，屯名却保留了下来。

　　顺便说一个插曲：

　　近年大兴古体诗写作之风（写作者似以退休老干部为主，间有一些青年教师）。有一年，省里组织了一批古体诗作者，乘坐一辆旅游大巴，到滕家渡来采风。当中一个作者，具体情况不详，写了一首五言绝句，诗名叫《游滕家古渡口感怀》，刊登在一张古体诗学会自办的小报上，诗云：

悠悠一古渡，留在草深处；
水上一只船，渡得人无数。

个人觉得，此诗还是有些韵味的。

言归正传。
现在来讲那件发生在1968年的事——
滕家渡屯有一对儿青年男女。男的叫朱景昌，女的叫阙亚芹，两个人都是18岁。因为朱家和阙家是邻居，两个人自小就在一块儿玩儿，而且很要好。

从小到大，朱景昌都很懂事儿，性格很温厚，有一点儿腼腆，平常不太爱说话。人很勤快，愿意帮家里做事情，春天挖野菜，夏天放猪，秋天到收割后的大田里捡谷穗，冬天拾牲口粪（拾来的粪生产队会按斤收购，每一百斤给10个工分，他一个冬天能拾上千斤的粪，挣100多个工分）……都能见到他的身影。后来上学了，成绩也很好，从一年级开始，考试从来没出过前五名，作业本总是整整洁洁的，几乎每一页上都有老师用红钢笔写的大大的"优"。相貌也不错，小时候憨头憨脑的，长大后反倒变得清秀了，只是皮肤有点儿黑，但是看上去很健康。最惹人注意的是他的嘴巴，嘴唇很厚实，把嘴闭起来的时候，感觉很坚毅。

小时候的阙亚芹，则显得很"硬气"，也喜欢说话儿，口齿很伶俐，心里想啥就说啥，不管你听不听，说起话来"叽叽叽"，就像炒爆豆，不过嗓音很清脆。小时候也不是很俊俏，瘦筋巴拉，细胳膊细腿儿，脸蛋儿只有巴掌大，小鼻子、小嘴巴、小脑袋瓜儿，总之什么都小，只是两只眼睛大一点儿，黑漆漆的，还算好看。长大后就不同了，似乎完全变了模样儿，身材圆润了许多，脸庞白里透红，眼睛水汪汪的，时时带着一股惊讶的神情，头上梳了两根粗粗的长辫子，辫梢儿上扎着红头绳。说话的声音也有了变化，嗓音好像变得轻柔了，说话的速度，也不是那么快了，说着说着，还会停下来，深深地吸一口气。

听知情者讲，在他们小时候，除了有什么特别的事儿，比方有谁出去走亲戚了，两个人几乎天天在一起。每天一吃完早饭，就会各自跑出家门，跑到大门口，招呼也不打，就不声不响地玩儿起来。初时仅在房前屋后，堆土堆、捉蚂蚁、下雨天儿光着脚丫踩水洼儿、下雨后用街上的烂泥摔泥泡儿、用树枝搭房子玩过家家儿，一边玩儿一边嘀嘀咕咕说一些别人听不懂的话，一玩儿就是一上午，回家吃过午饭，下午再接着玩儿。深更半夜说梦话，叫的都是对方的乳名。后来又扩大"领域"，一起去河岸或草甸子上挖婆婆丁、蒌蒿芽、苘麻菜、苋苋菜，给全家人蘸酱吃。还去田边地头儿找寻"甜悠悠"。甜悠悠有黄色的也有紫色的，黄色的吃起来更香甜。跑来跑去跑累了，就找个干干爽爽的小土坡，摊手摊脚地躺下来，一起看天上飘来荡去的白云朵。

后来他们上学了。从上学的第一天起，不论上学和放学，两个人都是结伴而行。每天清早，先吃完早饭的一个，必定要跑到大门口，去等另一个，待另一个一出来，两人便肩并着肩，一边叽叽咕咕地说着话儿，一边走出屯子，向学校走去（那个学校在邻屯）。及至后来升了初中，学校也由邻屯改到了镇上，情况才有了些许的变化。大概因为年龄都大了一点点，开始知道不好意思了，他们才不再并肩走了，变成了一个人在前边，另一个人相跟着，中间儿还要保持一定的距离———一般是朱景昌在前，阙亚芹在后。而且轻易不说话了，你走你的，我走我的，好似全无交流。起码在别人看来是这样。可是，在他们的感觉里，却一定不是这样的。是什么样的呢？不知道。

另外，不论小学还是初中，朱景昌的学习成绩都要比阙亚芹好一些，每次考试，朱景昌的排名都在阙亚芹的前面。

可惜的是，朱景昌只读到初中二年级，就退学回到生产队，当了个"半拉子"社员（因为他年龄小，其时只有16岁）。据说，朱景昌退学，主要因为他家庭成分不好，是富农。当年有个尽人皆知的词汇，叫"黑五类"，内含五种人：地、富、反、坏、右。其中，"地"是地主，"富"是富农，"反"是反革命，"坏"是坏分子，"右"是右派。凡这五种人，都属于专政对象，"只许老老实实，不许乱说乱动"——这话也是人人皆知的。据朱景昌初中时候的一个老师讲，朱景昌退学前，曾经找他谈过话。那位老师回忆说，那是在一天放学以后，天都擦黑儿了，朱景昌来找他，脸上神情挺凝重，见面并没有马上说话，过了一会儿才说道，他不想再读书了，打算回屯子干活儿去。老师很吃惊，问他因为啥，他说，他跟别人不一样，念书也是白念。就是毕了业也没啥前途，照样得回屯子干活儿，反正早晚都得走这条路，还不如早点儿回去……

那位老师说："……说这些话的时候，他都不敢看我，一直看着墙角。倒是没哭，忍着。我本来还想劝劝他，当时也有一些现成话儿，比方出身不能决定一切，重在个人表现什么的。可这些话连我自己都不敢信，怎么能拿去劝别人呢？因此只有叹气……朱景昌学习刻苦，又懂事儿，平时不声不响，回答问题时却总是有条有理。像这样的学生，老师都比较喜欢。我对他也是另眼相看。我们师生的关系一直都挺好，超过

东北平原写生集

了许多同学，应该说，他对我很信任。况且我一直觉得，他会有点儿出息……"依老师所言，朱景昌当时并没哭。可是，这位如今白发苍苍的老师，说着说着，却流出了眼泪。

朱景昌退学没多久，阙亚芹也退学了。这是人们没有想到的。阙亚芹没有朱景昌的问题，她家的成分好得很，是雇农，绝对的"根红苗正"。不单如此，阙亚芹她爸还是个党员，而且在不久的以后，又当上了大队的"革委会主任"（相当于大队支书），经常给人们开会，传达上级文件。那么，阙亚芹退学的原因，可能就比较复杂，不易说得清楚。也许是她看到当时学校乱糟糟的，每天忙于参加"运动"（破四旧、搞串联等），同学都不再学习，觉得没有意思了；也许是跟某个或某几个同学闹了矛盾，觉得很不开心；也许她什么事情没有做好，遭到同学嘲笑，老师批评，让她觉得难堪……总之，各种各样的可能都有。一个16岁的女孩子，心思已不大容易猜透了。

退学后的阙亚芹，与朱景昌一样，都成了生产队的社员。所不同的，是阙亚芹没有干农活儿，而是做了记工员兼生产队的管理员，每天只需打扫打扫开大会用的会议室和开小会用的办公室，就能挣8个工分，比朱景昌还多两个工分（满分是10个工分）。不用说她这是借了她爸的光儿（可见"特权"并非现在才有）——当然这是题外话了。

滕家渡有一位老乡，60多岁了，是个很爱说话的人。他说他比朱景昌大两岁，曾经跟朱景昌一块儿在生产队当过社员。他说他知道好多朱景昌跟阙亚芹的事儿。按他的说法儿，阙亚芹不念书，回屯子，说白了，就是因为朱景昌……

老乡说："……那阵子，朱景昌跟阙亚芹，他们可都是火烧火燎的，经常要碰个面儿。一日不见如隔三秋。我就不期然遇见过。当然了，他们也不是想碰就碰得上的，要用心去'踅摸'，要找借口，找机会。啥事儿都是这样子，只要你上了心，机会一准儿有。他们为啥要这样呢？那只能是俩人儿之间发生了……恋爱……"

事实证明，这位老乡说得没错儿。朱景昌和阙亚芹，他们的确发生了"恋爱"。但这"恋爱"是何时发生的，却没有人知道。可能连他们自己，都不知道吧。

就像人们说的，爱情就像一阵春风，总是悄悄地吹进你的心田。

人们还说，爱情的种子一旦种下，就必定要发芽、长大！

可是，朱景昌和阙亚芹，尽管他们"火烧火燎"的，但一切都需偷偷地进行。他们不敢在人前说话，甚至不敢直视对方，看见了也只当没看见，最多只能匆匆地一瞥。他们只能秘密约会。那一般是在夜晚，或人们晌午歇息的时候，或者是下雨天儿。他们会在小树林、苞米地、谷子地、高粱地、后园子、草甸子……偷偷地相见。这些地方，也都留下了他们青春的身影，留下了他们的传奇和传说。

他们会急切地拥抱、亲嘴、抚摸。他们拥抱得那样紧，就像害怕对方会突然跑掉一样，他们的干渴的嘴里吞吐着热烘烘的气息，那气息既香甜又苦涩。他们还会絮絮叨叨、上气儿不接下气儿地说话儿，说的都是零零碎碎的事情。说这一天你累不累？你今个儿吃得饱不饱？说你哪天剃剃头吧，看你这头发，乱得跟草一样；说我今天看见你妹小花儿了，她还朝我抿嘴儿一笑；说我听见我爸对我妈说，有人要给我保媒呢；说你知道不，明天生产队要派人上公社去领"红宝书"，领回来一家发一本儿……

一般情况下，都是阙亚芹说，朱景昌听。

说着说着，偶尔会听见阙亚芹突然而短促地"哎呀"一声，可能是哪个地方被弄痛了。

他们并不是天天都出来，但至少一个星期要出来一次。

终于，后来的某一次，在一个千里朗月、遍地银白、微风习习、夏虫吟唱的夜晚，他们偷吃了禁果。

他们很害怕，怕极了；可又很幸福，一种说不出来的幸福。

没多久，阙亚芹怀孕了。

朱景昌必定在第一时间知道了这件事。

他要跟阙亚芹结婚。

还是那位老乡说："……照我们这旮儿的习俗，就算你是'恋爱'的，男方也得找个媒人，到女方家里去说媒。实话说就是走个过场儿，人家早就恋上了嘛！……估摸是在第二天——这事儿我说不很确凿，按理儿应该是的——朱景昌就跟他爸说，让他请个媒人，上阙亚芹家去，找她爸和她妈，给他跟阙亚芹保媒。朱景昌他爸立马就找了人，找的是我们全屯子最会保媒拉纤儿、也最能说会道儿的老姜婆子。为这个，朱景昌他爸还特意抓了一只老母鸡，趁下黑儿，给老姜婆子拎去了……"

接下来的事儿，则是全屯子的人都知道了的。

那天，老姜婆子来到阙家时，阙家正在吃晚饭。这是老姜婆子认真考虑后，有意选择的。以她多年的经验，这个时间，一般来说气氛最好，人们也最容易应承事情。还有一点，是因为阙亚芹她爸是大队干部，事情多，这会儿才最容易堵到他。

照例先说了几句客套话儿。主要是老姜婆子把阙亚芹的爸爸妈妈，连同阙亚芹的兄弟姐妹们，统统奉承了一番。之后，老姜婆子说明了来意。可是，没等老姜婆子把话说完，阙亚芹她爸就黑下脸来，还把饭碗往饭桌上重重地一蹾，怒气冲冲地说了一番话。

阙亚芹她爸说（不是原话，大意如此），他是党员，又是领导，不会跟一个富农分子结亲家。还说这是阶级立场问题，不能含糊的。

阙亚芹她爸的话，自然是老姜婆子传出来的。

如今，阙亚芹她爸已不在人世了，据说死了有30多年了。综合人们的描述，大多数人都认为他还算一个正派人，年轻的时候很能干，做事有板有眼，各种农活儿都精通，身体也很壮实，又吃得苦。后来他当上了党员，接着又当上了干部，一当就是几十年（直到临去世的前几天才卸任）。在当干部期间，口碑也不错，没有发生过贪污和腐化，处理矛盾和纠纷也比较公正，而且果断，不怕得罪人。当然也有一些不同的说法，主要说他性格固执，一根筋，脾气火暴，诸如此类吧。

老姜婆子把阙亚芹她爸的话如实转告给了朱景昌他爸。

据说几天之后，朱景昌他爸又亲自去了一趟阙亚芹家。照那位老乡的说法儿，这是朱家的人不死心，想极力挽回这件事。

人们说，朱景昌他爸，当时还给阙亚芹她爸跪下了——这事儿却是确凿的。这是阙亚芹的弟弟亲眼看见，之后又对别人讲的。阙亚芹的弟弟当年只有十几岁，特别爱"白话"。事发第二天，他就活灵活现地对几个伙伴儿说："……扑通一家伙，他就跪地上了！那个快，我都没看真亮儿……完了他还哭了，鼻涕一把泪一把……完了他还吭吭哧哧，说了一大堆话……"

"那他说啥了？"有一个伙伴儿问他。

"他说……这个……"弟弟挠了挠脑袋，"你让我想想……呃……"片刻想起来了，"对了……他对我爸说……你就成全俩孩子吧！他是我儿子，她是你闺女……都是咱们的心头肉。他们从小一块儿长大的……有感情啊……"

"你爸呢？你爸说啥了？"伙伴儿问。

"我爸？哼！我爸把他骂了一顿……"

"你爸咋骂的？"

"我爸？哼！……"弟弟拍了拍胸脯，做出一副威风凛凛的模样儿说,"我爸说……你别来这一套!我是革命干部,你是地富分子……咱们水火不容!你别想用这个拉拢我!我就是把她剁吧剁吧喂鸭子,也不能跟你们家结亲……你就死了这条心吧!……"

"还有吗?"伙伴儿问。

"呃……好像……没了……"弟弟想了一下说。

事情到了这一步,显然就没啥希望了。实际情况也是如此。

接着又发生了更严重的事情。那就是,阙亚芹她爸知道了阙亚芹怀孕的事儿。不过谁也说不准他是怎样知道的。有人认为,那一定是阙亚芹自己告诉她爸的。阙亚芹这样做,当然是想让他答应她跟朱景昌的婚事。也有人不同意这个说法儿,说她一个大闺女,这话怎么说得出口,特别是跟自己的爹。他们猜测,那肯定是阙亚芹先跟她妈说了,她妈又告诉了她爸。包括那位乡亲,他也这样认为。

某天晚上(具体日期无考),七八点钟吧,阙家突然爆发了一场堪称惊心动魄的争吵。那一晚,几乎全屯子的人都听见了从他们家传出来的男人愤怒的叱骂声(那一定是阙亚芹她爸),女人惊恐的哭叫声(其中既有阙亚芹的声音,也有阙亚芹她妈的声音),中间儿还有厮打声,以及打破什么东西(大概是饭碗和玻璃镜子等)的碎裂声……

据说,就在这天夜里,阙亚芹流产了。

事情还没有结束。

紧接着,到了第二天,天一亮,阙亚芹她爸就来到大队部,给公社保卫组挂了一个电话(当时全大队只有这一部电话),说朱景昌强奸妇女,让他们过来抓人。当时有人听见了阙亚芹她爸打电话的内容,马上告诉了朱景昌(人们至今不知道这个人是谁),目的自然是让他逃跑。可朱景昌显然是被吓破了胆儿,在保卫组到来之前,他就惊慌失措地跑上了大石桥,一头栽进了宽河。等到第二天,他爸和他妈,还有弟弟妹妹们,才在下游的一处河滩,找到了他的尸体,嘴巴和鼻孔,包括眼窝儿,都淤满了泥沙。

还有,在朱景昌自杀之后,阙亚芹疯了!

人们说,那是在朱景昌死后,阙亚芹一听到朱景昌的死讯,当即就昏倒了,醒来就疯了。

滕家渡的老人们还都记得:发疯以后的阙亚芹,整天被锁在家里,不过偶尔也有跑出来的时候,一旦跑出来,就在屯子里走来走去,还逢人就问:"看见朱景昌没?"

"看见朱景昌没?"

这样过了一年多。有一天,阙亚芹又从家里跑出来了。不知怎么,还跑到了宽河的边上,而且失足落进了水里。总之是淹死了。并且,同样是在第二天,同样是在找到朱景昌的那个河滩,找到了她的尸体……

以上就是那件发生在1968年的事。

瞧,转眼已过去了40多年。

宽河的水,还在流淌;河岸的杂草,还在枯荣。

走马川

某年秋天,我去吉林省的长春市参加一个会,本来已吃过晚饭了,一位家住本地的朋友又召集了几个人出来喝酒。朋友说:"刚才大家都没喝好,我们再整几杯。"这些人,大多是在文化圈儿里晃荡的,作家啊,诗人啊,画家啊,作曲家啊。喝酒的饭店名叫"向阳院农家菜馆"。饭店的装修仿照东北乡村农家院儿的样式,饭店门口有个门楼,是用几根原木搭建起来的。各个单间儿的窗户,用的也都是从前农村常见的木格子窗，只是把窗户纸改成了玻璃。其他的器具，诸如饭桌和木椅，都采用一种简单、粗糙的风格，看去很结实很厚重。盛菜的盘子，一律是白地儿蓝花瓷的，且宽宽大大。菜式则以炖为主，小鸡炖蘑菇、排骨炖豆角、酸菜氽白肉、得莫利炖鱼。再就是凉拌菜，拍黄瓜拌大拉皮、老虎菜、凉拌山野菜等。据我不完全的了解，现在，全国各地的大中城市，好似都有专门经营"农家菜"的饭店。就是说，这已经是个很普遍的现象。只是由于地域的不同，菜式有所不同而已。有人说，现在很多人都喜欢吃农家菜，认为农家菜对健康有好处。这话自有道理。但是也有人说，人们喜吃农家菜，实际是在吃一种记忆，吃一种情感，往大里说，是在吃一种"文化"。

那天我们喝的是东北烧酒，当地人称作"小烧"。这种酒我喝过多次，印象蛮好。喝"小烧"，最好烫热了喝。喝酒前把盛酒的酒壶放进热水里，先烫个七八分钟，待酒温热了，再倒进酒盅里，一口一盅，喝起来特舒服。

酒过三巡，大家不由起了谈兴，于是开始"胡说八道"。古今中外，□□□□□□□文艺，楼市股市，真真假假，亦庄亦谐，争先恐□□□□□□□□□□新总统或新总理，有什么特殊的背景；汉武帝□□□□□□□□□贡献更大；我们为什么要购买那么多的美国国债，他们会不会赖账不还；诸葛亮到底是不是个好丞相；哪个歌手最近唱了一首什么歌儿；唐太宗那么理性的一个帝王，为什么会因为过量服食丹药而丧命；哪个地方又揪出了一个腐败分子，贪了多少钱，有多少个情妇；哪个电影导演又拍了一部新电影，片名叫什么，女主角由谁扮演的；曹雪芹为什么要写《红楼梦》；哪个女演员最近又爆出了什么绯闻；楼价会不会再上涨；哪个作家最近又出版了一本什么书，写得怎么样，苏联还有哪些作家的作品是现在还值得读的；哪个画国画的画家仅用20分钟的时间就能画一张大画,却可以卖到十几万人民币;利比亚的卡扎菲,还有埃及的穆巴拉克,为什么一下子就垮台了;假如秦始皇没把皇位传给胡亥,秦朝会怎样……

凡是这类聚会,基本都是这个样子,大家会兴之所至,乱说一气,没有什么主题,也没什么约束,说了就说了,谁也不会放在心上,图的就是一个放松,当然,也会有认真的时候和认真的人,说上一些认真的话。

这样聊了一阵儿,忽然有人说起了自己的见闻。这人是个画油画的画家,相貌粗犷,留着络腮胡子,据说有一定名气,曾经多次举办个人画展,画作多以乡村为题材,包括乡间风景和乡村人物。大家都叫他老余。

老余50多岁,年轻的时候当过下乡知青,全称是"下乡知识青年",在吉林省某县的一个生产队生活了3年多,1977年恢复高考,因他打小儿就喜欢画画儿,报考了一所师范学院的美术系,想不到还真考上了,毕业后先做中学美术教师,后又到出版社和一本文学期刊当"美编"(全称美术编辑),最后调进画院做了专职画家。

老余自己说,他喜欢四处跑,最喜欢去的地方是乡下,当初没有条件,就坐绿皮火车或者长途汽车,带一堆七零八碎的东西,再背上一个画夹子,辛苦是当然的,后来条件好了,自己买了一辆吉普车,这就方便多了,要去哪里开车就走,想在外边待多少天就待多少天(专职画家是不用坐班的)。

老余说,这样经常在外边跑,他感觉特别好,心情舒畅就不用说了,对画画儿的帮助也特别大,更重要的,是可以见识很多事物,有很多是我们平时见不到的,报纸啊电视啊,根本帮不了你,一定要自己亲自去看,有些事儿甚至会超出你的经验和想象,有时候,你会为此感到吃惊。

东北平原写生集

下面就是老余所讲他的一次经历。

老余说——
"去年冬天，好像是冬至前后吧，我又开着我那辆破车出去转了一圈，前后有半个月吧。这一趟大体上是向北跑，最远到了松原和扶余一带，再过去一点儿就进了黑龙江的地界儿。除了长春附近这一段路，我基本没走'高速'，偶尔会跑跑'国道'，但更多是在乡间公路上晃荡。我一路走走停停，拍了好多照片。

"去年冬天雪大，路两旁的田野都叫雪给埋住了，起码得有一尺厚。若在晴天，银光闪闪，一望无际。偶尔会有一些树林，傻傻地挺立在那里，才使景物有些变化。偶尔也会有一棵孤树，立于天地之间，似乎在期待什么，让人无限遐想。远远近近会有一些屯落，或者几间房舍，但多半都很安静……

"路上几乎没有行人……

"东北人有'猫冬'的习惯……

"一般情况下，我都是白天在外头转悠，晚上赶到城里住宿，多半是住在县城，城里的条件毕竟好一些，好歹能洗个澡，吃饭也方便。偶尔也会在某个乡镇住一晚，就住那些镇政府和乡政府的小招待所、小旅店，这种情况并不多。

"这些年，我还从来没在屯子里过过夜，一是觉得那样很麻烦，屯里是没有旅店的，要住屯里就必须找宿，自己麻烦也就算了，关键是要给别人添麻烦。再者，我也害怕出点儿啥问题，我那些杂七杂八的东西，相机啦，手机啦，害怕一旦被人瞄上，弄不好再搞出点儿图财害命的事儿，那就糟了……防人之心不可无啊，是不是？

"不过，这次出去，我倒是在一个屯子住了一夜。

"现在想想,那完全是机缘巧合。

"那几天我在扶余一带活动,晚上都回扶余住宿,已经连续住了两天。第三天吃过早饭,大约九点钟吧,我又开车出来了。按我原来的打算,再在这儿转悠一天,之后就离开这里,到其他地方去。

"那天中午,我是在一个乡镇吃的午饭,乡镇的名字想不起来了,附近有一条河,好像叫三岔河,当然,已经结冰了。镇子不很大,感觉有点儿土,不光鲜。这种北方的小镇,跟南方的镇子还是没法儿比。听说广东的一些镇子,都建了五星级的酒店了,这里可没有。也没有很高的楼,最高的也就三四层吧,数量也很少,可能只有两三栋,多数还是那种老式的红砖房。不过生活气息还是很浓的,人们身穿厚厚的棉衣,戴着羊剪绒帽子,脚穿大棉鞋,在街上"咔嚓咔嚓"地走来走去,小饭馆儿里热气腾腾,服装店里响着流行歌曲,一些小商贩,卖冰糖葫芦的,卖瓜子的,卖干果冻梨的,卖冻豆腐黏豆包的,卖画片福字的,一边不停地跺脚,一边吆吆喝喝地招呼着生意,每次一张口,就有一股白气儿被呼出来,就像吸烟的人吐出的烟雾。

"对了,那天还下了一场新雪,记得从中午开始下的,当时我正在吃饭。雪下得很大,是那种鹅毛大雪——雪花密密麻麻,一片一片,真的是状如鹅毛,又如数以亿万计的蛾子,缓缓地飘落。如果盯着看,看久了,会让人产生飞升的感觉。觉得你的身体正在缓缓地向上升。觉得你的身体忽然变得十分的轻盈,轻如鸿毛。觉得你的灵魂已经出了窍。那种感觉非常的奇妙。但若一眨眼睛,这种感觉就会消失,仿佛'哐当'一声,人又一下子落回了地面……

"因为下雪,天色变得有点儿阴沉……

"我是下午两点前后离开那个镇子的(吃完饭又在饭馆儿喝了一会儿茶),我打算再到镇子下边简单转一转,然后就返回扶余。

东北平原写生集　149

"我当时并没有一个明确的目标,又是第一次到这边来,对镇子周边也不是很熟悉,离开镇子以后,选了一条路,就开着车往前走。我的想法很简单,就是随便转一转。

"雪一直在下,雪花好像越来越密了,天色便越来越暗,能见度很低,几十米之外的景物就看不清楚了。

"这样开车走了一会儿,有将近一个小时吧,开出了四五十里路,我忽然不想往前走了,想掉转车头,原路返回。我想,这大雪嚎天的,啥啥也看不清楚,还耽误这个时间干吗?以后找时间再来好了。

"可我走的那条路是一条土路,很窄,只有一道车辙印儿,路两边又有排水渠——当时虽然被雪填满了,但我知道一定有——因此不敢贸然行动,担心陷进去,只好继续往前开,打算开到一个相对宽敞的地方再说。

"这样开着开着,大概开了有十来分钟吧,就来到了一个屯子……

"全因为当时雪太大,我一直开到离屯口一百多米远的时候,才看见了这个屯子。

"我把车开进屯口,这儿正好有个小空场,完全可以掉头。就在我准备掉头时,一件意外的事情发生了——车突然熄了火。

"其实我这车还是挺扛造的,虽说外表有点儿狼狈,却从没出过问题。我车上车下鼓捣了一阵儿,又找不出什么原因,这个就不多说了,反正不管咋弄都没丁点儿反应,不哼不哈,连个屁都不放,就跟休克了一样。后来我想到了一个主意:进屯去找几个人帮忙推一推,可能就行了。

"我把车门关好,脚底下'咯吱、咯吱'地踩着厚厚的、软软的新雪,走进了屯子。

"雪还在下。屯子非常安静,街上一个人都没有,也没有脚印。开始时我还有点儿奇怪,怎么会没有人呢?后来想到在这种下雪天儿,也许大家都待在家里睡觉吧,就继续往里走,一边走一边留心街两旁的房屋,希望能从哪一家的门口走出一个人来。

"我'咯吱、咯吱'地往前走……

"这会儿,整个屯子都在大雪的笼罩之下,加之阴天,因而朦朦胧胧……

"我初步判断,这屯子不是很大,也许只有三四十家。乍一看,那些坐落在街两旁的房子,都显得很低矮,基本都是土坯房。而且,房前房后都有不小的空地,我想那是菜园子。这样,房子跟房子之间就有了一定的距离,感觉稀稀拉拉的。当然这倒没什么稀奇,我们东北的屯子,大体都是这样的风格。

"不过走了一会儿,我就觉出了异样。我渐渐注意到,我目前所看见的房子,多半已经很残破。有的房子,门窗已七扭八歪,房墙也歪斜了,感觉随时都会倒塌。有的干脆连门窗都没有,就留下了一些黑咕隆咚的缺口。有的房子,房顶还出现了破洞。有的,甚至整个房盖都被掀掉了,只剩了几面高高低低的残墙。有的房前,堆放着一堆一堆的杂物,因为被雪覆盖着,看不出是什么,很可能是垃圾。

"我又往前走了一段。所见与刚才的情景差不多。后来还看到了一两幢砖瓦房。因为砖瓦房相对坚固一些吧,外形变化不是很明显,只是看到窗上的玻璃被打破了。不用说,同样不会有人住的。

"我心里不由得直画魂儿,暗想这是怎么回事呢?难道说这是一个没有人住的屯子吗?那么,人又到哪里去了呢?死了?抑或是逃离了?若真是这样,又是什么缘故呢?发生了什么灾祸吗?地震了?传染病?遭到洗劫了?或者是整体搬迁,'移民'了?

"恰在这时,又有一个什么动物的黑影,'咻溜'一下从一个敞开的院门里蹿出来,看上去很像一只猫,也许不是猫,而是一只兔子或者狐狸。速度非常之快,快到我连它的颜色都没看清楚,它就穿街而过,消失在街对面的一个院子里面了……

"我吓得一下子停住了脚步……

"一时间,我感到特别恐怖,心怦怦乱跳,头皮一阵阵发麻,感觉寒毛都竖起来了。不过恐怖又带来好奇,带来了弄个究竟的欲望。我要看看这个屯子到底是怎么回事儿。我在原地停了一瞬,定了定神儿,又继续往前走。人,是不是都这样呢?

"我是从屯西头进的屯子,现在是朝屯东头走,一直走到屯子中间,还没发现一间有人住的房子,也没听见一点点人的声音,大人的吆喝呀,小孩子的欢笑呀,根本就没有。一路所见,都是黑洞洞的空屋,以及铺天盖地的积雪,感受到的是荒凉甚至破败的气息。

"天渐渐黑了……你们知道,冬天天都黑得比较早,特别是冬至那几天,在我们这儿,三点多钟就没太阳了。

"不过谢天谢地,在我快走到屯东头的时候,突然看见了一片亮光。

"我甚至吃了一惊……

"亮光是从一扇窗子里透露出来的,并不是很明亮,调子是橘黄色的,带有一点点红。亮光还照亮了窗台上的一些杂物:几个瓶瓶罐罐、一把破笤帚、一双旧棉鞋。还有那些雪花儿,也仿佛全都拥到亮光里来了,一时格外的密集,而且亮晶晶的。

"我来不及细想,马上走进院子,很快来到房门口,一边拍着门一边大声说:'屋里有人吗?屋里有人吗?'

"屋里并没有马上回应。我一时有点儿担心,屋里的人也许不会搭理我。不过过了一会儿,我听见有人说:'等会儿,等会儿……'随即听见了脚步声,趿拉趿拉的。我这才放心了。

"一忽儿，门开了，一个老男人——后来我知道，他叫曲庆祥——站在门里，费劲儿地打量着我，片刻说：'你是打哪儿来的呀……'这老曲六十来岁，披着一件半旧的羽绒服，身材不高，偏瘦，头发是剃光了之后又长出来的，短短的一层，眼睛不大，脸色看不清楚，感觉有一些皱纹。

"我说：'我从长春来的。我的车坏在屯西头儿了……'老曲说：'长春哪……我儿子媳妇也在那儿……进屋吧，进屋说……'我用力跺掉鞋上的雪，又浑身上下拍打一番，从老曲身边走过去，进了屋。

"进屋后我发现，屋里还有另外两个人，一个老女人，一个小女孩。那老女人是老男人的老婆，小女孩是他们的孙女，名叫曲东霞——这也是我后来知道的。曲东霞八九岁的样子，正坐在炕桌旁边写作业。见我这个陌生人进来，他们都把目光转向我。小东霞梳着两个小辫子，眼神儿怯生生的，让我心里一动。

"老曲让我坐。我没坐，说明了来意。老曲说：'你看这老的老，小的小，能行吗？'

"我也知道不行。问他：'屯里还有没有其他人了？'老曲说：'哪还有？全屯子就剩下我们一家儿了。'他的话印证了我进屯后的见闻，也勾起了我的疑惑，于是我趁机问：'那这些人……他们，都怎么了？'老曲说：'搬走了都……'我松了一口气，说：'这样啊……都搬哪儿去了呢？'老曲说：'哪儿都有。镇里，县里，长春，大连，哈拉滨（我猜是哈尔滨）……反正全国各地，还有搬深圳去的……还有出国的呢，俄罗斯，加拿大，那啥塔吉克……'

"我注意到，在我跟老曲说话时，小东霞一直看着我们。这时候，她突然接过老曲的话茬儿，细声细气地说了一句：'还有三亚……我同桌刘晓玲，她们家就住在三亚，离这儿可远了……'

东北平原写生集　153

"我看了小东霞一眼,她一下子脸通红,大概觉得自己多嘴了……

"这个话题我们没有再说下去。我更担心的是我现在该怎么办。如果他们不能帮我推车,我就走不了。这才是我当下必须考虑的问题。后来我想到,在我中午吃饭的那个镇子或许会有修车的店铺,可我又不认识那里的人。我还想到,我要不要打电话给长春的朋友,问问他们有谁认识这边镇上的人。我走到一边,开始打电话。一连打了好几个,都说:'不认识啊……'最后好歹有个兄弟,说他认识这边的一个人,不过不是在镇上,而是在县里,我说县里也行啊,快跟他联系,不然我就要露宿荒郊了。可倒霉的是,他一会儿给我打来电话,跟我说那个人居然关机了。我要了那个人的手机号,亲自打过去,果然听见对方的手机说:'您拨打的用户已关机,请稍后再拨……'连播了几次都是这样。我当然不死心,想来想去灵机一动,寻思老曲会不会认识镇上的什么人呢?于是就问他,他的回答也让我失望:'我一个都不认识……我平常不怎么上那儿去,一年也就去个一两回,置办点东西啥的,我给他钱,他给我货,用不着认识。'

"你们瞧……

"这样我就只能住在这里了。我想,如此也好,咱又不是没在农村住过,是不是?有啥呢!我先征得了老曲的同意,然后又跑到屯西头,要从车上拿一些东西……到车跟前一看,就这么短短的时间,车顶棚,车前车后,都积了挺厚一层雪。还有更糟糕的。这么屁大一会儿的工夫,我那破车的水箱给居然给冻裂了,地上洇了一片水,已经冻成冰了。当然这都怪我疏忽,这么冷的天儿!不过也不全是疏忽,是我当初另有想法。问题是我压根儿就没想到,偌大一个屯子,竟然会没有人住……

"我从车上拿了一些东西,照相机啊,充电器啊,总之是一些比较贵重的，其他的就留在车上了。我把所有的东西统统装进一个背包，再次来到了老曲的家。

"就这期间，老曲已经给我安排了住处。

"他家有三间房，东西屋，加上一间外屋地——东北农村的住房基本都是这个格局。我被安顿在西屋。老曲说：'这屋子一冬天都没住人了。我刚往炕洞子填了些柴火，先把屋子熏一下子。还得等一会儿，炕一热乎就行了……'他还把我带到西屋，让我看了一眼。农民还是实在啊！

"直到这时，我们才互通了姓名。

"也知道了这个屯子的屯名儿叫走马川。

"我还在他家吃了晚饭。

"这些过场儿就不细说了……

"在吃饭的时候，我了解到：老曲的儿子和儿媳，一直都在长春打工，已经十几年。据老曲说，高中一毕业，儿子就出去了，当年考大学没考上，又死活不肯留在家里，说在农村没啥出息。说他儿子去过好几个地方呢，松原市，四平市，青岛市，还在北京待过一阵儿，都没找到合适的事情做，最后才在长春市落了脚。跟他媳妇——就是东霞的妈妈——也是在长春认识的。后来两人结了婚，又生下了小东霞，可是因为没有条件，不能带在身边，就一直把孩子放在老家……

"我想到屯子现在的模样儿，当即问老曲：'那孩子上学咋办？咱这走马川，还有学校吗？'老曲说：'早先是有的，后来给撤了。屯里的孩子越来越少。撤了挺多年了都……'这时候，就像我刚进来时那样，小东霞又接过了老曲的话茬儿，同样是细声细气地说：'我们学校在别的屯子……'说完，也像当时一样，一下子又红了脸。老曲说：'那屯子大一点儿。那旮儿是村政府。这几年，人也越来越少了。照我看，说不上哪一年，也得把学校给撤喽……'我又问：'那个屯子……

我是说村政府……离走马川远不远？'老曲说：'反正不近便，五里地是有了……'

"据老曲讲，这五里'地'，除了刚上学那会儿，他陪着走过一段时间，那以后的每一天，都是小东霞自己走，已经走了快两年。无论春夏秋冬，也无论刮风下雨。其他季节还好说，一到冬天，天就短了，亮得迟，黑得早，要想上学不迟到，一大早就得出门。早上天又冷，身上必穿得鼓鼓囊囊，再背一个大书包，人就显得特笨重。有时候，在小东霞出门后，老曲会悄悄地在后边目送她一段路，看见她那小小的身影，在雪地上孤孤单单，一摇一晃，越走越远……

"听老曲这样一讲，说实话，我当时很不是滋味，也很替小东霞担心，你们想想看，她这样一个小女孩儿……

"还有，说到东北的冷，没来过的人可能不清楚。最冷的时候是下雪之后。若在寒冬腊月，人只要一离开屋子，你身上的那点儿热乎气儿，立马就叫无边无际的寒冷给吸走了。

"不过我听老曲说，他们家也不会在走马川再住下去了，儿子已经跟他商量好，春节前他们就要搬家，全家人都搬到长春去。说儿子已经买好了房子，两室一厅的（老曲说，还贷了挺多的款……没办法，慢慢还吧），还把小东霞上学的学校也找好了。

"听到这个消息，我很高兴，主要是为小东霞高兴。我真的很担心，她这么小的一个女孩子，一旦在上学的路上发生点儿什么意外可怎么办？这种事不是没有，而在爸爸妈妈身边，那就安全多了。

"吃过晚饭后，我跟老曲又说了一会儿话儿，东北人叫唠嗑儿，有一搭无一搭的，不知怎么说到了走马川的过去……

"老曲说，他就是在走马川出生的，在他小时候，这儿还叫'合作社'，全称是'走马川农业生产合作社'。几年后又改为生产队，归

××公社和鸿星大队管辖，全称是'××人民公社鸿星生产大队第一生产小队'，简称'鸿星一队'或'一小队'。最多的时候，队里共有男女社员两百多号人，一般的人家儿都有两至三个社员，多的有四五个。他说他当年还读过初中，不过没读到毕业，就回来当了'社员'。

"照老曲的说法，走马川的名字在明朝的时候就有了，最早是一片荒草甸子，是女真人的牧马地。当时有人在这里搭了几间草窝棚，供临时休息之用，平常并无人住。那时候人烟稀少啊。到了清朝初年，才有一些兵丁在这里建了房子，仍然放牧马匹。后来有一天，这些人又全部撤走了。正式在此处建屯立户，似在清雍正年间，第一个在这儿开荒种地的人姓唐，叫什么名字我忘了。打那以后，屯里的人口就一天天多了。老曲说，这都是他听老辈人讲的，真假他也说不太准。

"老曲还说，前些年这屯里还有几户唐姓人家儿，前几年才陆续搬走，有的搬县里去了，有的搬市里去了，有一户搬到上海去了……

"跟老曲说完话，大家就休息了。老曲把我领到西屋，指着炕上已铺好的被褥说：'呵呵，将就一宿吧……夜里解手，外屋地有尿桶……'我说：'谢谢老哥儿了，给你添了这么多麻烦……'

"老曲离开后，我就钻进了被窝。折腾了一整天，我还真的有点儿累了。这时候，炕已经热上来，褥子、被子都热烘烘的，一躺下去，非常舒服，舒服极了。这让我想起了当年插队，在青年点儿，就睡这种火炕。几十年过去，当初的感觉一下子就回来了。就在钻进被窝的一瞬间，我忽然产生了一个想法，如果我是作家，会写东西，我一定写一篇小说，题目就叫《热炕》。太有意境了，是不是？如果写不成小说，写一篇散文也行啊！

"这个想法还真叫我激动了一阵子，当时就在那儿想，如果写小说，写什么最好，要不就写写我插队那段生活？写一段当年的爱情？或者写写现在,就写我今天的经历?可想来想去,终究也没拿定主意。

"后来睡意上来了。我现在还记得,临睡前我最后一个想法是:哦,再过几天,这个屯子就完全没人住了,这里就将变成一个空村,房屋会渐渐倾塌,会长满荒草,最终会怎么样呢?会变成耕地?反正,这个屯子肯定就不复存在了,没有了……接着我就慢慢睡着了。

"剩下的事情就简单了。第二天,我又在老曲家吃了早饭。吃完饭,立刻给朋友的朋友打电话,就是那个住在县里的人。不料这次倒异常顺利,一拨就通了,对方很快接了电话。我讲了一下情况,对方让我等着,他马上安排。快到中午的时候,朋友的朋友来了,带了一辆拖车,把我那破车拖到县城,换了一个水箱,其他地方也检修了一下,花了几千块钱。

"对了,第二天起床以后,我发现雪住了,天也晴了……

"另外,在离开老曲家的时候,我曾经拿出两百块钱给他,权作宿费和饭费吧。他却死活不要,连说:'这算啥呢?这算啥呢?……'看他这么坚决,我只好悄悄把钱塞到一个瓶子下面,又多加了两百,在屯西头临分手的时候才告诉了他……

"还有,那天早上我起床以后,小东霞已经上学去了(那会儿还没有放寒假)。后来老曲送我往屯西头走,在积着厚厚的新雪的街上,我果然看见了两行清晰的小脚印,步幅也很小,一看就是小孩子的……一直走出了屯子……"

老余停下不讲了,端起茶杯喝了一口水。

有人问他:"讲完了?"

老余笑了一下说:"呵呵,完了完了!……不好意思,今晚整个儿就听我'白话'啦!"

片刻，一位作家说："我前几天在网上看到一篇文章，说有人统计，现在我们每年都要消失一些村庄，起码几十个……"

一位作曲家接着说："是啊，这篇文章我也看了……那么会不会……我是说，再过若干年，那会怎么样？"

这时，一位诗人忽然从座位上站起来说："老余讲得太好了……我即兴写了几句诗……想给各位朗读一下，好不好？"

没等大家说"好"，诗人已开始朗读了。

诗很短，只有7句：

一个女孩儿走出了村庄

这是最后的村庄吗？

女孩的足迹，似是一首挽歌

献给炊烟和屋檐

歌词里，有不灭的月亮和灶火

不灭的灶火啊

在我们的心里燃烧

……

（刊于《花城》《钟山》《红岩》《北京文学》《江南》《山花》等刊；多篇被《小说选刊》《小说月报》《中华文学选刊》转载。）

秋水故事

一

秋凉了，因此太阳就特别的金贵。阳光飘浮在远处的芦苇丛上，就像一片薄纱。还有水，秋水，极静极静，十分的清澈。水中融了天的蓝，云的白。芦花儿开得蓬蓬勃勃，有落下的，就在水里，浮成一片一片。

这会儿，老金头正在水边看着，看着水里的天，水里的云，水里的芦花儿，被太阳照着的身子，极其的舒坦，满脸的皱纹，都陶醉地舒展着。他已经看了好久了，目光空空的，出着神。

这儿叫片泡。好大的一片水！也有好多的鱼，鲤鱼、草鱼、鲢鱼，都有。插上缭（一种捕鱼工具），只一夜，第二天起了，哪个"堵"里都能倒出三五十斤鱼来。这便引来了打鱼的人，水边也就搭起了一间间鱼窝棚，并且盘了锅灶火炕；有的简易些，几根木头支在一起，再苫上些稻草，就成了。

就在这时，在老金头的眼界里，远远的，突然闪出了一个人影，穿一件红上衣，就像一簇火，燃着，跃动着，极轻盈。再近一点儿时，就看出是一个女人了。在这女人的背后，天空越发的蓝了，衬着她，更加的鲜艳。

女人无声地移动，老金头盯住了她，久久的，眼便花了……

二

桂芬没有看见老金头,她只是看见了这间鱼窝棚,便轻盈地来了。她是搭一辆顺路的马车从老家过来的,下车后又步行了四五里路,口早渴了。窝棚大敞着门,朝里面看了看,见里面暗暗的,任啥都模糊着。

桂芬一时有点儿犹豫,不知道该不该进去。正迟疑间,已经惊动了一条大狗,黑豹一样从山墙的后面扑出来,严厉地叫着,吓得她扭头就跑。幸好狗并没有追。待她手按胸口,回头一看,才发现狗被一根铁链连着,不过仍然在叫,一副不依不饶的样子。

这当儿,老金头刚好走过来,急忙喝住了狗。看女人时,见她梳着齐耳短发,面相嫩嫩的,额上已冒了汗,一手按在胸口上,腰身也十分苗条……人却不认得。

桂芬见来了人,马上说:"这狗……好凶啊。"

老金头笑了一下,问桂芬:"你是……"

桂芬也笑了一下,说:"我来找曹二,给他送几件衣裳……"

老金头一听,说:"哦,那……你是曹二媳妇吧?快,屋里坐,屋里坐……"

桂芬红着脸,又看了狗一眼,见它正蹲在那儿看她,不过已是一副驯顺的样子,这才进了屋。也许在外面待久了,觉得屋里还是暗。靠墙有一铺炕,无席,铺着一层塑料布,炕里排着四个行李卷,桂芬一眼就认出来,曹二的行李排在第三位。炕头儿连着灶台。灶台上方的墙上,用两根木橛架起一块木板,放着几件盆碗之类。

"坐吧坐吧……坐下歇歇脚儿。"老金头说。

桂芬坐了。

秋水故事

老金头又端过来一碗水,说:"走了这么远的道儿,渴了吧?快喝点儿水……"

桂芬接过水碗,待感激地看老金头时,见他也正看自己。老金头心一跳,赶紧顺下眼去,搭讪道:"喝吧,快喝吧。水味儿可不咋好。也没个井,只挖个坑儿,渗的。得喝得惯才行……"

桂芬喝了水,问道:"咋不见曹二?曹二呢?"

老金头说:"他帮李三插缆去了。他们几个都去了,只留下我看窝棚整饭……"

桂芬说:"都是您给他们做饭吗?"

老金头笑了笑,似乎很不好意思,说:"是倒是,就是整不好,跟他们几个比起来,还强点儿。"

桂芬想了想说:"那今天,您老就歇歇,让我来。"

老金头笑了说:"好,好……多久没吃女人做的饭了……你来就你来。"

不久桂芬便开始做饭。老金头则装了一袋旱烟,坐在炕沿上紧一口慢一口地吸。桂芬极其麻利,衣袖早挽了起来,无论手,还是展露着的手臂,都白白的,软软的,搅动着水声,锅盆也不时地发出轻响。老金头的眼睛,随着桂芬的身影转。早先年,在他年轻那会儿,每当老伴做饭,有空闲,他也常常这样看的。

桂芬感觉到了老金头的目光,有些不自在,便没话找话说:"大爷,听曹二说,你家大娘……"

"唉,死了。"老金头叹了一口气说。

"家里还有啥人呀?"

"有个儿子。"

"没有闺女?"

"有一个，小时候扔了……她要是活着，也有你这么大了。"

老金头抽着烟。不知不觉间，窝棚里已充满了香味。锅里炖着鱼呢！这时候，灶火在闪动，映着桂芬俊美的脸。

三

一会儿，从外面传来了说话声，嗓门都高高的，粗粗的，有笑声便驴叫一样，极其的响亮。同时还伴有脚步声，拖拖沓沓，显出疲惫。

听见声音，老金头跳下了炕，一边说："嗨，家伙们回来了。"

桂芬则立刻静住了，定了身影一般，一动不动。

脚步声愈近了。外边谁喊："老金头儿，饭鼓捣好了吗？有酒咪！"

老金头已迎出去，咧着嘴，呵呵笑着说："好了，早好了！"

"嗬，老家伙倒麻利……"

有人在抽鼻子，边说："好香，好香！妈的，好香！"

门就黑了。一个脑袋探了进来。不料旋即又缩回去了，叫道："哎，谁呀？屋里那是谁呀？"

老金头急忙谐："哦呀，那是曹二媳妇……曹二，你媳妇来了……"

一静。待门又黑时，便有一声憨憨的笑，传进了桂芬的耳朵。桂芬转过脸。曹二正在搓手。

曹二说："你来了？"

桂芬嗯了一声，心麻着，看一眼那人宽宽的肩，宽宽的额，鼻子吸着他身上熟悉的汗味。

谁也不再说话。

秋水故事　　163

外边早又喊了："行了曹二！我们可都饿了！"

门框一阵摩擦，几个人都进来了。一片文文明明的笑，在屋里响起。

接着便脱鞋上炕，屋里立刻弥漫起臭脚丫子味儿，有人乓的一声启开了酒瓶子盖，酒味又随即散开。大家似有些忸怩，待坐好了，发现还少老金头。

有个叫张老七的，喊："喂，老金头儿，咋的……快来快来！"

老金头站在门外，不应声，心里有种说不出来的滋味，许是羡慕？许是嫉妒？说不出来。只是有点儿伤心。

李三对桂芬说："嫂子面子大……嫂子一请他保准来。"

桂芬出去了，笑着对老金头说："大爷，快来喝酒吧。"

"哎，就来，我就来。"老金头一边说，这才进来了。

杯响，嘴也响，吱吱溜溜，吧唧吧唧，几杯酒下肚，大家就再也拢不住了。

李三说："二哥别老往嫂子身上瞅，今下晚儿这屋子就归你了。各位没啥意见吧？"

张老七说："哪能呢？弟媳妇大老远来的……"

李三又说："到时候，二哥可别忘了把票子拿出来，好让嫂子高兴高兴。"

张老七接着说："可别像咱金大爷，回回还要留点儿后手。人家留着有用，你留可就没道理了。是吧，金大爷？"

老金头脸红了。大家嘻嘻哈哈地笑起来。

只有桂芬没笑，她瞅瞅这个，看看那个，很纳闷儿。

四

　　酒足饭饱。大家打着嗝儿，看看日影也没了，便纷纷下了炕，全都意味深长地跟曹二打招呼。

　　"二兄弟，我们走了。"这是张老七。

　　"二哥，悠着点儿……"这是李三。

　　曹二不说话，只嘿嘿地笑着。

　　老金头平时不好喝酒，今日喝了一点，脑袋便有些木，磨蹭着，用脚在地下找鞋。

　　张老七说："我说老金头儿，你快点好不好？"

　　老金头穿了鞋，站起来，对曹二和桂芬说："我们走了，你们就歇下吧……"

　　张老七打断他道："走吧您哪！人家的事儿人家知道……"

　　桂芬说道："大爷您慢走。"

　　"哎哎……"老金头应道。

　　几个人影，便从黑乎乎的屋，微亮的门，鱼贯出来。

　　天色尚未黑透，看天边有一线颤颤的清白。水更静了。苇丛也静着，在水边投下倒影，像一处处岛。蚊子嗡嗡叫着，缠成一个蛋，往人的脸上粘，赶都赶不及，叮上，眨眼就起了包。在苇丛深处，不时传来一声野鸭或水老鸹的鸣叫，幽幽的，凉凉的，透着孤独。

　　几个人走出屋，被秋风一打，都浑身一颤。

　　李三说："咱们几个上哪儿呀？"

　　张老七说："还能上哪儿？上草窝棚……囫囵一宿得了。"

　　李三说："那可够挤的了。"

秋水故事　　165

老金头说:"挤就挤点儿吧……"

李三说:"曹二这一宿,妥了……可炕上那些跳蚤,也够那小娘们儿受的,嘿……"

张老七说:"你就别眼馋了!给你老婆捎个信儿,让她也来一趟不就齐了。"

三个人说着话,摇摇晃晃的,来到了他们说的草窝棚。草窝棚紧挨水边,平常不住人,只在早晨起鱼的时候,临时待一待。

窝棚里很暖和,也干爽,地上铺了一层干草。三个人衣裳也不脱,倒在了干草上。窸窸窣窣地一阵响动,之后,窝棚里静下来。

过一会儿,只听张老七叫道:"老金头儿……你睡着了吗?"

老金头没吱声。

李三说:"他今天可没少喝……早睡死了。"

老金头并没睡,他正在想他的老伴儿。他在想老伴儿年轻的时候。那时候,她还真跟桂芬有点儿像……但是他一声不吱。

张老七又说:"哎,三儿,你说曹二这工夫干啥呢?"

李三说:"操,还能干啥,捅呗……"

老金头仍不吱声。这会儿,他想起了老伴儿临死时候的样子。老伴儿望着他,眼巴巴地望着,好久,说:"我要走了……往后,就剩你自个儿了……苦啊!"想到伤心处,不由流了泪,凉凉的,沿鬓角滑下来。

这时李三说:"哎,我说,你哪能当着曹二媳妇说老头儿留钱的事儿呢?让人多下不来台呀……"

张老七说:"是,说完我就后悔了……不过这也没啥,谁都知道老头儿攒钱要说个后老伴儿。说起来,他那儿子才不是个揍儿,大老远的,天天都来,抠老头的钱……"

李三说:"这样的儿子,不如没有……"

老金头继续流着泪，也不擦，就让它流。

"哎，"张老七突然轻轻地叫了一声，之后说："你说，曹二今晚儿还能出来吗？"

李三说："不能！今晚儿不得累他个好歹的！"

张老七说："小子的缲可是插得好，上鱼呢！"

李三说："你是说……"

张老七说："没事儿吧？咱们先给他起一过儿……"

想不到老金头冷丁坐了起来，倔倔地说道："你们敢！好两个王八犊子，你们他妈的还想这个呀！"

二人登时就哑了。半晌，才听张老七说："我们……我们这是……说着玩儿呢！"

李三也道："敢情你没睡着哇！"

老金头坐着不动，他本想数落他们几句，可是想了半天，只说："妈的人心隔肚皮……睡觉！"说完，一头躺下了。

李三忙说："您老……不会对别人说吧？"

老金头不再说话。

五

三点钟，天还黑黑的。老金头先醒了，跟着，张老七和李三也醒了。不久，三个人便浑身一抖一抖的，来到了水边。让他们意外的是，曹二竟也来了，正在弄船。本来，大家应该跟他开几句玩笑，却都没开，只打了声招呼，就都弄起船来。几个人都穿着水衩，都显得极笨拙，走路时，还发出哐啷哐啷的响声。

一会儿，大家上了船。就有桨声响起来。静静的水面上，一圈一圈地起了细浪。波浪荡进苇丛，芦苇便微微摇晃着，有些欲落未落的芦花儿，就悠悠地落了。

到苇丛深处，船散开了，奔向了各自的缆。

天渐渐白了。

起缆的船陆续打桨回岸，看上去，每条船都稳稳的，显出沉重来。

老金头的船照例走在最后。这时候，岸边已来了十几个贩鱼的人，他们骑着自行车，有的骑着摩托，正在岸上守候。桂芬也来了，站在人群里。看见桂芬，老金头心里立刻莫名其妙地抽动了一下。

没等缓过神儿来，紧接着，他又看见了站在人群里的儿子。

一看见儿子，老金头当即心一凉——就如被人兜头浇了一盆冷水——恨恨地想道，他妈的，他倒是准时准点！这狗东西，来回二十多里的道儿，他倒是准时准点啊！

这时候，张老七等已把船靠了岸，待跳上岸之后，立刻爆发了一阵吵嚷。吵嚷之后，又都回到了船上。

老金头紧打几桨，将船靠在曹二船边，问是何故。

曹二说："这帮家伙，要往下压价……"

"压价？压多少？"

"两毛！"

老金头又朝张老七和李三看了看，见他们都点着了烟卷，吸着，倒显得稳当。

老金头说："两毛就两毛吧！几块钱的事儿……"

李三说："那不行！这帮不要脸的贩子，赚了那么多，还他妈贪！咱们可是起五更爬半夜的……"

双方僵持着。一会儿，一根烟吸完了。张老七把烟头很响亮地吐进了水里,站起来,却不上岸,笑着,就在船上说:"各位大哥,要是这样,就得麻烦大家白跑一趟了。我们呢,都有鱼囤子,放进去,鱼也不会死,养几天,还会长呢!"

说完就坐下了,弄那桨,要走的样子。大家也都学他,弄着桨。

岸上的贩子们,交头接耳了一阵,果然有要走的,但多数还犹豫着。

然后,有一个戴鸭舌帽的说:"各位老大不知道,这几天,鱼不好卖了。"

曹二听了说:"快别逗了!就我们这点儿货,驮到市上,还不是眨眼工夫的事儿!"

老金头却不说啥,他觉得多两毛还是少两毛已经不关自己的事了。但他并不行动,他得看张老七的。弄了一会儿桨,就又往岸上看,却发现桂芬已经不在那儿了,他想她是回窝棚去了。可儿子还在,靠在自行车上,似乎有点紧张。他已经快四十岁了,又拖了四个小孩子,确也够难的,就是太过分了……

许久,那边终于垮了。只听鸭舌帽说:"好吧好吧!就依你们吧……真拿你们这帮家伙没招儿啊!"

一听这话,张老七等立刻跳上了岸。贩子们也纷纷行动,称鱼,点钱,气氛倒相当活泛了。

六

老金头卖了七十块钱。在他和一个鱼贩子称鱼以及数钱的时候,儿子一直跟着。老金头拿了钱,又像往常一样,对儿子说:"来吧!"

然后,把儿子领到了一个僻静处,也不说话,从那沓钱里抽出了十元钱,把其余的递给了儿子。

儿子瞪着眼,叫道:"又留呀?"

"又留?"老金头说,"我留过几回?你倒说说。"

儿子说:"我真不明白,你留钱干啥?吃的喝的,我都给你捎来了。"

老金头说:"光吃喝就够了?"

儿子说:"咋的?你还真像人家说的,要给我找个后妈呀?"

老金头白了脸,说:"你!"

这当儿,正巧桂芬要到水边去,打这儿经过,听见了吵声,站下来看。

儿子正说:"说对了不是?我说你就拉倒吧!都这么大岁数了,还那么想女人,你丢不丢人哪?"

老金头脸更白了,挥手就给了儿子一耳光,蛮响,也蛮脆。之后,两个人就都怔住了。半晌,儿子转过身,头也不回就走了。

老金头仍然怔着。时间不长,又蹲下去。接着,就见他抖动着肩膀,准是哭了。

桂芬看着老金头哭,一时,有点儿为难,不知道该不该过去劝劝他。她心里很乱,也很难受。好久,才悄悄离开了。

七

据鱼贩子说,今儿,近处有个屯子要演二人转。吃过早饭,几个人就张罗去看。他们说,反正白天也没啥事儿,不如出去找点儿乐子!

老金头先就声明,道:"今儿我就不去了。这么远,够走的。我还是留下给大伙看缆吧!"

这时候,他已经平静了,只是脸色还冷冷的,也无精打采。

张老七逗他:"金大爷,听说这个戏班儿是从镇上来的,女唱手漂亮着呢!"

老金头骂他:"去你妈的!别跟我来这套!"

张老七和李三是必去了。曹二也要去,可还有点儿不好意思,就问桂芬想不想去。

桂芬不想让他去,又没法儿直接说,只好道:"要去你去吧,我是不去了,我给你们拆拆被褥吧⋯⋯"

她以为曹二听了这话,会留下来陪她。曹二却笑着说:"那我就去了!用不了多大工夫就回来了!反正有金大爷给你做伴。"

说完这话,几个人就走了。

桂芬差点儿没哭出来。

老金头说:"年轻人,都好乐呀!"

太阳早升起来,光线柔和明净。远的近的水面,都微波不兴。此时此刻,天地间一片寂静。偶有水鸟——野鸭或水老鸹——弄得水响,也很快就消失了。黑狗趴在门前,张着湿润的眼,无声地四顾。短短的时间,它已经熟悉了桂芬,甚至很友好了。

桂芬站了一会儿,就开始拆被子。起初还沉着脸,看上去很不高兴。待一干上活儿,很快就好了,润润的脸上也有了笑。

这活儿老金头插不上手,只好坐在一边,又抽起了烟,旱烟袋叼在嘴上,每吸一口,都吧嗒一响⋯⋯早先年,每当老伴儿做针线活时,他也喜欢这样,坐在一边,抽着烟,有一句没一句地说着话儿⋯⋯

这样坐了一会儿,突然想起来似的,老金头默默地走出了窝棚,抱了一些柴进来。

桂芬见了问道:"您老这是干啥?也不做饭。"

老金头说:"烧锅热水。老秋了,洗东西水凉了。"

秋水故事

桂芬心一动,却没说啥。等她把被子拆完,锅里的水也热了。桂芬就开始洗。水温热着,从手臂传上来,一直传到了心里去。

老金头则忙着在外边扯绳子。一根长长的麻绳,一头系在窝棚的檩头上,一头系在刚刚埋下的木杆上。刚把绳子扯完,就听桂芬叫他。

"金大爷,来帮我拧拧水!东西太大了,我自个儿拧不动啊……"

老金头马上过去了。这时,桂芬已经洗好了一床被面,正拎着一头等他。老金头立刻抓起了另一头,两个人开始拧。

两个人一用力,水便从被面上哗哗地流下来。

早先年,每当老伴儿拆被子和洗被子,他们也是这样的。

拧完后,他就拿去晾起来。

桂芬洗一床,两人就拧一床,老金头就晾一床。

看那长长的绳上,花的白的一溜,在微微的风中招摇。

八

一会儿都洗完了,桂芬说:"金大爷,把衣裳脱下来,我就手给您洗洗吧!"

老金头一听,竟极慌张,连说:"不!别!不不……"

桂芬说:"这有啥呢!"

老金头还是说:"不,不不……"

桂芬初是不解,待转一想,心下便一动,就不再勉强了。

一会儿桂芬说:"看您老忙的,准累了,您进屋歇会儿吧。"

老金头忙说:"我、我不累。你可累得够呛。你进去吧!我得去瞅瞅缭了……"

这样说着，人已经慢慢走了。桂芬看看，就自己进了窝棚。

老金头没去看缜，他只是来到水边，找个桂芬看不到的地方，就像昨日那样，蹲下身，迷离着眼，看着静静的水，看着水里的天，水里的云，水里的芦花儿，想着老伴儿，又想着桂芬，好久好久。

直到过晌，看二人转的人还没回来。这时，晾着的东西已经干了。老金头帮桂芬收了那些东西。

桂芬开始缝被。

老金头又装了一袋旱烟，蹲在门外，吸着，心里又想起了老伴儿，想她当年也是这样缝啊缝啊……

缝着缝着，桂芬突然哎呀了一声。老金头听得真真的，立马站起来，进了窝棚，惊惊地问："咋啦？你是咋啦？"

桂芬说："哦，是针，扎手上了……"

"咋样？邪乎不？"老金头一边说，一边奔过去，一把抓起了桂芬的手。

那手凉凉的。

桂芬红了脸。

仅仅一瞬，老金头就放了手，仿佛被烫了一样。

随即跑了出去。

桂芬没说话，看着空空的窝棚的门，心里酸酸的，怜惜着。

九

第二日，桂芬要走了。

这是早晨起完缜后，桂芬亲口告诉老金头的。

秋水故事

桂芬说："金大爷，待会儿，我就回去了。"

老金头一惊："咋这么快？"

桂芬说："家里活儿忙……曹二又不能回去帮我。"

老金头心里翻江倒海，说："你是不是为了，为了……"

桂芬明白老金头的意思，笑了说："您想哪儿去了？金大爷，您老好呢！真心的，您老好呢！"

不料想，老金头听了这话，眼睛立刻就湿了。

桂芬是贴晌走的。当时，不论李三还是张老七，都在窝棚里，大家说笑着。曹二也准备好了，要送桂芬一程。起初，老金头也在窝棚里，却不吱声儿，只抽着烟，吧嗒，吧嗒……也听着李三他们说笑。可是，在桂芬和曹二快要动身的时候，他却离开了。

他默默地，也没打招呼，就往门口走去。

"哎，老金头儿，你上哪儿？"李三问。

"早上起缆，我看缆漏了，得去补补……"老金头边走边说。

"你急啥？弟媳妇就要走了，哪能不送人家？"张老七说。

这当儿，老金头已经走出门去。悄悄地，桂芬跟到了门口。老金头头也不回，走向水边。桂芬在门口站下了。不知为啥，她心又酸酸的了。那时候，秋阳照在她姣好的身材上，一片绚烂。

（原发于《当代》2005年第5期。《小说选刊》2005年第11期选载；《小说月报》2005年第11期选载。被收入《2005短篇小说新选》阎晶明主编，文化艺术出版社出版；《2005最受关注的短篇小说》王子夏主编，上海科学技术文献出版社出版；《21世纪年度小说选：2005'短篇小说》人民文学出版社出版；《中国年度短篇小说，2005》漓江出版社出版。2009年获得第八届"广东鲁迅文艺奖·文学奖"。）

霞镇的驱逐

一

这次讲一个霞镇和三位小姐的故事。

霞镇有个叫张二刚的，是个年轻人。镇里人都认为他精明，敢想敢干。镇里只有一条马路。在刚刚许可居民们自己做生意的时候，他就抢先在路北开了一家饭店，生意特别的红火，去年还把饭店翻盖了，建成了一幢二层的小楼。可是有一天，他又突然把饭店停掉了，请人里里外外装修一新，改成了舞厅。接着，又悄悄地去了一趟城里(据说是哈尔滨)，领回来三位年轻的女子。人们后来才知道，那是他请过来伴舞的小姐。

七月的一个星期六，张二刚带着三位小姐来到了霞镇。

霞镇临着一条江，名叫松花江。许多年前，这里就修了水运码头（现在叫霞镇航运站）。虽然也有长途汽车，但是夏天，来往的客人还是喜欢坐船。客船每日一班，抵达霞镇的时间，基本是每天的中午。因此，每天的这个时间，码头上都会聚集许多人：有迎送亲友的，有趁机做生意的，有准备乘返程船出门的，也有专门来此看光景的。大家一边吸烟，一边说话儿（偶尔有人很响亮地咳嗽几声，咳出一口痰来，干净利落地往脚下一吐）。总之，每天此时，这里都是十分热闹的。

码头上的人都看见了三位小姐。

船靠岸了。那儿有一个水泥平台。"砰"的一声，水手们在轮船和平台之间搭起了一条跳板。说成"一条"，是说它的窄。确实也窄，大约宽只有尺许。跳板与下面江水的距离又比较高。人一走上跳板,跳板便颤动起来,颤得人眼晕。

三位小姐一下船,立刻就引起了人们的注意(几乎把大家的视线都拉直了)。

原因很简单:第一,她们是陌生人,而人们对陌生人都是好奇的;第二则是她们走过跳板的样子。那第一个走上跳板的,刚一走上去,赶紧就把脚缩回去了,还一把抓住了另外两个人的胳膊。这时,张二刚已经站在岸上了。他嘎嘎一笑,说:"怕啥呀?没事儿没事儿!你们横着走,横着走就好了……"经张二刚这样一说,才有一位小姐,作出一副义无反顾的样儿,重新走上了跳板,却一连声儿地"呀呀"惊叫着。其实是有惊无险的。不过嘛,那叫声还是很好听的,那么细,有点尖,一惊一乍,有点儿夸张。

那天,孙长喜和刘玉庚,也都在码头上。他们都是霞镇的老一辈,都有七十多岁了,也都爱到江边来,天天来。为了防太阳,也为了防雨,都戴着大草帽,还坐在人群的外头,抽着旱烟袋,说着话儿。当然,眼神儿都有点儿昏花了。

孙长喜说:"今儿来了几个小丫头儿。"

刘玉庚说:"我瞧见了。好像是跟张二刚来的。"

孙长喜说:"是他啥人儿呢?亲戚?"

刘玉庚说:"许是呗!表姐表妹呗!"

二

这三位小姐,一位叫小红,一位叫小青,一位叫梅梅。三个人中,小红年龄最大，二十四岁了，人长得很清秀，瘦高的身材，皮肤很白，看起来很干净。右眼有点儿大，左眼有点小，却一律双眼皮儿。有一点儿缺陷的是她的牙齿，当然牙齿也是很白的，只是有一颗门牙略略扭歪了一点点。再就是在她的细白的脖颈上长着一颗小黑痣。总的说来，她还是很好看的，很漂亮。

　　不过，要说好看，三个人中还要数小青。这小青不胖不瘦，脸色特别的白嫩，两个耳垂儿圆鼓鼓的，白里透红，又大又晶莹（老人说，这样的耳垂有福气）。小青还有一个特点，她特别爱吃糖，有事没事嘴里总要含着一颗糖，所以一说话嘴里就会发出一股香丝丝的甜味儿。而且她特别喜欢笑，一笑脸上两个酒窝儿。不过，在她甜甜的笑容后面，偶尔也会显出一点点的忧伤。而这大约与她的身世有关联。她应该算是个孤儿。父母亲都死得早。她是在姑妈身边长大的。

　　第三个是梅梅。梅梅是三个人中年龄最小的，才二十一岁。相貌虽不如小青，也算得上一个美儿人了。她长着一副薄嘴唇，眼眉则是细细弯弯的，双眼有点吊，眼里总像含着一股凉气。下颏儿也有点尖，头发呢，则一半黑一半黄（大概是蝎过油的）。

　　这就是三位小姐的情况。关于她们，除了以上这些，镇里人就再不知道什么了。

　　三位小姐被张二刚带到了舞厅。张二刚早就在二楼给她们预备好了宿舍，三个人暂时住在一个房间内，里面放了三张床，另有两只单人沙发和一只茶几。窗子朝南，窗上挂着葱心绿的窗帘。

　　张二刚说："你们就先住这里吧……以后有什么再说……条件还不错嘛……对不对？"

　　他擦了擦脖子上的汗，接着又说："今天就没啥事儿了……抽空儿出去逛逛街吧，熟悉熟悉环境……另外呢，也得让霞镇好好见识见识你们……"

小红听了说:"得了吧老板!你总得让我们歇歇脚啊!这都折腾一天了!"小红一边说,一边朝小青和梅梅看了一眼。

张二刚愣了一下,之后说:"说的也是啊!这车马劳顿的,肯定很累了……就照红小姐说的,今天下午就休息休息,逛街明天再说。从今往后,咱们就一家人了,有事儿要商量着办,古话儿不是说嘛,和气才能生财……那好,你们就先拾掇拾掇……我下楼去了,晚饭来叫你们……"

"谁跟他是一家人哪?真他妈脸大!"张二刚刚走,梅梅就说,"这么屁股大点儿的地方,还逛街呢!也不嫌寒碜!"

小青说:"还不是为了钱嘛!不的,谁来他这兔子不拉屎的破地方……"

小红马上说:"青妹说得对,这大老远的,来这儿干吗呀!不就为了一个月几千块的工钱嘛!"

梅梅说:"这几天跟他接触,我已看出来了,这小子好像挺有心眼儿的……还让咱们去逛街,喊……红姐你说,到时候,他不会跟咱们整啥啥景儿吧?"

小红马上说:"整景儿?我看他还不敢吧……有飞哥儿在那儿罩着呢,他总得掂量掂量的……"

小青说:"所以我们得感谢红姐,后边有这么一个靠头儿……"

小红说:"现在你们明白了吧?在临出来之前,我一定坚持要拉张二刚跟飞哥儿碰个面儿,就是要让他知道有这么个人儿……"

小青说:"我那会儿就看出来了,红姐就是聪明人……"

小红说:"聪明说不上,也就是比你们在外头多混了两年吧……其实谁在外头都不容易的……虽说我们认识也才几天,但说不定谁就能帮上谁，以后我们一定要互相照应……"

这时，半晌没说话的梅梅突然说："今后，我们一定要团结在以红姐……"

大概因为梅梅说话的语气（或者神情）很有趣吧，小红和小青，一听了梅梅的话，马上就笑起来，笑得嘎嘎的，笑得前仰后合。一直笑了好久，笑得都喘不上来气了，才慢慢止住了笑。

待笑声停下来，小青一边擦着笑出来的眼泪一边打开了背包，从里面拿出了一个稿纸本和一支笔，微微笑着说："大家消停一会儿好不好？我得给我姑写封信了。猜我怎么写？我要告诉她，我又找到工作了。一家个体服装厂。我在这儿做码边儿的……"

说着，便伏身在小茶几上，唰啦唰啦地写起来。写着写着，停下来说："真没想到啊，这么小的一个镇子，也办起舞厅来了，还请了伴舞的小姐，嘻……"

小红接过小青的话说："哼，你没想到？你没想到的事儿，多得很呢！"

三

第二天吃过早饭，三位小姐果然去逛了一次街。

早饭是张二刚陪她们吃的。他一边呼噜呼噜地嚼饭，一边郑重其事地对她们说："我希望各位姑奶奶，一会儿出去的时候，都穿上最鲜亮的衣裳……我呢，就不陪你们去了……这么屁股大点儿的地方，闭着眼睛也能摸回来的……记住喽，走得越慢越好……关键要走出风度来……先走大街，再走胡同……尘土大点儿没关系，衣裳不用你们洗……顺便

霞镇的驱逐　　179

再逛逛商店，看有没有相中的东西，相中了就买回来……先给你们每人二百块钱，不算工资，算我一丁点儿心意了……"

这时的张二刚，已经完全是一副精明的老板的姿态了。

一听到钱，几个人才算有了兴致。

张二刚又说："对了，见着小伙子多看他们几眼……"

三位小姐一时竟表现得兴高采烈，齐声对张二刚说："好咧！"

张二刚打个饱嗝儿说："你们最好多吃点儿，吃得饱饱的，省得待会儿没力气……吃完饭就出发吧……"

霞镇是一个平原上的镇子。说起来，它的历史可能并不很长。传说是一对逃荒的夫妇最先来到这儿，并且盖起了第一间马架子(一种简易住房)。从那时到现在，也就百余年的光景儿。可尽管如此，人们还是渐渐地培养起了某些属于霞镇自己的品性。

比方说吧，镇里人都爱吃大酱，也爱吃大葱、大蒜、大萝卜、大白菜，说话都爱用大嗓门。老年人爱抽旱烟袋，爱见了面问："吃了吗？"男人们都喜欢留平头，女人们都喜欢梳大辫子。招待客人喜欢用白酒，并且杀活鸡。夏天都喜欢在江里洗澡(冬天不洗澡)，没事儿的时候都喜欢到别人家坐坐（串门儿），也喜欢站在街上说话儿……

三位小姐走在霞镇的大街上。

街上的人并不是很多（因为大家都在做事情都很忙），但是，当她们走过来或走过去时，还是人人都停下来看着。而且，她们果然走得很慢。甚至，走得很矜持。她们不说话，看上去有点儿旁若无人。她们感受着人们的目光。那目光是好奇的，也带有审视的意思，也带有一点儿神秘。

走着走着，梅梅说："我们这样是不是在展览？"

小青说："有句话是怎么说的了？招摇过市对吧？"

小红说："你们说得对，正是这么回事儿……"

走过邮局时，小青拐进去一下，把那封信邮了。

到了这天下午，张二刚再次来到了三位小姐的宿舍，一脸郑重说："今天晚上七点，你们开始上班，六点半，你们就要到门口去，拿上椅子，坐着就行。"他大概有点儿兴奋，也有点儿紧张，宽大的脸上不断出汗。停了一下，待情绪稍微缓和了一点儿，他又说，"今晚儿保证人多。你们瞧着吧！我的目标就是赚钱！都给我好好干，我张二刚亏待不了你们！"

他看上去踌躇满志。

四

这天傍晚，三位小姐，张二刚，还有几个工作人员，都早早就吃了晚饭。这时，舞厅已经做好了各种准备。小红、小青、梅梅，均刻意打扮了一番，都换了一袭的长裙。当然颜色是不同的。小红是一身的红，上面还用暗线绣了些荷花牡丹。小青是一身青，在左乳处缀了一朵绒嘟嘟的黄花。梅梅则是一身粉，胸前还别了一枚镀铬的胸针，人一活动，便见胸针一闪一闪放光。

三位小姐都自我感觉极好。

还差几分钟六点半，舞厅打开了大门，亮起了灯光，音乐也从四个音箱里传出来。音乐既热烈又缠绵，多是一些当年的流行歌曲。

三位小姐走下楼来。

她们鱼贯而行走在用铁板焊成的楼梯上，样子还真有几分动人。她们扭动着臀部和腰肢，被裙子紧紧包住的胸部一走一颤。她们大概很想走出一种高贵来。

三位小组小红在前，小青次之，梅梅再次之。在她们走到楼梯一半的时候，正好张二刚从楼外进来，他一下站住了，并且嚷嚷起来："嗨！嗨！瞧瞧瞧瞧！张二刚的小姐们多漂亮，多潇洒，多……"

后边这句话，他本来要说"风骚"这两个字的，话到嘴边了，一想还是不说的好，就不说了。

三位小姐来到了舞厅的门口。

天渐渐黑了。舞厅里的灯光辉煌起来，简直像座宫殿。外面刮着清凉的晚风，荡涤着白天的暑热，当然，也吹拂着女士们美丽轻薄的衣裙。

门口早就放好了三把椅子。但是，她们却没有坐下。她们或许觉得，站着更好一点。她们都很敬业。她们站成一排，将目光投向眼前的街道。那目光既柔和又妩媚，充满期待又不失优雅。

街上果然有人走过来。每当这时，三位小姐的目光便一起"唰"地一响，并一齐投射到那个人的身上。这人越走越近……不料又走过去了……只在走到舞厅前边时，朝舞厅，也朝小姐们观望了一下。

走过来的人渐渐多了。男人，女人，中年人，青年人。有的是一个人，有的是三个两个在一块儿。这当中，又有走得慢的，也有走得快的。还有吸烟的，有磕葵花籽的。他们，不论男人女人，也中年人青年人，不论单独的结伴儿的，快走的慢走的，吸烟的嗑葵花子的，在走到舞厅前边时，都会扭头观望一下，但仅仅观望一下，却没有一个进来的。

不知不觉间，夜色便渐渐深了，晚风也显得冷了。站在门口的小姐们，也已经坐下了。她们累了，双腿有了酸胀感。也感觉冷了，她们的衣裙那么薄，是经不住晚风这么长久地吹拂的。

第一天就这样结束了。

这以后的若干天，三位小姐将一直重复今晚的做法。这是镇里人亲眼看到的。只要时间一到，她们就会出现在舞厅的门口。打扮一新，站成一排。那会儿，她们都伸直了脖子，将目光投向街道。她们妩媚的眼睛，最后总是一点点黯淡下来。然后，她们就坐下了……

五

事情总算有了转机。

这一天，突然来了五个小伙子。当时，几个人都笑嘻嘻的，脸上带着一副说不清楚的神气，既有点儿羞怯，又有一点儿不以为然。小红、小青、梅梅等见了，却马上热情地说："欢迎各位光临！"可是，小伙子们却带搭不理的。

张二刚见状，心里立刻乐了，想他们这是心虚呀！他们纠集了这么多人，摆明了就是互相壮胆儿嘛！当然，张二刚是认识他们的。本来就这么小的一个镇子，大家都抬头不见低头见的，哪有不认识的道理？顶多是没交往过，没办过什么事情，一见了面，都知道谁是谁，谁是谁家的。认识虽认识，张二刚却不跟他们打招呼。他知道他们就像胆小的兔子，弄不好会给吓跑呢。

人人都说张二刚精明，那可不是白说的呀！

在张二刚的暗示下，三位小姐也小心起来。先请他们喝茶，又给他们打开饮料，还说："这是免费的，老板请客……"同时，他们还说着一些可有可无的话，听着就像燕子呢喃。对三位小姐来说，这当然是轻而易举的。这会儿，感觉一切都是不动声色的，就像春雨浸润黑土一样。而这期间，那一直响着的缠绵的音乐，也使得小伙子们渐渐安稳

霞镇的驱逐　　**183**

下来,并且进入了某种状态,目光一点点变得迷离,而且水汪汪的。终于,有人提出了跳舞。于是就跳。可是,他们好像又都不大会跳。不会就教,这倒好办得很。

这会儿,姑娘们都香气四溢,感觉就像面团儿似的。

第二天,他们又来了。

这就注定了,从此以后,舞厅将面临一个鼎盛时期。且果真如此。这样短短几天过去,舞厅就已门庭若市。

似乎,许多人都乐得花上几元钱,过来瞧一瞧。

人们就像潮水一样,会集到舞厅来了。见了面也不再遮遮掩掩了。不仅如此,在离开以后还要交流种种看法(似有意犹未尽之意),还要评论小姐们哪一个更好,评论她们的舞姿,评论她们的容貌,也评论她们的态度。有时候还相互炫耀,真真假假的。比如,有说小红跳舞时贴他贴得多么近的,有说小青一边跳舞一边用手帕给他擦汗的,有说梅梅用手指甲骚他手掌心的。说着说着,便相视着哈哈笑了,笑声充满了激情,充满了迷惑……

随着情况的好转,营业的时间也延长了。先是把开场时间提前到六点半(原来是七点),闭场的时间则延长至十一点(原来是十点)。接着又提前到六点,延长到十二点了。

在那段时间里,在子夜的星光下,总有三五成群的人,像影子一样行走在霞镇的大街小巷上,他们满脸疲惫,却又兴奋异常,根本不用问,那全是在舞厅跳完舞的人……

舞厅越来越火,张二刚兴高采烈的。

不承想,这会儿发生了几件事……

六

先是小红到霞镇商店去买卫生巾。

卖卫生巾的售货员,是一个三十岁上下的妇女,就相貌而言,长得比较端庄。肤色、眉眼,也都很耐看。略嫌不足的是稍微胖了一点儿。在小红说完了要买什么东西后,她注视着小红,并没说什么。可是,在等小红拿出钱来,却听她说:"你买卫生巾吗?没有啊。"

小红立刻就感觉到这件事不对了。不单是从售货员这句话上,还从她的神情上。那神情一直是沉静的,却明显带着一点儿挑衅的意味。小红怔了一下,只好再次指着卫生巾说:"那儿,那不是嘛!"

应该说,小红的语气是相当柔和的。

售货员顺着小红的手指看了一眼,随即说:"哦,那个呀……那是样品。不卖的。"

小红一时不知说什么好了,她看着售货员。售货员则一直特别的沉静,甚至,还带着微笑。小红自知身单力孤,不是对手,可她还是忍不住说了一句:"你就是不想卖给我呗!"

售货员马上说:"是呀,没错儿!"

结果小红没有买到卫生巾。当她"噔噔噔"地走出铺着水磨石地面的商店时,感到自己气得快疯了。

过了两天,小青到邮局去寄信。

这是她写给她姑姑的第二封信。并不是多么重要的信,报报平安而已。她在信里说,自己仍在那家个体服装厂码边儿,又说工作还不算累,同时还说了每月能挣多少钱。基本上,这是一封乐观的信。

小青只有初中文化,写一封信并不容易。

小青把信折好了,放进了背包里。又拿了一支圆珠笔,因为信封和邮票都要到邮局去买。邮局里没有几个人。除了一两个也在寄信的，还有几个没事儿的老人（其中有两个人正在下象棋，另外几个在看热闹）。像上一次一样，她一进屋，人们就停止了所有的活动，只是看她。

那天，她刚好换了一身新衣服，挺好看的。而她马上就感觉到，或者意识到了，和上一次相比，这次人们的眼神已经很不一样。上次只是（或更多是）好奇，这一次，却明显多了一些别的东西。她说不准是些什么东西，审视？厌恶？冷漠？总之让她很不舒服，让她身上冷飕飕的。她不敢怠慢，赶紧买了邮票、信封，又伏在窗口写了地址，再将信装进去，封好，贴上邮票，最后投进了信箱。看起来，一切顺利。直到她回到了舞厅，在换衣服时，才突然发现了衣服上有好些唾沫和痰迹。她哭了一场。

又过了两天。

这天午后，梅梅在房间里睡了一个午觉，醒来后觉得有点闷热，便下楼来到舞厅的门口，想在这儿吹吹风，凉快凉快。这时大约是在下午两点钟（她们夜里睡得太少，午睡是必不可少的）。

据梅梅回想，当她出来时，街上并没有什么人，好像只有几个半大孩子，好像是几个男孩子，好像他们正在玩着什么游戏。梅梅说，他们并未引起她的注意。她在街边站了一会儿，终于感觉凉快一些了，便转过身，想回到舞厅来了。

梅梅说，就在她转过身来的当口儿，突然感觉屁股尖锐地痛了一下，痛得她"呀"地叫了一声，险些倒下。她回头一看（完全是下意识的），便又看见了那几个半大男孩子。她发现，他们正在逃散，样子十分惊慌。不过，梅梅这时已经顾不得别的了，她只顾了拼命地朝楼里跑。一边跑，一边还"呀呀"地叫。

那会儿，正有一截儿两尺长的树枝，牢牢地挂在她的屁股上。

当然，那并不是一截儿普通的树枝。在那截儿树枝的一端（也就是挨着屁股的那一端），绑着一根尖锐的铁钉。正是这根铁钉，穿透了裙子和短裤，深深地钉进了梅梅的肉里。还有目击者称，在梅梅向楼里狂奔的时候，那截儿树枝就挂在她的屁股上，并且不停地颤动，一跑一颤动，就像突然间长出了一根长尾巴。

梅梅的叫声惊动了舞厅的工作人员，也惊动了小红和小青，也惊动了张二刚。他们有的照顾受害者，有的则跑到街上去寻找"凶手"。

"凶手"当然没有找到。不过，却在舞厅斜对面的一个墙角里找到了"凶器"的另一半，那是一张用竹条和皮条做成的弓。有人试着拉了几下，据说还真是挺有劲道的。

七

这几件事发生后，小红、小青、梅梅便意识到，她们不能再在这里待下去了，也无法再待下去了。否则，谁也说不定还会发生什么事！对她们来说，这里已经危机四伏了。

在这一点上，三个人几乎立刻就达成了共识。可是，梅梅的伤还没好，还得等几天。再说，总得拿到工资呀！

这几天，一有空儿，三个人就喊喊喳喳地在一起发牢骚，骂人，她们非常不理解：这里的人怎么会这样呢？为什么这样呢？又没得罪谁。又没做坏事。不理解……

这几天，除了梅梅，小红和小青仍然在上班。而让人奇怪的是，生意仍然那么好。虽然她们已决定离开了，却一个字也没对张二刚说。不说自有不说的道理。

张二刚有时候上来看望梅梅，也对这件事很气愤，声言一定要找到"凶手"，并说这类事情再也不会发生了。可是，小姐们已不敢相信他的话。

这样过了几天，梅梅的伤已好得差不多了。而且她们拿到了这个月的工资，每个人两千元。又碰巧张二刚有什么事，这天不在家，下屯去了。三位小姐便抓住这个机会，带上早已收拾妥当的行李，匆忙奔向码头，买了票，搭上船，走了。

快到中午的时候，张二刚从屯里回来了，一看小姐们走了，马上追到了码头，可惜晚了一步，船已经开了。

船一开走，码头上就没什么人了。张二刚四处一看，很快看见了孙长喜和刘玉庚。两个人仍然戴着大草帽，正在那里抽烟。张二刚走过去说："两位老爷子，看见三位小姐没？"

孙长喜和刘玉庚一听张二刚的话，马上就笑了。

孙长喜说："看见了。都上了船，走了。"

刘玉庚也说："还想把她们追回来？"

张二刚看了刘玉庚一眼，不明白他为啥这么说。

刘玉庚吐了一口痰，突然想起来似的，对孙长喜说："哎，老孙，你还记不记着，霞镇第一回演电影儿……"

孙长喜说："记着呀！我还去看了呢！"

刘玉庚说："又埋杆子，又挂白布，我还以为是玩杂耍呢！"

孙长喜说："电影一开演，那白布上头就飞来了一架轰炸机，一边呜呜叫，一边往下扔炸弹。不知谁就喊了一声，敌机又来轰炸了，妇女小孩儿快跑哇！"

刘玉庚说："这一喊不要紧，人群呼啦一下就散了。"

孙长喜说："是呢，散个精光！"

（刊于《鸭绿江》2001年第10期。）

为乡人作传

于有传（1）

于有，××年农历腊月初十生于四旗屯。兄弟姐妹共四人，于有是最末一个，小名儿叫老疙瘩。若听谁叫：于有！若听谁叫：老疙瘩！那叫的是同一个人。

于有或老疙瘩，是个不爱讲话的人，只爱笑。一听别人说什么话，就一笑。一笑一咧嘴。也爱干活，自小就爱干活。七岁，便跟爹、妈、姐、大哥、二哥，在田里干活。种地就跟着种地，锄地就跟着锄地，割地就跟着割地。在他的眼界里，世界就是这个样子。

有时候，独自一人，到草甸子上割柴草。每天可以割到十几捆，晒干了，捆到一起，用根小指粗细的麻绳，背回来。背回来的柴草，烧饭的时候用。有一次割草，割出一只兔子来。

于有弯着腰，挥着小镰刀。忽见一团灰白的东西在眼前跳起，吓得他"呀"地一叫。未及叫完，看清了是一只兔子，正往草丛里钻。他愣怔一下，马上便追。也是杂草盘结，追十来步，竟追上了，身子往前一扑，手便抓住了兔子的后腿。那只兔子，叫全家炖了吃了。

××年，于有十七岁，结了婚。这时候，四旗屯改叫四旗生产队了。于有则是生产队的社员。他跟大家一道，该种地种地，该锄地锄地，该割地割地。种地锄地割地，他都干得好。媳妇是爹给选定的，姓孙，家住王官屯。结婚前，于有见过这姓孙的姑娘两次。人长得挺俊，身材不高,两只眼睛挺大。媳妇过门以后,被四旗屯喊作"小老于儿"或"于有家的"。若听谁叫:小老于儿!若听谁叫:于有家的!那叫的是同一个人。

媳妇很能干,爱干净。第二年,生了个孩子,女的,叫小芹。名字是媳妇取的。

于有或老疙瘩,总是不爱说话,总是爱笑。一听别人说什么话,就一笑,一笑一咧嘴。再就是干活。该种地种地,该锄地锄地,该割地割地。活干得越来越好。曾被评上"五好社员"(思想好,劳动好等等)两次。

小芹到了一岁半,得了病,死了。先得的感冒,又变成肺炎,发高烧,咳嗽。咔咔咔,咔咔咔。终于在一天夜里,在一阵剧烈的咔咔咔之后,闭紧了湿乎乎的小眼睛。

小老于儿抱住那越来越凉的身体不松手。

第二年,媳妇又生了一个孩子,也是女的,叫小芳。名字仍是媳妇取的。

过三年,媳妇又生一个。这次是个男的,名叫大军。这次是于有给取的名字,是于有请示了他爹,最后定下来的。

大军生下来一个月,于有的爹,在一个晴朗的秋日的午后,无声无息地咽了气。于有当时正在田里干活。他正有一泡尿,刚想方便了,忽然觉得心往下一沉,马上扔下手里的家什(农具),撒腿就往家里跑。爹已经闭上眼睛了。于有站在爹的头前,什么话也没说。他从来都是个不爱讲话的人。

那泡尿没有了。

××年,于有或老疙瘩,四十岁。

那一年雨多。有一场连阴雨,下了七天。连阴雨毁了他家的老房子，他爹盖的老房子。当初还没有于有这个人。老房子比于有还老。于有住它，整整四十年了。

曾经借了一间厢房，住了三年。

××年秋天，建了新房。三间。中间开门，门和窗框都刷了油漆，门上刷的是红油漆，窗框刷的是绿油漆。新房子就建在老房子的位置上。

准备了三年，一共用了四根大柁（梁木），二十一根檩木，八根柱脚，外加若干根椽子。还有两千多块土坯。还有一百多个秫秸把子。还有三十多张苇帘子。还有五斤铁钉子。还有红油漆和绿油漆。还有玻璃。

盖了两天，就盖起来了。

烟囱里冒出了青色的烟来。

于有或者老疙瘩，站在乱巴巴的院子里，看那一缕一缕的青烟。看着，眼睛突然花了，冒着金星。于有赶紧把眼睛闭上了。

第二年，大女儿小芳跟人结了婚。

××年，于有四十八岁，操办了儿子大军的婚事。媳妇是大军自己选定的。家就住在本屯，姓李。人长得挺俊，身材不高，两只眼睛挺大。于有或者老疙瘩，对儿媳妇挺满意。于有或者老疙瘩认为，找媳妇，一定要找自己可心的人。于有或者老疙瘩认为，这是他这一生中顶大的一件事了。

三间房的西屋，做了儿子的新房。墙上糊了花花纸。新吊了纸棚。新买了炕席。找木匠做了一只衣柜，一张三屉桌。花一百五十元钱买了两把折叠椅。花二十元钱买了两只花瓶。又花一百六十元钱买了一对皮箱（其实是人造革的）。头茬礼过了八百元，二茬礼也过了八百元，都是给儿媳妇买衣服用的。媳妇过门以后，也被称作"小老于儿"，也称作"大军家的"。若听谁叫：小老于儿！若听谁叫：大军家的！那叫的是同一个人。

第二年，媳妇生了孩子。男的，叫旺儿。名字是大军取的。是大军

为乡人作传　　191

请示了于有,最后定下来的。

××年,有一天下工,过一道水渠时,于有摔了一跤。他扛了一把锄头。锄头一下子摔出去了。等他想站起来拿锄头,才感觉身上哪里疼了一下。最后,是同行的人把他背回了家。

是把小腿骨摔折了。

自从摔断了腿,于有或老疙瘩,就不能再干吃硬的活了。虽然还能走路,却动不动腿就一疼。动不动就疼。越往后越疼。没丁点儿办法。

旺儿会叫爷爷了。

旺儿喜欢玩刀玩枪。于有或者老疙瘩,给旺儿削了一支木头手枪,又削了一支木头冲锋枪,又削了一把木头军刀。

于有或者老疙瘩,每天都在屯子里走走。他的孙子旺儿,跟在他的身后,掖着木头手枪,背着木头冲锋枪,挎着木头军刀。那冲锋枪和军刀,拍着旺儿的屁股,一走啪嗒一响,一走啪嗒一响。这响声,他听得十分真切。

××年,有一天,于有或者老疙瘩,收拾东西。在收拾下屋(小仓库)的时候,把他一生中使用过的工具全部翻了出来。有镰刀,有铁锹,有锄头,有四齿的铁叉(或称洋叉),有镐,有镢头,有二齿子,有泥抹子……各种工具共三十余件。他把它们全部搬到了院子里,又沿着院墙一件件摆开。有生了锈的,就用抹布细心地擦。擦了一遍,再擦一遍,一直擦得露出本色来。

于有或者老疙瘩,做这项工作一共做了三天。到第四天,全部弄完了。他站在那儿,眯着眼,看着这一溜闪光耀眼的工具,从前往后,看了一遍,从后往前,又看了一遍。然后,他慢慢地回了屋,爬到炕上,躺下了。当时已是下午。

家里一个人没有。大军和媳妇在地里干活。老伴在女儿家。旺儿到学校上学去了。

他想：我睡一觉吧！

就再没有起来。

于有或老疙瘩，死于××年农历六月初六，终年六十岁。

于有传（2）

于有，××年农历九月十八生于拧腔屯。身前有一个姐两个哥，身后俩妹。于有十岁那年，爹死于伤寒病。记得爹死时腿上流着黄水。最大的是姐，十六岁。其次是大哥，十四岁。再次是二哥，十二岁。两妹一个八岁，一个六岁。爹死后第二年，大姐嫁给了一个姓冷的人家。

在童年和少年的生活里，于有记忆最深的算是贫穷。这使他一生对贫穷充满恐惧。睡觉从未盖过被子，全家人盖一块草帘子（用谷草编的）。曾经光着脚到雪地里捡柴火。直到晚年，于有还时时产生那种针刺般的感觉。

后来就开始种田。那时他十二岁，他大哥十六岁，他二哥十四岁。兄弟三人，种着一小块租来的田，租的是白大户的田。日子才算好过一点，寡母的脸上，总算有了一点笑意。

到十八岁的时候，仍是种田。不过不种租来的田了，种的是合作社的田。大哥已娶了媳妇，二哥也娶了媳妇，他便也娶了媳妇。媳妇姓刘，婚后一年，生了个儿子。

儿子胖乎乎的，长得像他的妈。儿子长到两岁时，媳妇疯了。直到晚年，于有也不知道媳妇是怎么疯的，为了什么疯的。也有可能，他是知道的，但他从来没对别人讲过。

媳妇很让他操心。说不定什么时候,就跑到水泡子里去了,往臭烘烘的绿水里一蹲,怎么叫也不出来。他只好下到水里,把媳妇抱上来。有时候,媳妇在他怀里,还要扇他几个嘴巴,或者,在他脸上抓几下,抓得出了血。有时候,上厕所也在屋里上,弄得屋里这儿是一泡尿,那儿是一泡屎。有时候干脆把屎屙在炕席上了。于有出一天工回来,还要收拾这些屎尿。媳妇对儿子也不亲,有一次抓住了儿子的脖子,差点儿没把他捏死,儿子哭又哭不出来,只顾又蹬又踢。幸亏于有赶回来了。儿子吓得抖抖的,赶紧跑开了,跑到老姑(就是于有的小妹)家里去了。这时小妹也出嫁了,就嫁在本屯。以后,于有的儿子基本上就待在小妹的家里。又过了几年,于有的疯媳妇死了。死的时候,瘦得只剩下一把骨头。于有记得,疯媳妇出殡的那天,下着小雨。

于有仍是种田。儿子一天天长大了,一直就在小妹的家里,在那里吃,有时候也在那里住。所以于有经常一个人住在家里,干一天活儿回来,自己再做点饭吃。小妹跟他说过几次,让他也到她家里去吃饭。于有总是不去。于有觉得,人家也是一大家子人呀!妹子好说,还有妹夫呢,还有公公婆婆小叔小姑呢!所以于有总是不去。

又过几年,有个姓林的老头儿,是个担担子走屯串巷卖糖块糖球儿的,给于有介绍了一个女人。是一个瘸腿的女人,住在北屯,姓范,丈夫死了,留下了几个孩子,三个男孩子,两个女孩子。于有同意了,娶过来了。孩子们还姓原来的姓。三个男孩子,老大那年十四岁,名叫山子;老二七岁,名叫小二;老三五岁,名叫明子。两个女孩子,大的十二岁,名叫大丫;小的九岁,名叫小珍子。也没举行什么仪式,搬过来,就一遭过日子。于有的那个儿子,也不在小妹家里住了,也回家来住了。

这一来,原来的两间屋子便不够住了。挤挤巴巴了一年,第二年,便盖了新房,三间。一大家子人,住在三间房里。瘸女人带过来的孩子,都管于有叫叔。于有的儿子,则管瘸女人叫婶。又过了一年,瘸女人竟又生了一个孩子,是个女孩子。只这女孩子,既管于有叫爸,也管瘸女人叫妈。这个女孩名叫老丫儿。

于有仍是种田。

几个孩子,无论是瘸女人的孩子,还是于有那个儿子,对念书好像都没什么兴趣,陆陆续续就一个一个都不念了,都下了生产队,下来跟于有一块儿种田,一块儿挣工分。

于有种田是把好手,又肯干,人缘也好。有一年选生产队长,竟把他选上了。于有当队长不像别人,别人都当的是甩手掌柜的,每天派派活儿就没事了。于有当队长,是领着社员一块儿干活。于有当队长当了一年,就不当了。这在于有的一生中,算得上最辉煌的一年了。

于有仍是种田。几个孩子越来越大,有的就该娶媳妇了,有的则该出嫁了。该娶的就给娶了媳妇,该出嫁的就嫁出去。娶了媳妇的,就不在一块住了,娶一个搬出去一个,另立了门户。一个又一个,这是一个漫长的过程。等到就剩下于有和瘸女人还有老丫儿的时候,于有已经老了,瘸女人也老了。

几个孩子还都孝顺,还常回家来看一眼,做了好吃的,也不忘把于有和瘸女人和老丫儿叫过去,一起吃。无论瘸女人的孩子还是于有的那个儿子,也都相处得挺和气,从没有争执过。

陆陆续续地,几个孩子也都有了自己的孩子。虽然各自的孩子都姓着各自的姓,但见了于有都喊爷爷,见了瘸女人都喊奶奶。

于有仍是种田。不同的是,后来解散了生产队,把田都分给个人种了。在生产队的时候,每天是听了钟声上工。生产队一解散,就不再敲钟了。于有虽然老了,每天还是起得早,起来收拾收拾工具,收拾收拾铁锹、锄头、镰刀,然后吃饭,待一吃完饭,就下地去了。直到晚年,于有的身子一直还是壮壮实实的,让人觉出一种坚韧来。

又把老丫儿嫁出去了。老丫儿出嫁是在那年冬天。老丫儿的女婿是于有给选定的。媒人给介绍好几个小伙子,于有在其中选了一个。成亲那天,老丫儿哭了。不知怎么于有也哭了。于有一生没沾过酒,那天破例,喝了几杯。

于有仍是种田。

过了两年,瘸女人死了。

瘸女人一死,家里就剩下他一个人了。无论是瘸女人那几个孩子,还是他那个儿子,都要接他过去住。他不同意,就自己住。干一天活儿回来,自己再做点饭吃。屋子当然是空空荡荡的。早晨也是自己做饭吃,吃完饭,就到田里去了。有的时候,吃完了晚饭,没什么事,他会到几个孩子的家里去坐一会儿,唠几句嗑儿,听孙子孙女儿们叫他几声爷爷爷爷。有的时候,几个孩子也过来看看他,也唠几句嗑儿。

有一天,有一个孩子又来看他,竟发现他躺在炕上死了。

这一天,是××年农历九月初二。是年,于有六十又五岁。

于有传(3)

××年农历五月十六。这一天无风。日光越来越白。空气似乎凝固了。空气中浮起一团浓烈的血腥气。于有躺在麦秸上。于有的妈也躺在麦秸上。麦秸的下面是一层草灰。炕席掀到一边去了。于有的身上沾了一层黏腻腻的东西。于有的脸色是紫黑的。于有的头发是淡黄的。于有的爸刚从田里回来,进了屋,朝于有看了一眼。接生婆说:"是个儿子。"

××年。于有的爸肩了一把锄头,走出门去。当年,于有的爸租着赵粮户家的地。那些年,三合屯的地都是赵粮户家的地。于有的爸,管赵粮户家叫东家。赵粮户家有个老头,爸叫他老东家。赵粮户家还有个青年,爸叫他少东家。爸见了老东家和少东家,都一脸的笑。

于有的爸刚出门,于有便一下子跳下了炕,小脚丫子踩着凉瓦瓦的地皮,蹭蹭蹭几步,跟了出去。于有的妈见了喊道:"死小有子,你这是干啥去?"于有似乎没有听见,头也不回。

于有跟着他爸,来到了地里。于有的爸一回头,看见了于有,却啥也没说。于有的爸开始一锄一锄地锄地。于有的爸锄着谷子。于有看见他爸把锄头送出去又拉回来,拉回来又送出去。于有朝他爸乐了一下,于有他爸没有看见。

日光由红变白,又由白变红。于有的爸肩着锄头,往回走了。于有跟着他爸,也往回走了。

那一年,于有五岁。

××年。于有的爸肩了把锄头,朝门外走去。过了一会儿,于有也肩了把锄头,也朝门外走去。于有的妈站在门口,朝于有和于有的爸看着。于有的爸先来到地边,于有随后就到了。于有的爸回过头,于有朝他爸一乐。这是一片玉米地。仍然是赵粮户家的地。于有的爸把住一条垄,锄起来。于有也把住一条垄,也锄起来。于有和他爸都不说话。有时候,于有的爸会停下来,转回脸,朝于有看一看。日光由红变白,又由白变红。

于有的爸肩起了锄头,离开了地。于有也肩起了锄头,也离开了地。于有好像挺累,也好像不怎么累。于有只觉得两只手掌挺疼,两只胳膊挺酸。这是于有第一次下田干活。从那时起,若见着赵粮户家里的人,于有也是东家东家地叫了。见了那个老头儿叫老东家,见着那个青年叫少东家。那一年,于有十二岁。

为乡人作传　　197

××年。于有的爸肩起了锄头，走出了门。也就一眨眼工夫，于有也肩起了锄头，也走出了门。过了一会儿，于有的媳妇来到门口，朝于有和他爸看。是在一个月前，于有把她娶回来的。是在五个月前，于有的妈死了。爸说，家里不能没个女人啊！

于有的爸先到了地边。于有跟着也到了。地里种着高粱。地不是赵粮户家的了，地是他们自己的。就在那一年，政府把赵粮户家的地分给了大家。于有的爸把住一条垅，锄起来。于有也把住一条垅，也锄起来。于有和他爸都不说话。于有觉得他爸一锄一锄锄得很吃力。于有看见他爸腰弯了，背也弯了。

日光由红变白，又由白变红。于有他爸先肩起锄头，往回走了。于有也肩起锄头，也往回走了。那一年，于有二十岁了。

××年。于有肩起了锄头。在于有走出屋门的时候，正好听见了当当当的钟响，钟声响在生产队的方向。那是一块废弃的铧铁。没有于有的爸了，于有的爸几年前就死了。于有刚出屋门，他媳妇就跟出来了，跟到了门口。于有的媳妇看着于有朝生产队那边走。于有头也不回。于有的媳妇撩了撩额前的头发。

于有来到生产队。许多人都来到了生产队。领工员说："今儿个铲黄豆去。"领工员也肩着锄头。领工员一边说，一边朝地里走。于有跟着领工员，也朝地里走。一起走的还有从前赵粮户家的少东家。少东家不是少东家了，只是一名普普通通的社员，跟于有一样。

领工员把了一条垅。于有也把了一条垅。从前的少东家也把了一条垅。每个人都把了一条垅。一共有几十号人。有人讲着笑话，大家都笑起来。日光由红变白，又由白变红。先是领工员肩起了锄头。接着于有也肩起了锄头。大家都肩起了锄头。于有到家的时候，看见他十四岁的儿子和十一岁的女儿，正在屋里写着作业。

那一年，于有三十八岁。

××年。于有肩着锄头，朝门外走。于有刚出门，于有的儿子也肩着锄头，跟了出来。儿子二十多岁了，曾经念过初中。于有和儿子走出门不远，于有的媳妇也跟出来了，跟到门口，站下了，望着于有的背影，也望着儿子的背影。上工的钟声这才响起来。钟声响在生产队的方向。

领工员说："今个儿咱们铲麦子去。"说过了，领工员先走了。于有和于有的儿子也跟着走了。许多人都跟着走了。也有赵粮户家的人，却不是那个少东家，那个少东家去年死了。于有和于有的儿子，还有领工员，还有赵粮户家的人，都锄着麦子。日光由红变白，又由白变红。于有和于有的儿子，还有领工员，还有赵粮户家的人，都肩起了锄头，往家里走。那一年，于有四十六岁了。

××年。于有肩起了锄头，朝门外走。于有的儿子也肩起了锄头，也朝门外走。父子俩刚刚出门，于有儿子的媳妇就跟了出来，跟到了门口，站下了。没有于有的媳妇了，于有的媳妇已经死了，也没有生产队的钟声了，生产队解散了。

于有和于有的儿子一会儿就到了田边。这原是生产队的田，现在是他们的田了，是他们的承包田。田里种着甜菜。等到收了甜菜，会有糖厂的人过来收购。于有和于有的儿子，锄起甜菜来。

日光由红变白，又由白变红……

于有和于有的儿子，一起肩起了锄头，向家里走。一会儿，于有和于有的儿子就到家了。走到家门口的时候，于有听见了一阵"爷爷爷爷"的叫声，就像一群小鸡雏。于有心里甜丝丝的，笑了一笑。那一年，于有五十八岁了。

××年农历八月初七，于有逝世。于有终年六十二岁。

(刊于《花城》2007年第6期。)

闹秧歌

古也罢了,今也罢了,恒恒乎天地,单是为民之道……其实不过是挺着"精神"二字的吧。

——引自阿成《精神》

一

三合屯扭秧歌,总是从正月初三的上午开始。

夜里落了新一场大雪。二日天一晴,世界也好一派崭新。

有锣鼓以及唢呐喧响着了。

锣鼓以及唢呐的喧响很是热烈,在雪后耀眼的日光里,一阵一阵紧密,就如一阵一阵疾风,一阵一阵旋转,搅动了空气。三合屯听见了锣鼓唢呐的喧响,竟一阵一阵打起哆嗦了!

小喇叭嘎嘎叫,大鼓乐得扑通扑通心直跳。

二

三合屯东头,是一处小学校。学校有个操场,四周是矮矮的土墙。操场似乎很大、很大。

赵二在操场中间擂鼓。

圆圆的,是一面大鼓。鼓帮漆成火旺旺红色。大鼓架在两根木杠上边。专有两人，抬着木杠。

赵二一脸的生动。眉毛一跳一跳的，嘴张了又合，双臂一起一落。起落之间，白生生鼓槌便在鼓面上咚咚蹦跳。木杆于是一颤一颤。

赵二是一个年轻的汉子。

赵二是赶马车的老板儿，身手十分矫捷，大鞭子能玩出花儿来。每天清早，在生产队出车的时候，都能听见一连串"叭叭叭"的脆响，就如爆竹在耳边爆炸一样，很清脆，很神气。

赵二有一张阔嘴。有的时候，这张阔嘴还会喊一种歌子：

哎——
大鞭子一甩啪啪地响啊，
小老板儿赶车上了岗哎——

在东北的乡下，当年，这是一首很流行的歌子。

唢呐吹的是《红柳子》。

吹唢呐的是两个人。两个人立在大鼓旁边。两个人已经吹圆眼睛了。两个人的腮帮似乎是极薄极薄的，鼓出来了，又瘪回去了，一鼓一瘪，是两只青蛙吗？

黄铜的唢呐，端在他们手上，已被日光雪光擦得铿亮。

《红柳子》甩起了长音儿——

秧歌队齐齐地一抖。

三

秧歌队共齐有二百人，男女对等，两列排开，一律的彩衣彩裤，男为大红，女为大绿（也夹一些水粉、鹅黄、淡紫，算是一种点缀）。男男女女，老老少少，嫩脸老脸，都搽了脂粉，很浓，很鲜艳。都是新人了。腰系彩绸，留一端，执手上（是左手），一律鲜红。右手握扇，扇为纸扇，扇面绘有图案，有花儿有叶儿，扇一抖，"唰"——花儿就开了。

排头一对中年男女。和其他人比，装扮又有些不同。男的，除一身彩衣之外，还披一块彩布（似洋人的披风），手上并不握扇，而执一根彩棍，棍端挂了铜铃，耍起来时，就"哗啷啷，哗啷啷"发出脆响。女的也有"披风"，不同的是双手执扇，头戴饰品，颇像京戏里的武旦（当然没有那等华贵，民间手艺嘛）。但两根细细的钢丝上落双蝶儿，或站毛都都绒球儿，总是必须有的。这样，扭将起来，或蝶戏晴空，或球儿乱点，那感觉，就大不一样了。

在东北，对于他们，专有一种称呼，叫"拉衫儿的"。

四

小学校的操场上，已是亮堂堂一片静穆。其中一位老者，名符生，八十五岁，一双老眼，只盯住"拉衫儿的"二人不放。

秧歌队在开扭之前，常常总是这样——

扇子都端平了，执绸的手也高高扬起，双脚错开来，成丁字状，立住，目光一律平视，不闪不眨。

鼓不跳，锣不鸣，只有唢呐细细地吊着……之后，又齐展展一停——

响爆爆再起时，换新曲子了。

新曲是《句句双》。

如风过林间。活脱脱的，劲儿劲儿的，二百号子人，手脚便一齐舞动。一时间,扇子飞舞,绸子飞舞,雪末子也浪起来了。

满操场看客,脸上都放出光彩来。心都一阵松活,又一阵松活。

二百人,都踩着一样的节奏,若进,全进,若退,全退,秧歌队黏成一个整体了。扭着,在两个拉衫儿人的引领下,队形又不断变化,有分有合,又兜又转,间或穿花打叉,扭出了许多花样来。

符生轻轻一笑,知道这是在圆场子。

五

我家从前就住在三合屯。我在那里生活了十九年。秧歌队里的每一个人,我都十分十分地熟悉。及至于今,只要闭上眼睛,还能清楚地看见每一个人。

十九年,真是不算短了呀!

六

男拉衫儿的,名叫张占勇。

那年,张占勇快四十岁了。牛样的壮。曾在生产队担任领工员的职务。是庄稼院儿的好把式:种地、铲地、割地,以及搭炕抹墙,样样都干得好,极精细也极熟练。不爱说话,常常严肃着一张脸,干活就是。

某一天,队长这样说:"老张啊,今儿个领大伙铲苞米去吧!"

张占勇并不搭话,队长话音一落,就夹着锄头,先自走了。似乎是慢腾腾的,脚步也不显得那么有力,趿拉,趿拉,趿拉,一路趿拉出屯子去了。

张占勇总是挣工分最多的人。他对工分也特别仔细。那时候,队里

闹秧歌　203

每个月都要公布一次工分，一般是下个月的第一天。每到这一天，张占勇很兴奋了。

一会儿，太阳落下去了。正好他们也铲到了地头，他就率先来到路上。先把锄板上的泥土蹭掉。手扶锄把，鞋底一来一去，蹭得很细致，直蹭得露出铁色来。就又夹起锄头，脚步声趿拉趿拉地，趿拉回来了。

七

那日，符生的穿戴很是齐整。一件青布对襟棉袄，蒜疙瘩扣子严严地扣住。腿上，于棉裤之外，又罩了一条单裤，灰色的，很雅，在脚踝处，紧紧地挽了。脚穿一双黑色条绒圆口棉鞋，很轻便的样子。

老虽老了，精气神儿还很好的。

扭秧歌，是一件很重要的事情哩！

曾经，他就是一个扭秧歌的人。曾经扭了好多好多年，记不得有多少年了，只记得，三十五岁那年，终算当了一名拉衫儿的。

拉衫儿的，在秧歌队里，一向是重要的，须是一致公认的此间高手才成，含糊不得的。同时，也是一种无上的荣耀。说谁谁谁当过"大拉衫儿"的，了不得啦！

八

张占勇拉衫儿，今年是头一年。

张占勇似乎扭得很悲壮了，双眼平视着前方，却已是空空洞洞的样子。着了彩裤的双腿，以极快的频率，一前一后迈动，身体则随着双腿，仰仰合合。说自如也好，说潇洒也行。冷不丁儿还走几脚花步儿：

鹤步、鹅步、鸭子跩，跩啊，跩啊，跩啊跩——

他扭得真是很好很好了。

看秧歌的乡亲们，发出欢呼了。

九

三合屯是看着张占勇长大的。

有一年，三合屯收完了庄稼了，秋阳艳艳地洒下来，印有深深辙印的大路上，驶来了一挂马车。车上下来了一个俊俏的女子，名叫香香。

香香成了张占勇的新媳妇。

香香是个好女子。香香第二年就养了一个小丫头，取名叫美丽。

不知哪儿出了毛病，在生了美丽之后，也就几个月吧，香香得了病，竟死了。

于是他又娶了一个女人，是一个死了丈夫的人，有一只手不太好使。其实关系不大，总之是个女人，能洗衣裳，能做饭，能照顾已经四岁的小美丽，就可以了。新女人又带过两个孩子来，一男一女，大的五岁，小的三岁。美丽和他们在一起，还真是挺合群的。

新女人刚来那几年，张占勇挺不习惯的。有时候，下一天力回来，心里挺不是滋味，就会想起香香，有几次，还暗暗抹过眼泪。

新女人察觉了，心里很明白了，却始终没说过什么话，不曾抱怨，也没劝慰过。

新女人知道张占勇喜欢扭秧歌。新女人最盼年年扭秧歌的日子了。新女人年年要看秧歌的。新女人看秧歌，当然只看张占勇一个人。如今，新女人就在看秧歌的人群里，看着张占勇。她看他扭得真好啊！扭得那么专心，那么那么的——

新女人看着看着,觉得再也憋不住了,哭起来了!眼泪啪啦啪啦砸了一地。新女人觉得心里真是松快呵——

十

这时候,唢呐的节奏,缓下来了,接着就换了新曲调了。

新曲调是《悠调》。

悠悠的曲调,是缓缓的,缓缓的,有一种滑动的感觉。秧歌队的动作,也慢下来,扇子轻轻一动,再一动。脚下都踩着柔步。

奏这种曲调,有休息的意思,也含过渡的意思。

秧歌队抻直了队形,扭出小学校的操场。下一步,就该拜年去了。有道是日头一轮一轮起来,一轮一轮落下,到了新一年,都要拜一拜。拜一拜,那旧一年活得好的、滋润的,新一年还企望更好、更滋润,那旧一年活得不那么好、不那么滋润的,新一年就企望好一点儿、滋润一点儿。总之,是一点点心意吧!

三合屯是个大屯,有二百余户人家,近千名人口。在这一天里,无论大家小家,穷家富家,都要一一拜到。在这一天,是一律平等了。各家各户,也早早做好了准备,院门都大大地敞开,碍事的物体也一律搬走了,还要细细地扫一扫……

锣鼓以及唢呐,压在秧歌队伍后边。

做了观众的乡亲,也在《悠调》的起伏之间,跟将出来。

十一

《悠调》越"悠"越远。当符生发觉时,小学校操场上只剩他一个人了。刚才，他走了神儿了啦。

热火朝天的这些人，都是新脸孔了。当年和符生一块扭过秧歌的人，榔头，有贵，三胖子，一个一个……都早死了。当年的那一拨儿，如今就剩他符生一个人了。

符生不知道心里是个啥滋味儿。符生的确曾经笑了一下。符生再就没了笑。

远远的，有《悠调》悠着。

符生迈出了小学校的大门。几乎连想都不曾想，脚步也不再停一停，就朝着响着《悠调》的方向走了。

《悠调》使他脚底下有了一种极轻极轻的感觉，似乎是踩着云彩的样子了。

那边的秧歌队，正拜起年来。

十二

唢呐又换了新曲调。

这个曲调有点怪。新曲调刚起时，秧歌队竟愣怔了一下。事实上，这已经不是一曲秧歌调。尽管不是秧歌调，节奏却还是有。一怔之后，还是扭了起来。

吹唢呐的两个人，便相视着笑了一笑，似乎很得意的意思。

吹唢呐的两个人，都是三合屯的人。一个三十多岁，还算个年轻人吧，一个已年近五十。是师徒二人。

年轻人名叫祖凤春，年近五十者人称四嘟噜，姓阎。两人吹唢呐，基本上是自悟的（有自学成才的意思）。祖凤春早悟一点，算是师傅了。阎四嘟噜晚悟一点，确实又受过祖凤春的点拨，就成了徒弟。

祖凤春在生产队放羊,是个羊倌儿。放羊这活儿,可算是一项很自在很轻省的职业,只是工分挣得少一点(因此是其他的社员便不肯干也不屑于干的)。祖凤春放羊,主要是生理上的缘故:他是个近视眼。是先天性的。一个乡下人,又不好戴眼镜,铲地的时候,常常连草加苗一块儿铲了,这样,就算不上一个好样的庄稼人,就至今也没娶上一个女人。

一天一天的,早上放羊,晚上拢羊,祖凤春是颇为寂寞的。

先前,三合屯办秧歌,都是从别处请人来吹曲。黄铜的唢呐,端在手上,祖凤春见了,总是感到奇妙。有一年,他到县里的医院割阑尾,快好的时候,在街上逛,在商店里,就发现了这玩意儿(纯粹是一种偶然),就买了一把。买回来了,再出去放羊,每天便往腋下一夹,到草甸子上,呜呜哇哇地吹。每天如此。到了傍晚,该拢羊了,就又往腋下一夹,夹回了屯子。

草甸子上一般是没有人的,天又那么蓝,草甸子看起来很远很远,很空旷很空旷。倘在春夏,就一片绿色,微风一荡一荡地过去了。祖凤春常常就闭了近视的眼睛,吹呀吹起来……不知多久,终于就吹成了调儿。祖凤春一个高儿蹦起来,撒腿便跑,也不知往哪儿跑,只是跑。一下子绊倒了,翻个身,并不起来,将唢呐往嘴上一插,又吹了。唢呐朝天竖立,宛若一朵花的样子,开放在那里了。

吹会一个曲调,再吹下一个曲调,把听过的,记得的曲调,都吹会了。

夏天吹,冬天吹,总之是在草甸子上,闭了眼睛,吹得心里透亮儿透亮儿。

十三

阎四嘟噜在生产队打更,主要的工作是夜里喂马。也是个光棍儿,是个老光棍儿了。没有家，"以社为家"，住在生产队的更倌儿房里。挺和气，见了人，一律的笑脸。会做饭。一间屋子，是厨房也是卧房，一个行李卷在炕里，被油浸过似的。

祖凤春和他竟格外投缘，弟弟已结婚了，在家总是不便，自觉碍手碍脚，就不大待在家里，闷闷地吃了饭，就找阎四嘟噜来了。买了唢呐后，也常常拿来，淡着神情，在阎四嘟噜面前摆弄，也吹几口，总是淡着神情，很矜持似的。

阎四嘟噜便直起眼，馋馋地看，偶尔拿到手里，感觉凉瓦瓦的。很快，又被祖凤春拿回去了。阎四嘟噜显出很不悦的样子来。

祖凤春并不在乎。阎四嘟噜吧嗒着嘴。

终于，阎四嘟噜也买了一把。

祖凤春笑了。

阎四嘟噜说："操！"

阎四嘟噜吹得差远了。祖凤春就告诉他：要这样吹，这样吹。祖凤春体验到了当师傅的神气。有几次，还让阎四嘟噜打酒喝。阎四嘟噜吹出曲调那天，两个人都喝得稀醉。

阎四嘟噜就一下一下拍祖凤春的脸，说："操！操！……"

不单白天，夜里也常能听见唢呐声了。是两支唢呐，高一声，低一声，粗一声，细一声，长一声，短一声。吹得三合屯很奇怪，吹得三合屯很精神。

三合屯再办秧歌，就不用请外人来吹唢呐了。

吹三合屯都认得的曲调（也即黑龙江省的三肇一带，甚至整个东北的曲调），在他们，已经不在话下，很得心应手了。这时候，就看不出个师傅徒弟来了，两个人，是一种平等的关系了，还经常在一起合计（相当于学术研究），形成一种"合计"的风气了。

闹秧歌

十四

  这年，祖凤春买了一个小半导体，能收到黑龙江台，也能收到中央台的广播节目，常有音乐节目，歌曲什么的，也有广东音乐，也有京戏。两个人得了宝贝似的，常常很虔敬地听，头发擦着头发，将耳朵在半导体上边一架，听完了就合计：哎，这个这个，或者那个那个。

  听几遍，就记住了，就吹出来了。

  今日，他们吹的是个《金蛇狂舞》（不知是不是经过改编了）。

  两个人腮帮一鼓一瘪的，把个《金蛇狂舞》吹得一片灿烂。

十五

  赵二的大鼓震得人心颤。

  赵二总是那副开心的样子，眉毛跳动着，嘴巴咧得开开的，目光闪闪烁烁。

  秧歌队的队形不断变化，不断扭结，穿花打叉，进进，退退……

  无论队形怎样变化，赵二只一搭眼，便准确落在女队里正数第五人的位置上了。

  那是小芝的位置。

  赵二的心便是很疼很疼起来。

  小芝是个漂亮女子，小芝的秧歌也扭得好，小芝扭起秧歌来，真的是风摆柔柳的样子了。小芝若不嫁出去，明年，准定就是女拉衫儿的人了。

  可是，没几天了，小芝就要出嫁。小芝都二十二岁了，按说，是到了该出嫁的年龄了。对此，人人心里都很明白。小芝自己也很明白。

霞镇哪?

霞镇。小芝的爸说。说过了,目光还停在对方的脸上,说不清是什么意思。小芝的爸,是一个很有想法的人。

实在的,霞镇是个好地方。那里的人,都挣的是工资,吃的是国库粮,工作才一天八个点儿。霞镇并不远,至多也就十里路吧!

小芝要嫁的人,就是一个挣工资吃国库粮的人,工作自然也是八个点儿。至于其他的情况,人们就不大清楚了。

赵二也不清楚。

今日,小芝的秧歌,扭得竟格外的好。

十六

赵二跟小芝是一块儿长大的。

赵二比小芝大一岁。

赵二真想唱啊——

大鞭子一甩啪啪地响哎,
小老板儿赶车上了岗啊……

其实,赵二只会唱这么一支歌。

十七

符生往前走,往秧歌队那边走。

秧歌队来到老孙家了。老孙家,就是榔头的家。如今,这里住着榔头的儿子和孙子。榔头的孙子都娶了媳妇了。仿佛，只是眨眼间的事情啊！

符生觉得心里一动，就站住了，站在一边，远远地看。

榔头就一个儿子，很出息，当上大队的会计了。院子房子都很精神。榔头那时候，没法比了。这孩子也算行，每每见了符生，大爷大爷的还算热乎，还没忘了当年符生帮扯他的那点意思。

事实上，榔头还比他符生小两岁呢！却早死了。你个狗日的榔头啊！还不到四十岁，咋就死了？

那几年不太平啊！闹灾荒，大平原大平原——咋说翻脸就翻脸了呢？立在屯边望过去望过去，竟像死去了一般，不言语，不理不睬，挺着！心都攥出血来了，却不敢骂！不敢啊——

吃菜吧。

吃草吧。

吃树皮吧。

吃得人不是人了，是鬼，是牲口了。

过大年没有饺子吃了。

榔头来了。眼睛出奇的大，有一丝丝的红。没进屋，就站在屋门口，盯住符生，起初是冷冷的，说："今年，还，闹不闹？……"

"闹不闹？"

"你说……"

"你想闹？"

"想……"

"闹得动吗？"

"不知道。"

"那还闹？"

"闹！"

"闹？"

"闹！"

"那就闹，闹他娘的！"

榔头一屁股蹲在地上，竟极响极响地笑了。

就闹了。

十八

那一年的秧歌闹得凶。也有《红柳子》，也有《句句双》，也有《悠调》，也有大鼓。

就是那年，符生当上了拉衫儿的。

没有彩衣了。也没有雪，干冷干冷的，天灰灰的，太阳没力气出来。

唢呐响着金属的声音。大鼓比炸弹还响。

秧歌队就像一连串的鬼影子，在三合屯的街上，飘，飘……

人们的脸上，居然也开出了花儿来。开的是梅花、牡丹花、鸡冠花、打碗花、丁香花、葵花、芍药花、土豆花、韭菜花、狗尾巴花……红红白白，蓝蓝紫紫，放射着炫目的光芒，既灿烂又狰狞。

人们扭得越来越欢。符生觉着，越扭，身子竟越来越轻，已经是一片鹅毛的样子。最初因骨节干硬而发出嘎巴嘎巴的响声早消失了，身子是相当相当柔软了，柔软如面条如水中的鱼如毛线一般了。

从东家扭到西家，从东头扭到西头，从前街扭到后街。

扭着，榔头瘫倒了。瘫倒时无声无息，真的像泥一样，以至于谁都不曾留意。

瘫倒的榔头大口大口地喘着气。极大极大的眼睛，是笑着的。

当天夜里，榔头死了。榔头总想有一天也能当一名拉衫儿的。榔头到底也没当上拉衫儿的。

符生往前走。

往秧歌队那边走。

十九

记得那时候,秧歌队在挨家挨户拜完之后,便要来到生产队的院子里,在生产队扭过,这一天的秧歌就结束了。

秧歌队一路扭着进了生产队。观众们(权且这么称呼吧)也跟着拥了进来。生产队的院子,很快被充满了。

唢呐又吹起《句句双》了。

祖凤春和阎四嘟噜,腮帮仍旧一鼓一瘪,吹时,并不看秧歌队,只是互相看着,且眼睛一眨一眨,有什么阴谋似的。两人,都一脸柔柔的笑。

赵二已经闭起眼睛,只把大鼓越擂越响。

张占勇目视前方。看他的样子,竟有点吓人。

秧歌队又在圆场子了。

一圈一圈,秧歌队扭过去。每一圈,都有人,原来不是秧歌队里的人,跟进去,跟到秧歌队里去。

秧歌队的队伍越来越长。队形就开始混乱,转动不灵了。很快,甚至所有在场的人,都进到秧歌队里来了。秧歌队根本就没了队形。秧歌队乱成一锅粥的样子了。但是大家仍然不停,仍然扭。

《句句双》一直奏响下去。

大约就是这个时候,符生来到生产队的院子里的。符生总算赶上秧歌队了。

符生站在一边看。

符生有一种欣喜或欣慰的感觉,符生心里大概说:"乐吧!乐吧!过了初三是初四,一过了初五,这个年就算过完了——"

符生心里是亮堂堂一片了。

秧歌队终于停止了扭动。人们这才发现:符生死了。

符生确实就是那年死的呵——

二十

现在,我坐在这里写小说。似乎好多好多年了,我没有看过扭秧歌了。今天是一九九一年十二月八日,是星期日。我来到单位,本想写点什么,竟那样疲乏,就在沙发上躺了一会儿。竟睡着了。醒来,天已黑透,仍不愿动,就闭着眼睛躺在那里。眼前豁地一亮,便看见一片平原,家乡的雪后的平原,极其的辽远。又见有一支秧歌队,正在平原上移动,听不见响动。在移动过程中,有一个一个人,倒下来了,仍旧没有响动。秧歌队仍旧移动,移动的样子,昂昂壮壮……

(刊于《小说林》1992年第6期。)

西关旧事

一

自从几年前调来广州,我就产生了一个想法:写几篇反映广州生活的短篇小说,写一写广州的市井风情。为此,我还专门到荔湾区的一个街道办事处当了一年副主任(不是实职,叫挂职)。应该说,这一年过得蛮有意思。认识了很多人,见识了很多事,同时基本摸清了街道办事处的工作程序。

荔湾是广州的老城区,广州人称西关,旧时也叫西园。自清末以来,这里一直是商贾云集之地,很多人在这里发了财。在广州人眼里,西关是一个极富传奇色彩的地方,许多事情都值得一说。尤可称道的是"西关小姐"。这些当年富商家里的"千金",在人们日渐丰富的想象和描绘中,已经有了传说般的感觉。甚至有人专门写书介绍她们的生活情况,连爱吃什么零食都写到了。据说,她们喜穿素色衣裙,梳乌黑乌黑的长辫子,脚穿木屐,腕戴翠玉镯,最爱吃糯米糍……住便住在"西关大屋"。

大屋就是富商们的宅第,一般二至三层,正面开门。屋门多为三件套,包括角门、趟栊和大门。趟栊很像现在的铁闸门,不过是用圆木做的(圆木杯口粗细),两端再用方木固定,就像放倒的栅栏。大屋内部十分宽敞。地上铺着"大阶砖"。可以想象,当年的西关小姐们,嫩白的脚上穿着光洁的木屐,"咯嗒咯嗒"地走在上面,样子定会十分好看。

史料记载,最盛时期,西关大屋一度多达八百多间。现在没有那么多了，只剩了几十间。这几十间大屋分散在西关的许多地方。只有一处比较集中，就是耀华大街。

挂职期间，我认识了一个人，确切地说，是认识了一个老人，用广东话讲，是一位阿婆。

阿婆就住在耀华大街；此外，她还是一个住西关大屋的人。

她的名字叫黎芝。

二

我第一次见到黎芝，是那年的六月。那天是星期五。那天上午下了一场雨，雨很大，也很急，不过下午就停了，还出了太阳。在阳光的蒸腾下，空气中充满了水汽，处处都湿漉漉的。

那天下午，街道办事处的小孙要到下面的社区布置工作，因知道我爱到街上转悠，就专门过来找我，问我去不去。"好啊好啊，我去……"我马上说。小孙是个女青年，中山大学毕业的，皮肤很白皙，是个热心人。我们一个社区一个社区地走过来，最后来到了耀华大街。

虽然被称作"大街"，耀华大街实际并不大，甚至还很小，最长不过200米，而且窄窄的，只有四五米宽。街面铺着一长块一长块暗红色的麻石。街两边就是那些保留下来的大屋，有的紧邻着街道，有的则辟有小小的院落，院落有围墙，有的种着花树。另外，这条街是一条背街，远离马路，况且人很少。此前我来过这里几次，每次都很少见人，有时候一个人都没有，不知什么缘故。

一走进街口，我就看见了一位阿婆。当时，她正站在一幢有院落的大屋的院外，身上穿着一套白地儿素花的衫裤，脚穿一双塑料拖鞋，双手垂在身体的两侧，大概是听见了我们的脚步声，便向我们转过脸来，并对我们笑了笑。阿婆很清瘦，身材要比大多数广州女人高，头上留着齐耳朵的短发，远远看去，白头发很多，黑头发很少。阿婆的笑很友善。她的笑非常动人。我们也向她笑了笑，然后便进了社区的办公室。

等我们谈完事情出来时，阿婆已经不在街上了。这让我有点失望。待仔细一看，才发现她已经回到院子里，正在用一把长柄的笤帚扫那些被雨打落的树叶。我示意小孙过去看看。我们过去后，阿婆停下手里的事，又朝我们笑了笑。因为离得近，这时可以看清她的面貌了。还有她那双眼睛。我的第一个感觉是，那双眼睛是那么清澈，没有一点儿老年人的浑浊。不仅如此，那双眼睛还那么沉静，那么质朴，没有一丁点儿"火气"。毋庸讳言，我们肯定都见过那种内心芜杂，愤愤不平，被各种愿望或者欲望折磨得痛苦不堪的眼睛。阿婆的眼睛肯定和他们不同。这么说吧，通过阿婆的眼睛，我看到了一种别样的人生。此外——不妨实说——在看到阿婆的眼睛时，我不由想起了我的母亲，而且是瞬间就想起来的。

"您认识我们吗？阿婆……"片刻，小孙笑着用广东话说。

"认识呀，你是街道的干部，我早见过你的……"阿婆也用广东话说，听上去很爽快，说着把眼睛转向我，"他……我还没见过……"

"这是我们街道的副主任，鲍主任，新来的……"小孙说。

"您好！"我用学来的半通不通的广东话说。

阿婆再次笑了，不过没有笑出声音，而且这次是专门对我笑的，也许是觉得我的广东话讲得有趣。

这时我产生了一个念头，想到她家去看一看，而且愿望特别强烈。我想看看她的居住环境，了解一下她是怎样生活的。我当时想，或许阿婆就是一个当年的西关小姐呢！若真的如此，岂不是很有意思？

我把我的想法悄悄跟小孙说了，小孙又跟阿婆说了，阿婆听了道：

"好啊,来吧来吧。"

阿婆就住在"大屋"的一楼,进门就是她的家。

虽说住的是"大屋",阿婆的家并不大,看去只有十几个平方(不超过20平方米)。在靠近院子的一侧,有一扇窗。透过玻璃,可以看见院子里那株花树,以及不远处的长了绿苔的围墙。屋子里的用具也很简单。靠近墙角有一张单人床,铁管做的;挨着床有一只方桌,桌上放着一些杂物,最显眼的是一台屏幕很小的电视;方桌的左边有一个立式的衣柜,颜色很深;床的这一边有一只长木椅,可以坐三至四个人,木椅的前边放了一个茶几,茶几和木椅的颜色也很深(跟衣柜差不多)。

不管怎么说,这间屋子都太小了。

屋子小虽小,却让人感觉极整洁,所有的东西都整整齐齐干干净净的,衣柜、电视、木椅,都一尘不染,尤其是茶几,简直光可鉴人。

我和小孙坐在木椅上,和阿婆闲聊了一会儿,了解到了一些阿婆的情况。

那以后,我又和小孙来过几次,没有别的事儿,就是聊天儿。

三

阿婆笑说她可不是西关小姐……

阿婆的老家在广东清远,是在乡下。她至今还记得她家的老房子,尤其记得老屋前边的一片水塘,水面上常常飘浮着一层轻烟似的薄雾,冬春两季以及一早一晚儿尤甚。雾气平铺在水面上,且轻轻颤动着,久久不散。

当年,在清远的乡下,除了一些富裕人家,房子一般都很简陋。阿婆的家就属于这一种。门和窗也是最简单的。由于年久,门已经发黑了，门框仿佛被出来进去的身体蹭得出了油。一到夏天，房里就会进来很多蚊子，数以百千计，嗡嗡叫着，让人头皮发麻。几乎每天晚上，家里都要熏蚊子，在堂屋的地上点燃一堆火，再把新割来的艾草压在火上，一时间浓烟滚滚，浓烟汹汹然从门窗溢出来，犹如发生了火灾。

阿婆的父亲租了大户人家的几亩薄田，种稻谷（兼种一点点青菜）。稻谷一部分要交地租，一部分留下来做一家的口粮。在阿婆的记忆里，父亲母亲当时非常辛苦，仿佛一年四季都在劳作，手脚又粗又硬，尤其是脚，因经常赤脚下田，被泥水浸泡得处处开裂，还常常渗出血丝，看了让人心疼。还总是吃不饱饭。一家人都吃不饱饭。她家那时有七口人，除了父母，还有四个孩子加一个奶奶。每到吃饭的时候，七口人围坐在饭桌前，一人捧一只饭碗，谁都不说话，只听到吧唧吧唧的咀嚼声和慌不迭的吞咽声，直到把饭盆吃得精光，最后还要发出一阵长长短短的叹息。

阿婆是家里的长女，很早就帮家里做事了。开始是帮母亲带孩子。那几个弟弟妹妹，都是她一手带大的。母亲给孩子喂完奶，就往她身边一放，说："哄他睡觉……"或者说："抱她到外边耍去……"说完就忙别的去了。她便学母亲的样儿，轻轻地拍打着他们，嘴里哼着什么小调儿，直到把他们哄睡；或者龇牙咧嘴地把他们抱起来，歪歪斜斜地带到一边去。其实，她比他们也大不了几岁。除此，她还要割草兼放鹅。她家每年都要养几只鹅，还要养得肥肥的，好在过年的时候做一道"酸梅鹅"——这是她老家的风俗，过年可以无鱼无肉，却一定不能无鹅（这个风俗有点怪）。

阿婆再大一点儿，就跟着父母下田了，原来她做的事情，便由妹妹们接过去做了。她有两个妹妹一个弟弟。弟弟排行第三。在所有的孩子中，父亲最疼爱这个弟弟。家里有了好吃的，要先尽着他吃，每年过年，只有他才有新衣裳穿，到了上学的年龄，又把他送进了镇上的学堂。父亲一板一眼地说："我们黎家，以后就指望他了。你们谁也别眼气，眼气也没用。"姐妹几个看看父亲，看看母亲，看看那个一声不吭的男孩，又互相看了看，最后像几只蹲在树枝上的小鸟一样，整齐地点了点头，表示她们明白了。

　　13岁那年，阿婆的人生有了一个变化。当时，她家的一个远房亲戚在广州。有一天，这个亲戚给阿婆的父亲捎来了一个口信，说他那里缺少人手，问父亲能不能帮忙找一个人，还大致说了相关的条件和待遇（主要是工钱）。接到这个口信后，父亲不由动了心思，他觉得这个事很适合阿婆做，一来可以赚到一份工钱，同时又带出去一张吃饭的嘴（一年起码能省几百斤稻谷），可是他又有点儿犹豫，主要是不放心，怎么说也是自己的骨肉，放到那么远的广州，一旦有个三长两短，他会悔恨一生。不过，犹豫来犹豫去，父亲还是将心一横，亲自把阿婆送到了广州。

　　阿婆知道，父亲的意思是不能违逆的。从老家到广州有一百多里路，那时的交通又不像现在这样发达，很多路都要步行。阿婆背着一个简单的行李，看着父亲汗湿的后背（当时是在四月，在广东，四月已经很热了），一路上几乎一句话都没说。来到广州以后，父亲看了对方给阿婆安排的住宿的地方，又仔细地问过相关的事情，稍许放了心，便回去了。

　　阿婆出来送父亲。一直未说话的阿婆，这时不知有多少话要讲。讲她的担忧，讲她的害怕，讲她的无助。她觉得自己的心正在融化，眼看就要化作一摊水了。她就像一只小狗儿，亦步亦趋地跟着父亲。走到巷口时，父亲突然站下了，说："回去吧，你……"阿婆吓了一跳，眼睛里当即充满了眼泪，用尽所有的心力叫了一声："爹……"父亲怔了一

西关旧事　　221

下，头也不回说："把工钱都攒下，到时我来拿。"

父亲走了。阿婆的眼泪一下子冲出了眼眶，噼里啪啦地落在衣襟上。

四

阿婆在广州住下来，一切皆从头开始。

长这么大，她还从没见过这么多的陌生人，这么多稀奇古怪的事物，包括人们穿的衣服，尤其是女人的衣服，被人拉着在街上跑来跑去的带顶棚的车，还有那种四只轮子的乌光闪闪的小汽车，等等。最初，这些都让她害怕。还有那些街道和弄堂，蜘蛛网似的，一条紧挨一条，那么多！这也让她害怕（主要是怕迷路）。因此她很少或者从不一个人上街，每天老老实实地待在干活的地方，顶多是闲暇时朝街上张望一会儿。

阿婆干活的地方在西关的杨巷，现在叫杨巷路，就在赫赫有名的下九路旁边。当年，杨巷以经营棉布闻名，被称作布业行市，是一处棉布的集散地，相当于现在的批发市场，当然也兼零售。巷子两边都是卖布的店铺（广州叫档口），一家挨一家。一到开档的时候，整条巷子都摆满了布。有成匹的，便一匹一匹地立在档口旁边，就像捆起来的稻谷。有的打开了，就一叠一叠地摆在柜台上，后一叠还要把前一叠稍稍地压住一点儿。

这些布，绝大部分是从上海那边贩过来的（也有一些是广州的本地货，不多）。而且，凡是上海来的布，还要特别标注出来。那时上海有几家规模很大的织布厂，名气非常大，货也特别好卖。当时最大众化的布是老黑布和老白布，稍好一点的是蓝丹士林，还有卡其布。当然，最好看的还是那些花布。花布以蓝地儿带碎白花的最多，还有白地儿带碎蓝花的、黄地儿带碎红花的，也有绿地儿带大红花或红地儿带大绿花的（所谓大红大绿），除此，还有水粉、淡紫、鹅黄、品青等各种花色……总之，人一走进巷口，就走进了一个色彩的世界，一个花花绿绿的世界。

各家档口开档以后，买家陆续来到，不久便会响起撕布的声音，而且会接连不断，一会儿这儿"哧"的一响，一会儿那儿"哧"的一响，此起彼伏。对有些人来说，这些声音是那么美妙，就像有人说的："裂帛之音，美如天籁。"比如那些布行的老板。

阿婆干活的布店，名叫"远发行"。

阿婆在这里做杂活儿。

做杂活儿就是什么活儿都做。打扫卫生，包括档口的卫生和老板家里的卫生；帮厨房煮饭，从买菜开始，买回来还要择，还要洗，饭煮好了，还要提着一只竹篮送到档口给柜上的伙计们吃；给老板沏茶，沏茶自然要烧水，一天不知要烧多少壶水……阿婆常常是放下这样就做那样，有时候这样还没做完，那边就在喊她了："芝子啊……"

所以，阿婆非常忙，简直忙得脚不沾地。当然也累，一天下来，浑身酸痛，尤其是两个小腿肚子，感觉紧邦邦的，还有两个肩膀，感觉直往下坠。累尽管累，她却从不叫苦（她知道，叫也没用），该做什么做什么，不管谁喊她，她都会响脆地答应人家，然后一溜小跑赶过去。本来她就是个聪明孩子，又这么勤快，店里的人都很喜欢她。况且她年纪轻，累虽累点儿，睡一觉就缓过来了。

她面临的最大的问题是想家。

每天总有那么一会儿，她会觉得心里突然一空，随之一阵尖锐的疼痛，这就是她想家的时候了。这种情况有时候早上出现，有时候晚上出现。有时候，是因为一件从家里带来的什么东西，她无意间看到或触摸到了。有时候，是因为听到了从窗外传进来的什么声音，比方一个人

西关旧事　223

招呼另一个人,妈妈高声招呼孩子。都会让她想家。想奶奶,想母亲,想妹妹,想弟弟,想房子,想房前房后的草,想院子里那棵龙眼树,想村前那片飘着雾气的水塘,恨不得马上就跑回去。如果是晚上,她就会哭,躺在被窝里哭,哭得抽抽噎噎,哭得那么伤心。

她在这里撑下去唯一的理由是赚钱,这是她的精神支柱。赚了钱可以帮父亲养家,可以供弟弟念书。想到这一点,她就不那么伤心了。她牢记父亲的话,把每个月的工钱包在一个花布包里,里面用一块白布,外面用一块黑布,包得紧紧的,放在枕头底下,等父亲来拿。

每隔两三个月,或者三四个月,父亲会来一次。为了省钱,父亲都是当天来当天走,每次都匆匆忙忙,基本是拿上钱就离开,最多坐那么几分钟(不会超过十分钟)。这期间,父女俩会说几句话,当然都是极简单的话。父亲多半会问她吃得饱不饱,她说饱,父亲再问她累不累,她说不累。此外就没什么可说的了。偶尔,父亲会讲一些家里的情况,讲讲奶奶,讲讲稻谷的收成,讲讲新买回来的小鹅崽,讲讲念书的弟弟,说他可用功了……

阿婆一年只能回一趟家,就是在过年的时候,一般是从腊月二十八到正月初五这几天。每次回家,她都要哭两次。一次是刚到家的时候,她会和家里人抱在一起哭,这是喜悦的哭,因为她又回家了。一次是临走的时候,她会和弟弟妹妹们抱在一起哭,一边哭一边给他们讲要听大人的话,给弟弟讲一定好好念书。每次回家,她都不想再走了,想留在家里,可是,结果还是离开了。

在阿婆来到广州的第四年,家里发生了一个天大的变故:她父亲得了一场急病,突然去世了。不用说,这件事对阿婆一家的影响非常大,简直就是天塌地陷。父亲下葬那天,母亲几度昏死过去。阿婆还有弟弟妹妹,也都哭得死去活来,他们都明白,从此以后,他们的日子会更加难过。

安葬了父亲后,阿婆又在家住了几天。家里发生这么大的变故,有些事情自然要好好商议一下。甚至连阿婆要不要再去广州也需重新考虑。还有,弟弟要不要继续念书?按弟弟自己的意思,他是不想再念书了,他说我都十四岁了,不能再吃闲饭了,爹死了,我应该做活儿养家了。弟弟说着说着哽咽起来,眼泪在眼眶里直打转,眼看着就要流出来。除了母亲,全家人都哭了。大家都知道,弟弟说的是违心话,知道他是想念书的。

那天母亲出奇的冷静,最后,她说出了自己的决定。第一,弟弟继续念书,因为这是父亲的决定,也是父亲的心愿,不可违背。第二,阿婆接着去广州做事,不然家里就没钱供弟弟念书。第三,家里的田由她和两个妹妹来侍弄,侍弄不过来就退还一部分。

听见这话,弟弟马上跪在母亲面前,用力磕了三个头。随即转过身,面向姐姐,同样磕了三个头。

阿婆愣住了……

五

弟弟念书的地方在离家十里的镇上(当地人叫"街上"),是一间官办的学校,学校的门楼上,专门挂了一块刻了"青天白日"的木牌,还刷了颜色,蓝的。因为学生少,规模并不很大,只有十几间房子,学生多半是周围富裕人家的子弟,有些孩子上学还要乘两个人抬的轿子,来到校门口,前边的轿工把轿杆往地下一放,就会从里面滚出来一个胖墩墩的男孩子,男孩子出了轿门,立刻倒腾着两条短腿奔跑起来,就像一匹小马驹子。

西关旧事

像弟弟这种家境的，不多。

每天早上不等天亮，弟弟就要起来，吃过母亲给他准备的早饭（有时候自己准备），再带上一个午间吃的饭团，马上就离开家门，朝镇上赶去。有时候要一路小跑。这样，无论冬夏，几乎每天都是一身的汗。走进学校后，一边摘下帽子在脸上抹来抹去，一边向遇到的先生行礼致意："先生早！"有的先生会说："啊，早。"有的先生则什么也不说，只点点头了事。

那时候，弟弟最怕下雨的天气。一下雨，路会变得泥泞。走起来一跩一滑，会影响走路的速度，有时候还会跌跤。走着走着，一不小心，就会"啪嚓"一声，跌翻在泥水里。跌得好痛好痛。衣服也跌脏了。这是最让人难堪的事。有时候，还遭到同学的嘲笑。特别是那些有钱人家的"公子"，会围着他嘻嘻哈哈地笑。他又羞又气，却无可奈何，只好躲开他们。他一般不和他们发生冲突。

下雨的时候，他经常打赤脚。因广东的雨季长，他打赤脚的时候便多，所以，他的脚总是比同龄的孩子大。

跟大多数孩子不同，弟弟除了上学，还要帮家里做一些事。寒假和暑假不用说了，就是星期天，他也要跟着下田。特别是父亲去世以后。有时候，母亲会说他："就这么点儿事，一会儿就做完了……你快念书去吧。"他会朝母亲笑笑，说："没事，在学校就念完了。"假如这一天不用下田，他也会自己找一点儿事情做，比方清理一下院子里的杂物，清理一下鹅栏里面的鹅粪。他大概觉得，不这样做就对不起家里人，更对不起远在广州的姐姐。

自从父亲去世，到阿婆这里拿钱的事就由弟弟来做了。不同的是，他来广州的间隔要比父亲长，一年就来一次，都是赶在放暑假的时候，学校开学之前，因为平常没有时间，还因为开学的时候要交钱。和父亲一样，他也是来去匆匆的。不过，阿婆会留他在这里吃一餐饭。而且总是去肠粉店吃肠粉，很便宜，白白的滑溜溜的粉皮里卷着一些肉馅，他非常喜欢吃。

有时候，阿婆还会给他叫一份蒸虾饺。

当然，阿婆是不吃的。阿婆会坐在相邻的凳子上默默地看着他吃。偶尔，阿婆会伸出一只手，不经意地碰碰他软软的油黑的头发。他心里一动，然后会抬起头来傻傻地一笑——不知何故，在姐姐面前，他总觉得自己还是个孩子。

等他吃完饭，阿婆会把准备好的钱拿出来，帮他放好，嘱咐他路上小心。然后他就离开姐姐，消失在人群里了。

他走了几步，回头一看，阿婆还在那里看着他。

那时候，阿婆照例还要回家过年的，同时会把钱带回来。因此，寒假他就无须去广州了。

在那一班的学生中，弟弟是最用功的一个，学习成绩也是最好的，每次考试都在前五名之内，多是第一名。每逢学年结束，学校都会给学生发一张考试成绩单。除了考试成绩，上面还有老师用蝇头小楷撰写的评语。有一次，老师的评语居然写着这样的话："家贫不是罪过，不是耻辱，自古寒门出英才，纨绔子弟豪门出。你要再接再厉，使学业更好，如此才是改变命运的唯一途径……"

这是一位好老师。

每年的成绩单，弟弟都保管得好好的，等阿婆回家过年时再拿出来，一句一句地念给她听。弟弟显得又兴奋又紧张，脸涨得通红。

有一年过年，弟弟还把阿婆领到学校去了。因是放假期间，学校一片冷清，所有的门都锁着。弟弟让姐姐看了学校的门楼（还有那个"青天白日"的木牌），给姐姐念了一遍学校的名字，看了先生们办公的地

西关旧事　227

方，接着穿过空寂的院子，来到弟弟的教室跟前，扒着窗户朝里面看了一会儿，弟弟还指着一张桌子说，我就坐那里，就坐那里。阿婆赞许地点着头。这是她第一次来到一间学校，在她的意识里，学校一直是个神圣之地。想到这就是弟弟的学校，她觉得蛮自豪。

从学校回来，弟弟对阿婆说，他心里憋着一股劲儿，就是要好好念书。

阿婆对弟弟说："你好好念，念到什么时候姐姐都供你……"

弟弟很争气，小学毕业后又考上了县立初中，而且是以全校第一的成绩考上的。三年过去，初中毕业。这时弟弟面临一个抉择。在当时，初中已是很高的学历，全县也没有几个人，凭着这个学历，要谋一份职业非常轻松。弟弟非常矛盾，他很想就此打住，谋份差事，这样会减轻家里的负担，甚至可以养家了。可他又心有不甘，觉得这是浪费自己，这就好比一个人有了毒瘾，他有了读书的"瘾"。这其中也有老师的因素，几乎所有的老师都认为他是好学生，都鼓励他继续读书。

虽然几经反复，弟弟最终还是考上了全县唯一的一所高级中学。

阿婆记得很清楚：那一年，是1949年。

就在这一年，阿婆做事的"远发行"歇了业。老板把店里的存布折腾一空（好多都是减价处理的），携家去了香港，临走对阿婆说："时局变了。不知这里还好不好活。我们先去那边躲一下，看看情况再回来。档口你先照看着，反正也没啥东西了。给你留下一些钱，够花一阵子了……"阿婆没说话，点了点头。

老板一去不复返。阿婆等了大半年，老板始终没有音信，留下的钱也花得差不多了，当时正好有一家织布厂招工，她就去报了名，还真被招上了，她把布店的门锁好，便到织布厂上班去了。

一直上到退休。

几十年的光阴，就这样过去了。

（当然，这些年也发生了一些事。其中最大的一件，是弟弟考上了大学，那个大学在北京。大学毕业后，又出国留学。接着回了国，被分配到国家的一所研究院，还当上了副院长。）

（另外一件事，是工厂给阿婆分了一间宿舍，就是她现在住的这间。这房子原是一家富豪的宅第，后来被政府收为公产，政府又分配给织布厂做了宿舍，阿婆有幸分到了其中的一间。）

（还有，这期间，母亲去世了，两个妹妹嫁了人。）

……

六

阿婆一直一个人过日子。

这是阿婆亲口对我和小孙讲的，因此绝不会错。老实说，为了打听这个情况，我还颇费了一番踌躇。此前我一直没往这方面想，只以为阿婆的老伴儿不在了，想问吧，怕引起她的不快，不问吧，心里又总觉得是个事儿。后来我把"矛盾"推给了小孙。记得是在第三次见面的时候，我对小孙说："怎么不见阿婆的老伴儿？你问一下，他是不是去世了……"

小孙迟疑了一下，大概也觉得不好问，不过最后还是问了（小心翼翼地，满脸堆着微笑）。她是用广东话问的，因此，具体怎样问的我并不清楚。待阿婆回答后，她给我"翻译"道："阿婆说她没结过婚。"

"什么？"我非常吃惊，"怎么会不结婚！为什么？！"

小孙似乎也很意外，又跟阿婆说了一句什么，然后对我说："阿婆说，为了养家。还有，为了供弟弟念书……"

我说:"怎么会?结了婚不照样可以养家?"

阿婆轻轻地说了几句什么。小孙对我说:"阿婆说,这可不一样,结了婚就是别人家的人了。挣到钱也不能自己想怎么用就怎么用了……"

我许久没说话。关于这件事,阿婆就说了这么多,再没说别的。她似乎也不想多说。老实说,我深深地受到了震动,同时也觉得不可思议。一个人居然可以这样对待自己的生活!而她却是如此的平静。

的确不可思议!

我想到了阿婆的弟弟,让小孙问阿婆:现在,弟弟的情况怎么样?

小孙问了。阿婆沉吟了一下,说了几句什么。小孙告诉我:弟弟已经去世了,就在去年。

哦!

停了片刻,阿婆突然想起了什么,默默走到衣柜跟前,蹲下身子,从里面取出一本影集,拿到我们面前,翻开让我们看。影集已经很旧了,用一块硬纸板做封面,上边印着一个工厂的剪影。影集里有几十张照片。其中有几张是阿婆自己的,有几张是和工友们的合影,大家都穿着工装,还有几张是跟年老的母亲以及两个妹妹照的(妹妹们都带着孩子)。除此,就全部是弟弟的照片了。

通过照片可以看到一个人的历史。

弟弟的照片大小不等,颜色也不一样,有黑白的,也有彩色的。弟弟最早的照片是一张一时像,就是那种"标准像",看上去十分年轻,想必是当年贴在学生证上的。以后的照片逐渐变大,有二时的,有四时的,最大的一张是六时的。照片上的人数似乎也在逐渐增加,最初是一个人,继而两三个人,然后是一大群人(上面还有题字,那是一张毕业照)。照片的背景也在变化,有的在学校门口,有的在风景名胜,有一张是在天安门广场，还有一张是在国外照的，看去像一个机场。

还有几张他和家人的照片，有夫人，有儿女。一家人有说有笑的，自有一种温馨，而且简直就要溢到照片外边来了。

影集的最后，是一张阿婆和弟弟的合影。

这是一张黑白照片。照片上的阿婆还很年轻，只有二十多岁的样子，头上梳着长及脖颈的短发，短发油黑油黑的，额头的右上方还"别"了一枚说不上什么颜色的发卡，身上穿着一件浅色上衣，领口滚着黑边，脚穿一双圆口黑面布鞋。照片上的阿婆坐在一张椅子上，弟弟笔直地站在阿婆的身后（稍稍偏左一点儿）。那时的弟弟也是年轻的，身材很单薄，理了一个偏分式发型，浓浓的眉毛下，是一双清秀的略显不安的眼睛，穿着一双黑皮鞋。

照片是在照相馆照的。照片的一角，印着这家照相馆的名字。

这是这本影集里阿婆和弟弟唯一的一张合影。

据我推测，这张照片应该是弟弟考上大学那年照的。可我还说不准。于是我就想让小孙问一问阿婆，问问这张照片具体是哪一年照的。这时我才发现，阿婆在哭。

阿婆真的在哭！

阿婆的眼睛里充满了泪水，泪水正顺着她布满皱纹的眼角，一滴接一滴地流下来——看了让人伤心，非常非常伤心……

原发于《十月》2009年第4期。被收入《小说精选十年精华》（2009年10月出版）；《西关旧事》被《新华文摘》2009年第24期转载，被收入《广东作家作品选集》（花城出版社2017年2月），并被译为俄文出版。

在小西园饮早茶

一

饮茶是广州人的一大嗜好。

广州人把饮茶称作"叹茶",叹有享受之意。广州的大小酒家,除了正常的业务,都有饮茶这项服务。莲香楼、东兴顺、沙河粉村、小西园,都是人们喜欢去的地方。早上7点钟左右,各家酒店就宾客盈门了,大堂、包间,几乎每张餐桌都坐满了人,杯子碟子叮当乱响,服务员在餐桌之间闪来闪去。这样直到上午11点前后,茶客们(权且这么说吧)才会陆续散去。这段时间,是饮早茶的时间。

广州人饮早茶,其实就是吃早餐。饮茶的时候,人们会吃各种点心。简单的有松糕、芋头糕、萨其马、杏仁饼等。讲究一点儿的,品种就多了,会有蒸虾饺(皮极薄,可以隐约看见里面淡红色的虾仁)、叉烧包、腊肠卷、烧卖、粉果、糯米糍、烧凤爪、蟹肉灌汤饺,有时还要加一两个青菜——这讲究的,多半是来了客人需要款待。通常还是以实惠为主。过去曾有"一盅两件"的说法,一盅,是指茶盅,两件,是指盛在瓷碟里的两块点心。吃一口点心,"吱溜",再喝一口茶水,蛮舒服。说到茶,品种也很多,绿茶、红茶、普洱、铁观音、菊花茶等均有,此外还有广东凉茶。

来饮早茶的,以老年人居多。他们都是退了休的人,有大把的时间可以打发。不过最主要的,是可以在这里找到说话儿的人,或者说,感受到这里旺盛的人气。到了星期六和星期天,情况会有一些变化,比方,一些小夫妻也会来,带着小孩子,有的是祖孙三代一起来。除了上述人等,别的就没有定准了,偶尔会有谈生意的,有招待客人的,还有临时有事需要谈一谈的,包括相亲的(就是约了男女青年互相见面,嘻),因为这里气氛宽松自在,不易觉得拘束,谈好了好,谈不好也不尴尬,轻轻一笑就过去了……他们也会来。

那段时间,我正在荔湾区一个街道办事处挂职锻炼(做副主任),也常来饮茶。有时候,是跟街道干部们来,有时候,是跟朋友们来,有时候,是自己来。最常来的地方,是小西园……

二

那段时间,我还认识一个女青年,名叫向春梅,在小西园当服务员。后来熟悉了,便听她讲了一些小西园的事。

小西园离我挂职的地方很近,在一个新改造的居民区,属繁华地段,左右都是高楼大厦,门前还面临一条宽马路,但因为有一个小院落,还是比较幽静。室内装修也很特别,桌椅都是仿古的,墙壁上悬挂着一些刻了字的木板,刻的都是古诗词。"白日依山尽,黄河入海流","两个黄鹂鸣翠柳,一行白鹭上青天","不知天上宫阙,今夕是何年"……看似要营造一种古雅的氛围。

春梅是从乡下来广州打工的,她老家在广东揭阳一带,人长得很清秀,做事很细心,性格很谦和,而且总显出一副开心的样子,在老家时读过初中,平时喜欢读一些刊登在时尚杂志上的婚恋故事。其中最让人称奇的,是她跟茶客们的"关系",用她自己的话说,只要是来这里饮过茶的人,哪怕只来过一次,都会给她留下印象,偶尔在街上见到了,她还会把他们认出来。

其中有一对老夫妻,老头七十多岁,老太六十多岁。自打春梅来到小西园,就每天见到他们。不论春夏秋冬,也不论刮风下雨。而且,他们每天都会穿戴得整整齐齐。下雨的时候,两人便共撑一柄雨伞。每天,他们都是9点钟到,10点钟离开,就像学生上课一样,极少迟到和早退。来到之后,选一个相对僻静的座位坐下来,接着开始点茶,点点心,每次都要点一份烧凤爪(老头很喜欢吃这个),点完之后是用开水烫杯子(这个习惯似乎只在广东才有),待茶和点心送上来,便开始饮茶吃点心吃凤爪。饮茶、吃点心的速度十分慢,也十分轻(轻到几乎听不见一点儿声音),让人感觉茶和点心的味道非常好,必须这样慢慢地品尝。

春梅对这对老夫妻印象非常好。后来相熟了,偶尔还说几句话。而最主要的,是她感觉到他们人好,那么随和,又那么朴实。通过说话,春梅已经知道,老夫妻退休前都是教师,老头是大学教师,老太是小学教师。有一次春梅说:"其实我早就觉得他们不一般了,风度不一般,气质也不一般呢……不知道我这样说对不对?"

还有一对孪生姐妹,春梅也印象很深。

这是一对老姐妹,看年纪在六十岁左右,各自都花白了头发,脸上也有了细小的皱纹。两个人长得很像。身材几乎一般高,且都很清瘦,脸型也差不多一个模子。其他的,眼睛、眉毛、鼻子、嘴巴,都非常的相似(眼睛都很大,鼻子都很小巧)。就连说话的声气,也有几分类似。包括一些习惯性的动作,也常常显得雷同:端起茶杯喝茶啦,伸手撩一撩头发啦,拿起纸巾沾沾嘴角啦,都是一样的姿势。甚至发型,也基本保持着一致,都是齐耳的短发,头发都向后梳。当然也有不同之处,这主要体现在穿衣服上,可能是为了彼此区分吧,她们从来不穿相同的衣服;再就是性格,两个人一个活跃一个安静,一个主动一个被动,一个话多一个话少,这却是一眼就看得出来的。

她们通常8点钟来,接近10点钟离开。两个人并不是一块儿来,其中一个会早来一会儿,另一个晚来一会儿,早来的就坐在那里候着。待另一个来到之后,两个人就开始说话。所说的内容相当广泛。电视正在播出的节目啦(一般是广州新闻和香港电视剧)、儿子和媳妇啦(或女儿和女婿,兼及孙子或外孙),包括某位老工友老街坊老同学昨晚又来电话啦、哪里的市场有便宜东西啦、白云山又有什么新活动啦……偶尔也会说到谁谁谁死掉了,谁谁谁又找了个新老公,谁家的孙子考上了大学。听得出来,那些都是与她们相熟的人。这当中,一大半的话都是那个性格活跃的人说的,性格安静的那个只是在静静地听,听到关键处,也会附和一下,叹一口气,或者短促地"哦"一声——这一对姐妹中,比较活跃的是姐姐,安静一点儿的是妹妹。

从她们的谈话里,春梅逐渐地了解到,两姐妹年轻时都是国营单位的职工,姐姐曾是百货商场的售货员,还当过布匹组组长,妹妹是药厂工人,后来当过厂工会的文化干事。再后来,姐姐因为商场改制提前退了休,自己开了一间服装店,妹妹比姐姐晚几年退休,一直工作到55岁,退休前还当了工会副主席。两姐妹似乎都挺不幸的,丈夫都早早就去世了。一个是患了心脏病,另一个是患了胃穿孔。丈夫去世的时候,她们一个50多岁,一个才40多岁。那感觉,简直就像天塌下来一个样。那之后,两个家庭的重担便分别落到了两姐妹的身上,柴米油盐,吃喝拉撒,都要她们出面张罗,一天天忙得昏天黑地,日子却过得无精打采。每次说到这些,她们都显得很难过,免不了要叹息几声,有时还会流出眼泪。好在她们总算挺过来了、熬过来了、挣扎过来了。孩子们也都很争气，一个个都很有出息，有的读了大学，有的自己开公司，有的考上了公务员，又分别买了新房子，就在离小西园不远的地方。

有时候，两姐妹也会说起她们小时候的事。说广州那会儿多么安静，哪像现在这么吵；说家里当时多么困难，连饭都吃不饱；说她们多么淘气、不听话；说她们当年一直要穿同样的衣服、同样的鞋子；说姐姐总是欺负妹妹，妹妹总喜欢到爸爸妈妈那儿去告状；说妹妹怎么跟在姐姐屁股后头哭；说她们一块儿偷看爸爸妈妈在一起亲热；说爸妈更喜欢她们当中的谁；说姐妹俩怎样联合起来跟爸妈作对；说姐姐多么爱打扮；说妹妹多么爱放屁；说上中学时姐姐如何喜欢上了她们班里的一个男孩子，姐姐还要妹妹帮她传纸条，说那个男孩子其实是个"衰仔"，其实并不可爱；说家里如何为她们的婚事操心，隔几天就要领她们去相亲；说妹妹对男朋友如何挑剔……

偶尔，姐妹俩也会发生争执，闹一点儿小别扭。那多半是说到孙子们的时候——哪个孙子孙女或者外孙和外孙女更聪明、更懂事、长得更好看、将来更有出息，等等——两个人的看法会不一致。由此便会言来语去的，严重的时候，会生闷气，谁也不理谁，脸色一阵青一阵白的。不过用不了多久，两人又和好了，似乎想明白了，这时候，她们会相视着"扑哧"一笑，雨过天晴一般。有时候，她们还会借此嘲笑对方几句。

"你这小气鬼，还是那么较真儿，使小性儿，得理不饶人，跟小时候一样……"姐姐说。

"还说我？你总是那么霸道，从小就吓（欺负）我……"妹妹说。

"唉，不说这些了，儿孙自有儿孙福，我们顾不了那么多，搞好自己再说。"姐姐说。

"是呀是呀……今天我买单吧，就算给家姐赔罪了……"妹妹说。

"哈巧哩，今天我刚好没带钱……"姐姐说。

姐妹俩说着笑起来，笑得十分开心，一直笑得流出了眼泪。

据春梅说，现在，这两姐妹还是每天要到小西园来，不论晴天雨天，也不论冷天热天……

三

春梅还讲到了一个人，也是每天要到小西园来饮茶的。

这个人姓廖，人人都叫他廖伯，年纪在70岁至80岁之间，额头早光秃了，其余的位置，头发和胡子，都是一片白。

春梅对廖伯印象很深，至今记得他的相貌。记得他的已经不多的头发总是有点儿凌乱，记得他那张方方正正的脸，记得他眉毛很粗，尤其记得在他的眉眼间总有一丝落寞的神情……

与所有的饮茶客都不一样的是，廖伯总是一个人来。

同时，廖伯也是所有茶客中来得最早的人，每天一开门，他就会走进来，坐在自己常坐的位置上（他的位置没人可以占据，因为没有人比他来得更早），随即叫来服务员，要上一壶普洱，一块松糕，一块萨其马，隔几天会要一份蒸虾饺，自斟自饮，细嚼慢咽，一直坐到11点钟。在这期间，自然会遇到一些相熟的茶客，或者街坊，他会朝人家微微一笑，点点头，一般是不说话的。11点一到，他便慢悠悠地起身离开这里——回家去了。一边向外走，一边打着嗝儿。

后来，经过向多人打听（其中包括廖伯的邻居和以前的工友），我了解到了有关廖伯的一些事情，谨记如下：

廖伯住在宝来下街，那里有几幢某工厂的职工宿舍，他曾经是这家厂子的在编工人，当年单位分房子，他也分到了一间。宿舍建于20世纪

在小西园饮早茶　　237

70年代，带有那个年代的普遍特点，就是所谓的火柴盒式的建筑，用现在的眼光看，可能会觉得很简陋，好在设施还是齐全的，起码上下水都有。房子的面积是43.52平方米（他曾经丈量过），有一间卧室和一间客厅。就是楼层太高了，9楼（亦即顶楼），又没有电梯，上上下下不怎么方便。不过这已经不错了，还有很多人，很多很多人，连一扇门板都没分到呢！他总是这样想。

分到房子那年，廖伯刚过40岁，老婆和孩子都还在。老婆在一家街道小厂上班，那是一家做服装的厂，相当于一个小作坊，也叫缝纫社。夫妻俩生有一子一女。儿子年长，当时在韶关附近的一个县里插队，做"知青"，女儿则在城里读初中。这也从客观上解决了廖伯的难题，不然那房子怎么住？——儿女都老大不小了。

廖伯的儿子是在读高中的时候下乡，当年才17岁，个头儿却比廖伯都高了。儿子很懂事，也爱看些书，下乡以后很少回家，因为他知道家里的情况。儿子也不娇贵，因为他知道自己没那个资本（老爸不过是个普普通通的工人嘛）。下乡没多久，就跟当地的乡亲们混熟了，也学会了一些农活。苦是吃了不少，主要是为了多挣几个工分。那几年，除了他自己吃用，居然还可以往家里拿钱，尽管不多，一年几十块吧（有一年超过了一百块）。可是意思在那儿了，这才是关键。廖伯为此很感动。全家人都很感动。

既然儿子不回来，廖伯只好到那里去看他。想念嘛！惦记嘛！不去看看不放心嘛！当然也不能想去就去的，那时候工作忙，厂里的纪律又特别严格，甭说旷工，请假都请不下来。所以，能去的机会其实并不多。常常只能在"五·一"、"十·一"和春节这几个节日中挑选一个，那样还要"串休"。好在广州到韶关的距离并不算远，也就几百公里的路程吧。不过那时交通不便，何况还要在韶关转车去乡下，单程也要折腾差不多一天。每次见到儿子,廖伯的心情都很复杂。面对神情淡然、又黑又瘦、脸上或手上带着伤疤、眼睛里带着羞怯,并若隐若现地闪着泪光的儿子,他总是既欣慰又辛酸,心里隐隐地作痛。

这样过了几年,在儿子21岁那年,有一天,廖伯突然接到了一封电报,说儿子病危,正在医院抢救……当时他正在厂子上班,手里拿着一把管钳子,一看到电报,立刻就双腿一软,管钳子也"当啷"一声,掉在了地上。他马上跟领导请了假,然后带着老婆和女儿,当天就去了韶关,晚上又到了那个县。到了医院他才知道,哪里是什么病危啊,儿子早已经死去了,在他们来到之前就死去了,在送到医院之前就死去了!在看到儿子的冰冷的尸体,看到儿子脸上"酱紫"的颜色,看到紧闭的双眼,看到他嘴唇上边柔软的颜色很淡的唇髭时,他的心马上被撕裂了,眼前顿时一片昏黑。他的老婆,儿子的妈妈,更是声嘶力竭地大叫了一声:"乖仔……"当即便一头栽倒了。

女儿也哭了。

廖伯后来得知,儿子就是昨天晚上出的事。那天天黑之后,儿子跟几个社员——还有另外两名知青——开着一辆"东方红"牌拖拉机,后面挂着一台拖车,到附近一个林场去偷运盗伐的樟树。不料在装车的时候,有一棵粗大的樟树从车上滑落下来,而且眼看就要砸中一个社员。就在这个关键的时刻,儿子一下扑了过去,一把推开了那个社员,可是自己却被拦腰压在了地上,还"啊"地大叫了一声,当时就死了。知道了这个情况,廖伯才明白了,儿子的脸色何以是酱紫的。

处理过儿子的后事,廖伯带着儿子的骨灰盒,返回了广州。在那以后的好长一段时间,他都有一种恍若隔世之感。心里一直都不承认——也不想承认——儿子已经不在的事实,以为那只是幻觉,是一场噩梦。晚上睡觉的时候,他动不动就会惊醒过来,说他听见了敲门声,"是

在小西园饮早茶　　239

仔！仔返家啦……"他说，于是马上跑过去，把门打开了。直到把门打开，他才会清醒过来。有几次，面对空空的楼道，还有那里昏黄的灯光，他禁不住涌出了眼泪——真的是心如刀割啊。因为他总是这样恍惚，做事便常常走神，上班的时候也是如此，有一两次，还险些闹出事故，非常的危险。这可不得了，弄不好会伤人的。后来，领导们一研究，就不让他做原来的工作了，分派他去了材料库，做材料管理员，一直做到退休。

事情过去了好几年，他才慢慢地恢复过来了。可是，偶尔他也会心痛一阵。说不上在什么时候，也不论在什么地点，他会突然感到心里一阵剧痛，痛得仿佛哪里被撕裂了，痛得连气儿都不敢出了，好久才会过去。

在这期间，大概是1978年，他女儿参加了高考，可惜没考上大学，只考上了一所专科学校，学习商务管理，毕业后，被分配到一所中专学校，当了老师。后来，女儿认识了一个菲律宾的华侨，当年30多岁，在广州留学，两人便开始拍拖（谈恋爱），并且很快就确立了爱情关系。不久，华侨学习期满，要返回菲律宾，要求女儿一起走，跟他结婚。女儿犹豫了几天，才把这件事跟爸爸妈妈讲了，征求他们的意见。开始他们反对。后来女儿讲了一件事，说她任职的学校正在进行"教改"，而她得罪了一个领导（领导曾经表示喜欢她，她没同意），这样她就有可能落聘，即使不落聘，也不会给她安排好的工作。当时的情况不像现在，可以随便"跳槽"。那时候，换个工作十分麻烦，要经过组织调动，绝不是轻易就能做到的。廖伯当然知道这些。在女儿讲了这个情况之后，廖伯沉默了一会儿，才慢吞吞地说："菲律宾……老远哪！这个人……靠得住吗？"实际上，这就算同意了。为了消除父母的顾虑，女儿又把华侨带到家里，跟他们见了一次面。

女儿流着眼泪去了白云国际机场（老白云机场）。在路上，她问自己,我是不是过于自私了?

在女儿走后的第三年,初冬,廖伯的老婆忽然得了病,脑溢血,送到医院不到十分钟,就张着嘴巴死去了,连一句话都没来得及跟廖伯说。

老婆死去的当天晚上,廖伯一个人待在家里。

屋里十分安静,静到他可以听见自己的心跳声。他甚至忘记了开灯,垂着双腿坐在床上,脑子里想着一些事情,没什么头绪,很混乱。有一忽儿,他想起了工厂;又一忽儿,他想起了儿子;再一忽儿,他想起了女儿。想起女儿时,他还想到了她从大老远的菲律宾寄来的她的不到两岁的小女儿的照片——他总是不敢相信,那就是他的外孙女;在想起工厂时,他忽然想到了他刚刚去那里上班的情形;在想起儿子时,他不由想到了那个地处粤北大山里的生产队,想到了儿子所在的"知青点",想到了知青点四周的树和那些蓬蓬勃勃的杂草,想到了他每次去看儿子时,儿子突然表现出来的欣喜,想到了儿子淡淡的稀疏的唇髭,想到了儿子"酱紫"色的脸和那棵树,想到了儿子被砸断了的腰……时至今日,每当想起儿子,他心里还会钝钝地痛。

一忽儿,他又想起了老婆……

想起老婆时,他首先想到了医院,想到了医院的气味,想到了老婆躺在病床上的瘦小的身材(她一直都是瘦小的),想到了她插着针头输液的手背,接着想到了她的某一张照片(她的照片很少,大概只有十几张),想到了他们第一次见面,想到了从后面看着她走路的样子,想到了她当时穿的衣裳,想到了他们某一次争吵,想到了她的齐耳朵的短发(她总是留那种齐耳的短发),想到了儿子出事后她的痛苦,想到了他们一起说过的某一句话,想到了他们买的那部半导体收音机(早已经丢掉了),想到了某个星期天,他们带着两个小孩子(儿子和女儿)去逛越秀公园……

在小西园饮早茶   241

他觉得脑子越转越慢，就和衣躺在床上，迷迷糊糊地睡着了。

到了第二天，一清早，他给女儿挂了一个国际电话，讲了她母亲的死讯。女儿很快回来了。女儿回来后，父女俩办理了老婆的后事。

一应事情办完后，廖伯和女儿回到了家。两个人先在屋子中间站了一瞬。随即，廖伯从女儿手里接过了老婆的骨灰盒，把老婆的骨灰盒和儿子的骨灰盒放在了一起。

女儿又在家里住了几天，后来因为菲律宾那边有事，不得不回去了。那天早上，廖伯把女儿送上"的士"。临上车的时候，女儿流着眼泪对他说："爸爸，我会给您寄钱来的……"

廖伯说："呃，不用啦，不用啦，你过好自个儿的日子就行了，我的事我会搞掂的……"

"的士"开走了，廖伯又在原地站了几分钟，然后便顺着大街慢慢地向前走去，其实没什么目的，他就想这样走一走，走一走……

四

在挂职快要结束的时候，有一天下午，快要下班了，我听到了一个消息，说宝来下街有个老人死在了家里，发现时，人已经死了好多天，是邻居闻到了尸体散发出来的臭味，才报告了居委会和派出所。

后来我知道了，那个人就是廖伯。

……

廖伯饮茶的位子，一连空了好几天。人们那时可能还不知道他已经不在了。那些常来饮茶的熟客，人一进来，必定会不经意地朝他常坐的位子看一下，目光都很疑惑，心里大概在想，这人怎么了？难道是病倒了?直到有一天,来了一个生客,不明就里,一来就坐在了那个位置上……

不用说,小西园每天仍然会有很多人来饮早茶,他们每个人都有自己的人生故事——这是一定的。

原发于《十月》2009年第4期。被收入《小说精选十年精华》(2009年10月出版)。

卖艇仔粥的人

"食在广州"这句话，大概很多人都听到过（若说尽人皆知，可能有夸张之嫌）。客观地说，在中国的八大菜系中，粤菜的名声的确很大，它的主要特点是清爽鲜美，因此为人称道。很久以来就有个说法：广州人爱吃。说，四条腿的除了板凳，两条腿的除了人，广州人什么都敢吃。当然这是笑谈了。不过，广州人确有一套自己的饮食嗜好，饮早茶、吃夜宵、饮靓汤、食海鲜、尝小吃等，不一而足，已成风气。

如此说，做一个广州人，是有口福的。

另外还有一个说法：广州食风，以西关地区最为兴旺。

当年一些名声很大的机构，诸如怀远驿、十三行、市舶司，包括当时的领馆区"沙面"，都在西关一带。除此，晚清时期的一些状元、榜眼、探花，也愿意把府第建在这里。光绪年间的漕运总督邓华熙（皇帝曾赐封其为太子少保），就住在西关的多宝大街，且住所有七便过三进深之大，占地一千多平方米，全家连同管家、门公、轿夫、针线娘、用人、婢女等近百人。再就是一些商贾大户，潘正炜、卢文锦、武崇耀、叶廷勋及汝南周氏、平地黄氏等，也都住在这儿。

因为住了这么多的官绅富豪，西关向来有富庶之区的称号。一座座花园，一间间大宅子（广州称为大屋），坐落在这里，成了另一种风景。同时也带动了其他行业的繁荣。烟馆、戏楼（包括后来的电影院）、讲古佬（说书的）、烟花女、鞋店、布行、成衣铺……都应声而至，纷纷在此开业。其中最为人称道的，是酒楼饭店。据不完全统计，弹丸之地的西关，竟有大小饭店近百家。名声较大的有位于文昌巷的"文园酒家"、位于西来初地的"新远来"、位于第十甫的"陶陶居"等（陶陶居至今还在，据说店名还是那位大名鼎鼎的康有为所书）……另外还有许多，也很有名儿，因篇幅有限，就不一一列举了。

而且，每家饭店都有自己的招牌菜。试以"文园"为例。这里有一份当年的菜单，现录于下：

竹笙鸡子、香糟鲈球、炒田鸡扣、滑鲜虾仁（此为四热荤）；瓜皮海参、凉瓜肝蒂、冷拼肾肝、八珍烧腊（此为四冷荤）；蟹王包翅、红烧网鲍、片皮乳猪、大响螺片、高汤爽肚、蒜子柱甫、清蒸鳜鱼、甜燕窝羹（此为八大件）；另有点心二式：莲蓉寿包、金银蛋糕；京果二式：蜜饯淮山、南枣合桃；咸味二式：咸鱼、咸蛋。

当年有一句话，说："西关尤财货之地，肉林酒海，无寒暑，无昼夜。"由此可见一斑。

除了这些大菜，还有各式小吃（广州称为小食）。常见的有各式肠粉（又名卷粉，将淀粉摊成薄饼包馅）、马蹄糕、云吞面（北方称馄饨）、虾饺、咸煎饼、芽菜包、糯米鸡、伊面、煲仔饭、沙河粉，以及各种各样的粥，诸如牛肉粥、及第粥、鸡粥、明火白粥、猪红粥、艇仔粥，等等。

这里单说艇仔粥。

艇仔粥还有一个名称，叫鱼生粥。做法是先将大地鱼（即比目鱼）烤焦，加生鱼骨熬熟作粥底，再将生鱼片、炸面、虾子、生菜、叉烧粒、浮皮丝、海蜇丝、鱿鱼丝等放入碗中，用滚粥一冲而下，最后撒入少许的炸花生，粥即成。此粥味道鲜香。用现在的话说，还营养丰富。即便现在，艇仔粥也是广州人喜欢的食品之一，各家便食店，小餐馆，还有售卖。价格也便宜，才五元钱一碗。又很实惠，若作早餐，一碗足矣。口感也好，入口滑溜溜热乎乎，吃到肚里，会顿生一股暖意。

艇仔粥是大众食物，因其价廉，一直颇受人们的欢迎，当年那些做小生意的、小工匠、轿夫、街头拉洋车的、卖报的报童、走街串巷的小贩、各类店铺里的伙计（卖布的、卖鞋的、卖药材的、卖绒线的、卖玉器的、卖颜料的、卖神像的、卖钟表的、卖刀剪利器的、卖棺木的、打金打银的）……以及报馆的记者、医院的看护、洋人买办里的中方职工、官府里的下级官员和仆役，总之各色人等，一旦饿了，就会叫一碗艇仔粥来果腹，甚至那些做大买卖的老板，也会偶尔要一碗粥作消夜，一边吃一边说："好味好味……"还有那些赌徒，待搓麻将搓得累了，恰好又听到了叫卖声，就会有赢家说："咦，卖艇仔粥的……一人一碗，我请食了……"

为何称作艇仔粥呢？

旧时的西关，还是广州的城郊，较比老城而言，属于后开发的地区，当时尚有成片的荔枝林，珠江就从旁边流过，因此水汊纵横，一条条河涌蜿蜒流淌。现在的许多街巷，其实就是原来的河道。最初那些房屋，也多是依河而建。有了河水，也就有了舟楫之便。常见一些舟船（广州称其为艇），大小不等，在河面往来，有运送货物的，有载人的。二十世纪二十年代（1920年后），曾经兴起一种名叫"紫洞艇"的楼船，上下两层，日夜游弋于河面，或停泊在岸边，船舱可置十余桌酒席，供人宴饮，饮酒作乐的同时，又可领略珠水风光，别有趣味，曾被命为"珠江风月"。另有一种名叫"菜艇"的，规模要小很多，艇内只容二到三人，并无座位，却置有全套的炉灶炊具，包括切菜的刀，外加各种时令菜蔬，还备有一份简单的菜单，不停地在河上梭巡，待有人点菜后，即在船上炒卖。

艇仔粥也是在艇上卖的，只不过，它的规模更小一些，具体说来，有点儿像北方人常用的小扳船（有人叫小划子），甚至比扳船还要小。艇上同样置有炉灶炊具，但比菜艇要简单一些，主要是一口煲粥用的锅，外加一只盛粥的罐。另有几副碗筷，一些原料等。艇上只有一人（最多两人）。此人身兼船工、厨师、伙计等数职，不紧不慢地摇着小艇，在窄窄的河面荡来荡去（风平浪静时节，水上会映出小艇的倒影，一晃一晃，看上去很美），若听到有人招呼："来一碗粥……"便以最快的速度摇过去，满满地盛上一碗粥，谦谦地笑着，用双手捧给对方。

艇仔粥不仅白天卖，晚上也卖。有时候会卖到很晚。为了遮雨，艇上一般会有一个雨篷，多是席子做的。到了晚上，会在雨篷的一角挂起一只灯笼。随着小艇的移动，灯光就在水面上飘荡。

另外，卖艇仔粥的多是男人，而且身材都很瘦小（说不上为什么）。他们衣着朴素，常穿一身阴丹士林布的裤褂，看去干净清爽；都头戴一顶斗笠——晴时遮阳，雨时挡雨。

麦叔就是个卖艇仔粥的。

麦叔名叫麦喜，当年三十多岁。就像前边说的，他也是个瘦小的人。虽然常年风吹日晒，脸色还显得白皙，不过已有了皱纹。鬓角也长出了白发，尽管只有几根，还是很扎眼的。他属于那种很安静的人，生就一双温顺的绵羊一样的眼睛，总让人觉得心气平和，不急不躁，却又显得很有主意。他家住在一个大杂院，临着一条无名的河涌，左邻右舍都是做小生意的，总共六七家，住屋都挺简陋，也挺狭小，一间间屋子离得很近。院里很热闹，经常有些小孩子在玩耍，爬上爬下。有的人家还养了小鸡，鸡们总是在院子里逛来逛去。有的人家养了狗，当然都不是什么名贵的狗，狗们多半在那儿趴着，长长的舌头露在外头，肚皮一鼓一鼓地在那儿喘气。有的人家还养了兔子，兔子都关在铁丝编成的笼子里。他家的住屋在所有屋子的一头，一共两间，他自己又在边上搭了个板棚，里面安着锅灶，同时也存放一些杂物。吃饭的桌子也在这里。那是一张矮脚桌，比正常的桌子低一些，四周放了几把矮小的竹椅，有点儿像儿童玩具。

卖粥的小艇泊在屋子下边的河面上。

每天一大早，太阳还没有出来，麦叔和麦婶就要起来准备这一天的生意。首先，是准备"粥底"。这很费功夫。通常是一个人在那儿烤大地鱼，另一个人剖生鱼（鱼是活的，头天晚上买来养在缸里）。广州话把剖生鱼称作起鱼脊，就是要把鱼肉剔下来，之后切成薄片，放在一边；剔下来鱼骨的则要剁一剁，尽量剁得碎一点儿，这样容易出味，然后装进用蚊帐缝成的袋子，用一根网线将袋口扎紧，同烤过的大地鱼一起放进锅里熬，熬好后把装鱼骨的袋子提出来。起鱼脊的事儿，一般都是麦叔做，麦婶呢，主要负责烤大地鱼。干活儿的时候，两个人谁也不说话，各忙各的。这些事情，他们已做得十分熟练了，也用不着说什么话。过一会儿点上了火。火光"呼啦呼啦"的，在灶口的周围形成了一团光亮，微微的红。再过一会儿，便有香味飘出来。那可不是一般的香，香极了！香味弥漫在清早的空气里，凡是闻到的人都会深深地吸一口气。这边任由"粥底"在锅里"咕嘟"，那边则开始准备那些"作料"，该洗的洗，该改刀的改刀，同时分门别类地放好。待把这一切弄好，"粥底"也熬得了。夫妇二人再共同将这一应物品搬到艇上。然后，麦叔就摇着小艇出发了——他必须赶在早餐之前把粥送到人们跟前，对于卖粥的人来说，这可是一单不小的生意。

河水轻轻地击打着艇底，发出一种特别的声音；河面也荡漾起一条一条细小的波纹。

小艇越走越远，渐渐进入了繁华的河段，混入其他大大小小的船只里面，看不见了。

麦叔的粥一向很受人们欢迎。概括起来，大概有这样几个因素：一是"料"足——无论什么时候，麦叔的粥都是稠稠的，且从来都是满碗；二是味鲜；三是他的"服务态度"好，就像前边说的，只要有人叫，他必定满脸笑意，双手捧上。因此，这些年他生意做得一直不错。还有了一些相对固定的主顾（老主顾们吃饭都有个大体固定的时间，什么时候吃早饭，什么时候吃"消夜"……这些，他都了解得很清楚，一般情况下，他都会及时把粥送到）。另外就是那些所谓的散客了。通常，他都是在把老主顾们的生意做完之后，才去做散客们的生意。就是那些在街头做零工的人，打着花伞或摇着蒲扇到河边来逛风景的人，以及从外地或周边各县（佛山、番禺、顺德、花县、清远等）到这里来办事的人，等等。散客们就没准儿了。不论早上中午晚上，也不论在哪里，也许突然就会有人喊："艇仔粥！来一碗……"就是说，散客们的情况是很不确定的，某一天人挺多，某一天又人挺少，有非常大的偶然性。做散客的生意不能在一个地方等着，要主动去找。——这样，一天中其余的时间，麦叔就要摇着他的小艇，四处漂荡，寻找那些潜在的"散客"。

小艇在河面上弯过来又弯过去，从早到晚，有时候，要到夜里十点多钟，有时候，要到半夜。

日复一日。

麦叔卖艇仔粥已经有几年了（差不多有十年了），辛苦自不必说。

卖艇仔粥的人

不过，他对此已经习惯了。这可是他们一家人的饭碗啊！有时候，他在外头忙活一天，感觉两个肩膀都是木的，回到家，一定要麦婶帮他揉一揉，否则睡不着觉。麦婶心疼他，偶尔会对他说，听日你就唔好出去喇，好好系屋企投下啦（此为广州话，大意是，明天你就别出去了，好好在家休息一下）。可他总是说，唔使唔使，我瞓到一阵就无事嘅啰！意思是，不用不用，我睡一觉就没事了。

通常，两夫妻还会利用这个"宝贵"的时间，说一些家常话儿，主要是交流一下"信息"，诸如这一天家里乃至邻里间发生了什么事情，包括谁家的小孩子生病了，谁家来了客，以及米价和菜价的高低（行市）了，偶尔也说到警察在哪里抓人了……一般都是麦婶说，麦叔听，有没听清楚的，麦叔也会插上一两句话。说到最后，麦叔还要问问孩子们的情况，问得很简单，不外"无乜事是嘛"，或者"返学（上学）无迟到吖嘛"之类……

麦叔有两个孩子，两个都是男孩子。因为麦叔和麦婶成亲晚，孩子的年龄都不大，一个12岁，叫麦文强，另一个10岁，叫麦文盛。两个孩子都在读书。这是麦叔的主张。麦叔自己不识字，却敬重那些读书人（对所有的读书人都敬重，是发自内心的敬重）。而且，两个孩子一生下来，似乎他就打定了主意，要让他们"念书学文"——你看他们的名字！不是有人说过嘛，孩子的名字就是父母的心声。想让孩子当官的，就叫玉玺，什么赵玉玺钱玉玺，想让孩子发财的，就叫百万，什么孙百万李百万。中国人的姓名，就是有这个好处，直接。

当然，麦叔让孩子们读书，也不是没有别的想法，他希望他们将来有出息，希望他们体面，希望他们被人看重，希望他们穿好衣裳，希望他们住"大屋"，希望他们给家里增光添彩，希望将来人们在说起他的儿子时知道有他这么一个爹，总之，希望他们比他好……他的想法是简

250　纪念

单的，朴素的，甚至是卑微的，不过也是坚定不移的，是发了狠心的。

麦叔的两个儿子，麦文强和麦文盛，当时还在读小学，已经读到了五年级。且两兄弟读同一个年级，因为他们是同一年上的学。上学那年，麦文强八岁，麦文盛六岁。按麦叔的意思，当初还不想让麦文盛上学，一来他年纪还小，二来钱也不足：一下子供两个孩子上学，可不是说说那么简单，别的不说，单是每年的修金（学费），以及书本费和各种杂费，加起来，少说也要十几块甚至几十块银圆。可是，看到哥哥要上学，弟弟眼馋得很，就说他也要上。麦叔开始没答应。弟弟又哭又闹，为此还病了一场。后来麦婶跟麦叔说，你看把仔憋屈的，整天没精打采，这几天连饭都不吃了，要是有个三长两短，那可怎么办啊！听了麦婶的话，麦叔想了一会儿，最终轻声说了一句，上就上吧，反正早晚都要上的，这样俩仔也有个伴儿……

到了开学的日子，两兄弟终于又兴奋又胆怯地走进了学校的大门。

广州当年有两种学校，一种是私塾，一种是新式学堂。很长一段时间内，两种学校共生共存。但因为新式学堂刚刚兴起，还不为人们所看重。特别是那些有钱的人家，都愿意把孩子送进私塾。开馆的塾师，多数是"前清"的举人和秀才，名气很大。私塾中有一种叫"家塾"的，要把先生请到家里来授课，更是神气。因此，读私塾的费用一般都比较高。相对而言，新式学堂的费用就低得多了。一则因为规模比较大，招生人数多，再者，这类学堂都是"官家"和团体办的，或者有人资助——两兄弟读的就是这种新式学堂。

两兄弟很争气，不管晴天雨天，上学从不迟到。每天一早，一高一矮的两兄弟，就夹着阴丹士林布的布包，嚓嚓嚓，快速向学校走去。他们学习成绩也都不赖，兄弟俩就像竞赛一样，每次考试，不是哥哥第一，就是弟弟第一。总的说来，弟弟第一的次数要多一些。就天分而

卖艇仔粥的人　　251

言，可能弟弟文盛略优于哥哥文强。不过文强要显得比文盛懂事，性格也老成些，像一个当哥哥的样儿。甚至，因弟弟顽皮，文强还要经常管教他，代行爸爸之职。

由于麦叔每天出早归晚，文强和文盛几天都见不到爸爸的面。每天，麦叔出去的时候，兄弟俩还未睡醒，而当麦叔回来的时候，兄弟俩已经进入了梦乡。在他们的感觉里，麦叔就像一个影子——是一个影子爸爸。一年当中，似乎只在过年过节，端午中秋，麦叔会早一些"收市"，全家人才会一起吃个团圆饭。即便在这时，麦叔也没什么可说的，通常，他只会坐在那儿，蔫蔫儿地看着儿子们，目光暖暖的，里面带着惊讶、慈爱、欣赏，末了说，你两个别打架……我累了，先去睡一会儿……

麦喜，或称麦叔，这个卖艇仔粥的人，1958年，因患心脏病去世，享年57岁。死前的身份是广州荔湾区××饭店粥品部厨师、区劳动模范、市商业系统先进工作者……

去年，在我曾经挂职的街道办事处举办的一次活动上，我见到了麦叔的儿子麦文盛，瘦瘦的，一个小老头儿，鹤发童颜，据说已经80岁了，穿一身浅灰色西装，打着领带，谦谦地笑着，讲一口标准的普通话。经人介绍，我们认识了，知道他是一所大学的数学教授，现已退休。我们坐在一起聊了一会儿，其间说到了他的父亲，就是麦叔。

他说，我父亲是个普通人，也是一个老实人……

他还说，小时候，我很顽皮，给父母添了不少的麻烦……

后来又说到了他的哥哥，就是麦文强。据他介绍，1947年，哥哥去美国留学，毕业去了香港，现在也已经去世，生前是香港一家医院的精神科医生,精神病学专家……

岁月如梭啊!

原发于《十月》2009年第4期。被收入《小说精选十年精华》(2009年10月出版)。

冼阿芳的事

一

冼阿芳的事，都是生活中的琐事……

冼阿芳是广州的"村"里人。这里所说的村，是指城中村。近些年，各地的城市都在扩大，有些原来位于城郊的村庄，陆续被扩进了城市的版图。城中村就是这么来的。在广州，比较著名的城中村是石牌村、杨箕村、猎德村等。就说石牌村吧，可能在全中国都有些名气的。我认识的一位作家，一度就住在那里，后来他写了一部小说，叫《石牌村的梦》，曾风行一时。小说写了几个从外地来到广州的女子，租住在石牌村。她们有的做文员，有的在超市收银，也有专吃青春饭的，总之五花八门。小说写了她们的辛苦、困厄、内心的挣扎。在作者笔下，这里是混乱的，拥挤的，处处都是"握手楼"、小档口、小食店、发屋，窄窄的巷子里人来人往，空气中弥漫着各种食物和烂菜叶的味道，充满了浓厚的饱含着欲望和企图的气息。读来甚有意味。

冼阿芳的村叫上梅村。

跟上述几个村不同，上梅村是近几年才被扩进来的。另外，这里与市中心的距离也要远一些，不像其他几个村子那样"发达"。没有那么多的握手楼，也没有那么多的发屋和小食店。除了村子四周忽然间疯长起来的一些高楼，再就是通了几路公交车，本身仿佛并没有多大的变化。祠堂还是先前的祠堂，街巷还是先前的街巷。街巷上走动的，也多半是原来的老街坊、老邻居。可实际上，变化还是有的。比方，几年前就开了一间连锁超市，规模虽不是很大，但也够气派了。此外就是街上陆续出现了一些外地人，大概齐是来广州打工的，可能也有做生意的，操着天南地北的口音，最初三五个人，接着几十个人，很快就越来越多了。他们都在村里租了房子，一早一晚，便会看见他们匆忙的身影。不过，变化最大的，还是大家改变了生活方式。他们原本以种菜为生，现在不用种菜了。

冼阿芳，现年51岁。她属于那种随处可见的人，就是说，很平常。长得有点儿男人相，主要是嘴巴比较大，说话的声音也像男人，粗粗的，颧骨也要比一般人的高，整个脸上，只有眼睛是好看的，大大的，即便现在看来，也是很有神采的。穿着也极其普通。若在夏天，就穿一条长裤，如果没有特别的活动，则只穿一双塑料拖鞋（像诸多广东人那样）。据说她从未穿过裙子。尽管已经50多岁，身体还很结实，只是越来越瘦，几乎骨相毕露，肘部和手掌的关节都很突出，却显得很有力气。头发也早就花白了，她也懒得打理，不像有些人经常焗焗油什么的，她说没有用。"仲以为自己系后生女啊？又唔是去相睇，我先唔想乱咁洗钱呢……"她对儿女们说。这是地道的广州话，意思是，还把自己当少女啊？又不用去相亲，我才不想浪费那个钱呢！

冼阿芳有三个子女，可她跟他们的关系都不是很和睦。三子女中最大的是女儿，老二老三是儿子。女儿叫邝美芬，儿子一个叫邝柏泉，一个叫邝柏松。儿女们都算争气。女儿邝美芬，大学毕业后考取了一所公立中学的教师职位，做英语老师。邝柏泉考取了医学院，很快就要毕业了。邝柏松稍差，初中毕业后读了个技校，现在一家卫浴物品公司做销售，家里人戏称他为"马桶王子"。

冼阿芳跟子女间的矛盾——如果可以称为矛盾的话——主要是因为

她爱唠叨，唠叨起来就没个完。一个经常性的话题，是说他们懒，诸如不知道做事情，不洗菜，不洗碗。如果你做了，又会说你没做好，洗完碗没有擦干，或东西放置得不整齐，她自己还要重新做一遍。另外一个话题，就是责怪美芬找对象不积极，不相亲，不拍拖，把自己当成个大小姐，什么人都看不上。在冼阿芳家，每天傍晚是最热闹的，大家都回到了家，做饭，吃饭，再就是听冼阿芳高喉大嗓地训话。除非实在忍无可忍，在冼阿芳训话时，三子女都不会吭声儿，因为他们了解她，知道她刀子嘴豆腐心，知道她"强势"惯了，有话就要说出来，天不怕地不怕，惹不起。

　　他们知道，爸爸在世的时候，都要让她三分的。家里的各种事情，无论大事小事，哪怕买一毛钱的东西，都是她跟爸爸商量后才能买的，不然她就会不高兴，就会吵。有时候还会吵得很凶。在他们小时候，有一次，爸爸跟几个村民去市里，办完事情后，跟同行的人去一家新开的商场闲逛，恰巧商场正在搞促销，爸爸看见一台立式电风扇，原价200多元，现在才98元，别人又撺掇他，说广州天气这么热，你家连一台电风扇都没有，也太辛苦了吧，等等。他就动心了，最终咬咬牙，还跟别人借了几十元钱，买下抱回了家。一到家就马上组装。费了好多的心思才组装好（孩子们一直在围观），正想插进插座试一试，冼阿芳从田里回来了。冼阿芳看了看，最初没言声儿，出去转了一圈儿，等到再次进来，才压着火气问，这个风扇多少钱买的？！爸爸感觉到了她的火气，怔了一下说，这是打折的，原价二百多块……我九十八块就买了。冼阿芳的声音马上大起来，九十八块不是钱啊！爸爸说，他们都说，九十八够便宜了。冼阿芳说，他们说？他们是你的阿爸和阿妈啊？你凭啥听他们的……爸爸大概觉得面子上过不去，声音也变大了说，我买了就买了，不用你管我！冼阿芳立刻出了屋门，很快又噔噔噔地回来了，手上多了一把切菜刀,直指着爸爸的脸,带着哭腔吵嚷起来,邝守林你个鬼!你嫌钱腥啊是不是?这么多年没风扇,你都没热死!你以为你是老板啊!我起早贪晚,做生做死,一年才赚几个钱?这么贵的东西你说买就买,讲都不同我讲一声!你根本就不把我当人看!干脆你把我杀了吧!杀了吧!嚷着嚷着还哭了,鼻涕一把,眼泪一把。

邝美芬和两兄弟,当时都被吓呆了。

看见冼阿芳哭,他们几个也哭起来。

年纪最小的邝柏松,跑过去抱住了妈妈的腿。

这件事情发生后,爸爸蔫儿了好长一段时间,整天低眉顺眼的,一副后悔不迭的样子。

邝美芬和两兄弟,至今对这件事记忆犹新。

至于那个电风扇,却至今还保留着——不过早就不能用了。

二

冼阿芳讲的没有错,当时他们家确实没有什么钱。可要说有多么穷,那也不见得,不过日子还是很紧巴的。邝美芬还记得,在她小时候,是很少有新衣服穿的,一件衣服要穿几年,穿破了就补一补,大的不能穿了,还要改一改给小的穿。还有吃。妈妈是向来不给他们买零食的。果冻啊,鱼片啊,雪糕啊,巧克力啊,甜筒冰激凌啊……姐弟几个从来没尝过。美芬6岁那年,曾经单独跟妈妈去过一次东圃镇。东圃镇原叫东圃公社,属这一带的繁华之地。走在街上,随处可见卖吃食的摊档,雪糕、冰激凌什么都有,除此还有章鱼丸、烤肉串、萝卜牛杂……

看见这些,美芬连路都走不动了,眼睛滴溜溜地绕着那些东西转。

以往的经验告诉她，妈妈是不会买给她的。当然她也心存幻想。关键是她太想吃了，于是想了种种办法，比如故意在某个摊档跟前用力拖妈妈的手，又在某个摊档前故意跌倒了。见妈妈始终不理会，最后竟然放声大哭，还一屁股坐在地上，一边哭，一边看着妈妈的脸。可妈妈非但不给她买，还把她拉起来打了几巴掌，边打边厉声说："你个衰女！睇你仲猴唔猴吃！"用普通话说就是，你个坏孩子，看你还馋不馋！美芬是知趣的，知道自己不会得逞，为了少挨几巴掌，立刻就不哭了。好在后来，也许妈妈不忍心吧，终于花5分钱给她买了一根雪条。雪条就是冰棍，雪条是广州人的叫法。这件事，在美芬心里留下了深刻的印象。

那时候，上梅村还不是城中村，村里人都以种菜为生。

冼阿芳家也是如此。当年她家的几亩承包田，全部种了菜。菜，就是他们的生活来源。一家人的吃喝穿用，全靠菜来解决。

广东年均气温高，蔬菜种类多，细数起来，有一长串的名称：菜心、菜花、西蓝花、水东芥菜、通菜、苋菜、莜麦菜、潺菜、生菜、大白菜（广东叫少菜）、奶白菜、花椰菜、椰菜（北方叫包菜或大头菜）、油菜、芹菜、四季豆、丝瓜、节瓜、苦瓜、黄瓜、茄子、西红柿、元茜（即香菜）、韭菜、葱、姜、蒜苗、圆椒、辣椒、芋头、粉葛等。这些菜，冼阿芳家几乎都种过、卖过。需要说明的是，由于种类不同，这些菜的生长期也不一样，有的长，有的短。短的一两个月就长好了，长的则几个月不止。要想经常有菜卖，就必须做好调配。哪样先种，哪样要迟几天，以及这个菜卖完了，接下来要种哪样菜。在这方面，冼阿芳可说是个行家，时机把握得非常好。她家的菜，总是可以不断流儿地拿到菜市上。另外哪样菜是人们常常要吃的，也就是家常菜，需要不断地种，哪样菜在哪个时候需求量会增加，届时要多种一些，她也心里有数。比方广东人过年一定要吃生菜——因"生菜"和"生财"

是谐音,且要带根的(广东人称作"有头的"),意为财源不断,有头有尾——每年春节之前,就要大量地种。不过有一点,就是要算准时间,不迟不早,在过年前的一两天,保证可以上市,那才会卖得好。再比方辣椒。以前这里是很少种辣椒的,因为广东人不喜吃辣,但是近年有好多外乡人来广东做事,有些人特喜欢吃辣,辣椒的需求量也就大起来。冼阿芳是较早看到这个"商机"的人,以后她家便年年种辣椒,一连种了好几年。

种菜很辛苦,这个自不必说。从整地开始,包括下种(以及栽植)、施肥、除草、杀虫、直到收获,每个环节都要很细心。其中最辛苦的是两个环节:一个是收,一个是卖。收菜时每天都要起大早,凌晨两三点钟就要从家里出发。来到田里后,需先用一把割菜刀,仔细地把菜割下来,一束一束地捆扎好,再放在河里过一下水,以保持新鲜(另外也可增加重量)。最后放进担在自行车后边的两只竹篓里,——那竹篓相当大,每只能盛百十斤青菜,还要摇摇晃晃地骑行十几里路,才能到达东圃镇的菜市。这在夏天还好,天亮得比较早,三点钟前后,天色已蒙蒙亮了,天地间清清白白的,割菜、捆菜都能看清楚。冬天就不行了,尤其是从元旦到春节之间,昼短夜长,三点钟还是黑夜,割菜时要带上灯才行。早先是用风灯,上面有个玻璃罩,后来又改用手电筒,但都不是很方便,割菜时要时时移动,后来开始使用一种类似矿灯的灯,把灯戴在头上,这就方便多了(灯光一闪一闪的,远远看去,就像一只只飞舞的萤火虫)。还有一点,就是冬天割菜会觉得很冷,广东人惯常会说:"好冻啊……"广东的冬天,虽不像北方各省,会结冰下雪,但也是很冷的。那是一种独特的冷,就是所谓的湿冷,冷气会钻到骨头缝儿里,会让人双手关节酸痛。特别是割菜的时候,还不能戴手套,用不了多久,两只手就被冻得麻木了。有时候一不小心,刀子就会割破

冼阿芳的事　259

手指，割得流出血来，还不知道痛（冼阿芳的手，现在还留有很多伤痕）。接下来的一个环节，是把菜送到菜市。送到菜市的菜，一部分会批发给菜贩，另一部分则自己零售。因为批发的价格比较低，所以还是以零售为主。不过零售要辛苦许多。那需蹲在街边，在地上铺一块剪开的蛇皮袋，一直守在那里。有时候运气不佳，会一直守到中午，或者再迟一点，守到下午两点多钟，才能把菜卖完。

偶尔还要躲避"城管"。

那时候，冼阿芳只有一个念头，就是多赚钱，赚够了钱好建房子。当时，他们全家一直住着一幢旧房子。那还是冼阿芳跟邝守林结婚的时候，邝守林的父母送给他们的。这是一幢老屋，颇有些年头了，遮风挡雨是没有问题的，只是逼仄了些。房子的四壁，以及房内的设施，都因年久而腐旧了，一有大风大雨的天气，就难免让人担惊受怕。何况孩子们一天天长大了，男孩女孩还住在一间屋子里，也越来越不便。还有一点，这时村里已有不少人家儿建起了新房，且都是几层的小楼，新砖新瓦，铝合金的玻璃窗，厚实的防盗门，地面和楼梯铺着瓷砖……其实，冼阿芳早就到几户相熟的人家"参观"过了，眼馋得不行，心里暗暗发狠：我也要建这样一幢楼，让全家住得舒舒服服的，让孩子们每人一个房间！她也向人打听过，建这样一幢楼要用多少钱，有人说要二十万，有人说如果仔细点儿，十多万也拿下来了。听见这话，她心里咯噔一下，立刻就不说话了，事后想起，还不免咂舌。心想这十多万我到哪年哪月才能凑够数啊！但是，这个念头，建新房的念头，一直支撑着冼阿芳，她想尽了各种办法，一毛一毛地存钱。

从大的方面说，要想多存钱，不外两个途径，一是扩大收入，一是控制支出。

说起收入，他们只有种菜这一项。这似乎没什么好说的。但如何把菜卖出去，且要卖得好，使价值最大化，减少损耗，还是有些讲究的。冼阿芳做到了这一点。也就是说，她总能把菜卖到最好的价钱，获得最大的收入。具体说来，她有这样几种做法。第一，她会想方设法占到一个好的位置。如果卖菜的人很多，好位置是非常重要的，这个道理谁都明白。有时候，为了一个好位置，人们甚至会吵架。当然，因为他们都是流动的菜贩（广东人称其为"走鬼"），好位置并不是经常有的。第二，她的菜卖相好。在卖菜之前，她都会把菜进行精心捆扎，然后一捆一捆地摆放在摊位上。捆扎时，她会把打蔫儿的菜叶去掉，因此菜看上去又干净又整齐。第三，她会主动跟买主搭讪，用他们的话说叫"捞人"。只要有人从摊位前经过，她都一定会主动说："老板睇下我的菜啦……买不买都无所谓嘎……"意思是，老板看看我的菜，买不买都无所谓的。这当中，有的人可能会不理不睬，她也并不在意，但也有人因此就过来了，这才是重要的。第四，她会夸赞自己的菜。买菜的人过来之后，一般都会看一下菜的状况，翻拣翻拣，看看品相如何，是否新鲜。这时候，她都会趁机夸自己的菜："这菜好新鲜嘎……都是自己种嘎……无施过农药……好嫩嘎……"如果这人决定买她的菜，在给菜称重的过程中，或者在给对方找零钱时，她还会说几句话，诸如"以后就买我的菜吧，我天天来的……"，"老板一睇就是坐办公室的，吃多青菜对身体好啊……"

据邝美芬讲，在读小学的时候，包括后来读初中，在寒暑假期间，她经常跟妈妈去卖菜，见识了她卖菜的一些事。妈妈的一些做法，让美芬很尴尬，觉得没面子。美芬记得，在她读初一那年，在一次跟妈妈去卖菜的时候，遇见了他们的语文老师兼班主任。这老师是个女的，30多岁，因为美芬学习刻苦，守纪律，成绩好，她比较看重她。那天是老师先看见美芬的，就走过来了。老师还热情地叫了美芬一声："邝美芬！"美芬一看见老师，马上从小木凳上站起来，红着脸说："老师好！"美芬不知道老师为什么会出现在这里，但她断定她不是来买菜的，也许是偶然从这里经过吧。老师来到她们的摊位跟前，又对美芬说："美芬帮妈妈卖菜呀？暑假有没有出去玩啊？"美芬小声回答说："是啊……没出去……"老师哦了一声。这时妈妈插了进来，不失时机说："是阿芬的老师啊？买点菜啦……"美芬看见老师愣了一下。妈妈似乎也看见了，马上改口道："不用买，不用买，送给你的……"说着迅速拿起一捆青菜，递给老师，"这些……够一餐了……回去炒一炒……"老师看了看妈妈说："你们这么辛苦……"一边说一边取出钱包，拿出5元钱，放在妈妈手上，随即拿起那捆菜，便转身离开了。走了两步又停下，回头对美芬说："美芬别忘了写暑假作业……"美芬慌不迭地答应道："哎……"美芬当时又羞又气，待老师一走，马上就厉声对妈妈说："你可真丢脸！……"气得差点儿就要哭了。没想到妈妈却说："嗨……反正她都要吃菜的啦，买谁的不是买？买我们的还好过买别人的，我们不会骗她……"美芬说："你敢讲没骗？你那点儿菜值5元钱吗？"妈妈说："那是她自己给的，我又没问她要……"美芬还想说什么，妈妈没让她说。"好啦好啦，你以后好好听她上课就行了……"那以后好几天，美芬都没跟妈妈讲过话。

  而说到控制支出，简单说就是要"省"，要节衣缩食，要斤斤计较。这方面冼阿芳也不含糊。家中的生活用品，锅碗瓢盆，油盐酱醋，香皂、肥皂、洗衣粉，总之所有用得着的东西，她都要亲自去买，买的都是最便宜的。其他方面，比方孩子们的学习用具，钢笔、铅笔、圆珠笔、橡皮、本子、文具盒，包括书包，她也要亲自去买，当然也都是最便宜的（她还有个规定，所有的东西都要以旧换新，就是说，要用到不能用的时候才可以换）。那时村里已经开了几家"士多店"（即小卖店），她很喜欢到士多店去买东西，一来开店的都是乡亲，她跟他们都很熟悉，二来这里的东西比较便宜。而最关键的是，在这里买东西可以讲价。说到讲价，冼阿芳可是个行家里手，绝不含糊的。买任何东西，哪怕是一根圆珠笔芯，她也要跟人讲价。她有个理论：讲不讲是你的事，只要你讲了，你就有机会，至于能不能讲下来，那则是另一回事了，可如果你不讲，那就是你自己找亏吃。她还有个口头禅："拣输行头，惨过败家。"用普通话来说就是，吃亏抢先，惨过败家。不知道多少次，她对美芬等三姐弟讲过这个话。由于她买什么都讲价，最后弄得人家都不愿卖给她东西了，常常给她脸色看，一见她进来就会说，今日不讲价了哦，要么就不卖你东西了。她一时有点儿尴尬，讪讪地说，做生意嘛，赚个人气也是好的，我就算帮你赚人气了，呵呵……

　　总之，在这方面，冼阿芳是出了名的，整个上梅村无人不知，为此有很多人在背后讲她的闲话。这些话当然会传到冼阿芳的耳朵里。不过她似乎并不在意，该怎么做还怎么做，遇到利益相关的事，仍然分毫不让。就连美芬的同学，在闹别扭的时候（平时还好），也会取笑她，叫她"悭女"（美芬开始还不知道什么意思，后来查了字典，才知道悭就是吝啬）。这让美芬觉得很恼火，还因此跟同学打过架，有一次把衣服都扯破了。同时，美芬对妈妈的种种表现，也越来越反感，说她"全身上下每一条布丝里都充满了庸俗的气味"，"每天只想着钱钱钱"（邝美芬的日记）。加之那时她正处在青春叛逆期，曾经无数次跟冼阿芳吵嘴，再就是生闷气，还若干次在日记里说"我点解会有咁嘅阿妈？我憎死佢！"译成普通话即是，我怎么会有这样的妈，我讨厌死她啦。最严重的时候，还萌生过离家出走的念头。

　　在初二的下学期，某个星期天，美芬，她竟然真的离家出走了。而且，出走前还做了充分的准备——前一天晚上，她就把仅有的一件用

冼阿芳的事　　263

来换洗的衣服和一条短裤放进了书包,还有积攒了多年的几元钱。吃完早饭,她就坐上了去市里的公交。这是她早就盘算好的,她要在广州应聘个"工作",最好是管吃管住的,自己赚钱养活自己,再不跟着妈妈丢人现眼!记得那天,她坐车来到广州,在一个看上去很光鲜也很繁华的地方下了车。不过,尽管以前她跟同学来过这里,可现在她才发现,她对这里并不熟悉,更不知道怎样去找工作(实际上,一下车她就傻了眼)。后来她鼓足勇气,去问了几个餐馆,包括酒楼,不料都没有成功。他们或者是嫌她瘦小,或者问她有没有担保人,总之最后都是摇头作罢。只有一个小餐馆有意要她,可那个老板长相猥琐,一双眼睛色眯眯的,不像个好人,一开口就叫她"小妹妹",还伸手托住了她的下巴颏,把她的脸极力向上抬,吓得她心都不跳了,浑身抖个不停,磕磕巴巴地说,我,我要,去厕所……说罢转身就逃,几步就跑出了餐馆,来到街上,长长地出了一口气。以后就不敢再问了,想想都觉得后怕,一直在街上转悠。中午买了个面包,另加一瓶水,花了四块多钱,坐在街边吃了。但是还不想回家,下午继续在街上逛荡,一边思虑自己该怎么办,总是拿不定主意,又不甘心。直到天快黑了,一些商铺已经亮起了灯,心想家里一定在吃晚饭吧,肚子不由有些饿,算一下身上的钱,还够再买一个面包的,不过坐车的钱就不够了。这样又过了一会儿,回家的念头竟越来越强烈,最终心里一"软",坐上了回家的车。那天,她回到家已经晚上八点多钟了,又累又饿的。进门时妈妈正在收拾厨房,一看见她,立刻斥骂道:"你个死妹钉……咁晚先翻屋企!去佐成日!有无食饭啊?无食快滴食!食完就去洗碗啊……"意思是,你这个死丫头,这么晚才回家……吃没吃饭啊?没吃赶快吃,吃完把碗洗了。她喉咙一哽,差点儿没有哭出来。

三

苍天不负苦心人。经过多年的积累和准备，冼阿芳家到底建起了一幢小楼，三层，总面积300多平方米，三楼还留好了"茬口"，打算将来有必要的时候再接起一两层（比方儿子结婚什么的）。这是冼阿芳的主意，是她跟邝守林商量之后做出的决定。当时冼阿芳说，我们手里没那么多钱，建三层有富余，建四层肯定不够，还是先建三层吧，家里总得有点儿余钱啊，不然一旦用钱怎么办呢？病了灾了的，总不能朝别人借钱吧！邝守林点头称是。房子建了9个多月。整个建房的过程，从挑选建房的材料，到物色施工队，再到对建房过程的监工，包括后期的装修，总之一切琐细的事，基本都是冼阿芳一个人在张罗。因为这时邝守林已经病了。

那个病来得突然。那是在一天早上，大概8点多钟，两夫妇刚刚从暂时租住的房子来到建房的工地，邝守林忽觉喉咙一热，还没完全反应过来，就呕出了一口鲜血。冼阿芳吓坏了，赶紧把他送到了医院。医生给邝守林做了检查，并没查出什么问题，只说人太辛苦了，内心郁结，有燥火，在医院打了几天吊针，又开了些口服药，就让回家休养。其实事情并不是那么简单（后来的结果也证明了这一点）。回家以后的邝守林，几乎什么都不能做了，好像浑身没有一丁点儿力气，稍微动一动，就要喘好久，还不停地出虚汗，因此只能整天躺在床上。建房的事也只好撒手不管。只有到了晚上，冼阿芳回来以后，才会跟他讲一讲这一天都发生了什么事情，有些事再征求一下他的意见，问问他有什么主意。邝守林因为有病，心情不好，偶尔还会为什么事情大发脾气。冼阿芳一改从前的习惯，一遇到这种情况，很快就不吭声了，连声说，就按你说的办，就按你说的办……在那9个多月的时间里，真把冼阿芳给累坏了,也忙坏了,整个人就像脱了一层皮,变得更黑更瘦(除了建房,她还要照顾菜田呢)。可房子毕竟建起来了,一家人搬进了宽敞的新居。对冼阿芳来说,这才是最重要最有意义的,再苦再累也值了。

搬进新房那天,一家人吃入火饭,吃火锅(广东人叫打边炉),全家人都特别高兴,简直有点儿兴高采烈的意思了,邝守林虽然身体不好,也强撑着坐在桌前,不时呵呵地笑两声,也许是太高兴了,脸上还出现了少见的红晕。冼阿芳像往常一样,张张罗罗的,往火锅里加水、续菜。在吃到一半的时候,冼阿芳突然离开了饭桌,起初大家都没在意,以为她上厕所了,或者去了厨房。可是半天她也没回来,邝守林就让美芬去看看。美芬先来到厨房。一进来她就看见,冼阿芳正在那里哭。看见美芬,冼阿芳愣了一下,但什么都没说。美芬后来想,她是因为高兴才哭的吧……

后来有一次,冼阿芳对三姐弟说,你们的老爸也是很能吃苦的,当年他隔几天就要骑车到杨箕村的养鸡场去驮鸡粪,驮回来的鸡粪发酵一下,上到田里,菜就长得好,可以多卖钱呢!三姐弟听见这话,同时静默下来,似在遥想什么。当年的杨箕村还不是现在的样子,就跟如今的上梅村一样,是广州的近郊,有好多的养鸡场,因为他们的一个姑妈家在那里,他们去玩过,都有印象。他们也都看见过爸爸驮着鸡粪回到家里的情形:只见他浑身是汗,小褂儿都贴在背上了,坐在自行车的车座上,一脚一脚地踩着脚蹬子,车后架上挂着两只装满鸡粪的箩筐,晃晃悠悠地去了储粪坑……

在冼阿芳这样说的时候,邝守林已经不在人世了。

邝守林是在新房建好四个月后去世的(当时邝美芬正在读高三)。他最后被确诊为咽喉癌,去世前又在医院住了几个月,每天做"化疗",服用各种抗癌药,可到底也没治愈。到了晚期,偶尔还会大出血。说不上什么时候，突然就会从嘴巴和鼻孔里涌出血来，量很大，要用脸盆接。去世前，人已经瘦得不像样子，眼窝深陷，骨节突出，皮肤蜡黄，十根手指变得又长又细，状如枯枝。当时全家人轮流来陪护他。冼阿芳因为还要操持家里的事，不能整天待在医院，但只要一有空儿，就会赶过来。在做完了该做的事——诸如给邝守林擦脸擦身体、喂他吃饭、换衣服、换床单、处理大小便、偶尔还剪胡须剪指甲……之后，便会坐在邝守林的身边，握住他的一只手（有时左手，有时右手），跟他说话儿。两个人嘀嘀咕咕，不知道说些啥。当时邝守林已经不大能吃东西了，但是冼阿芳还会调着样儿给他做好吃的，蒸排骨、剁肉饼、清蒸草鱼、云耳蒸鸡……况且医生说多吃有营养的东西对病情有好处，可以增加抵抗力。尽管邝守林每次只能吃下一点点。在邝守林去世的当天，冼阿芳还给他煲了一锅花旗参木瓜排骨汤。可惜的是，她刚刚把汤提进病房，邝守林还没来得及吃，就突然出现了状况，马上被推进急救室，不到一个钟头就去世了。等在急救室门口的冼阿芳，一听到邝守林的死讯，当即大喊了一声："邝守林！"然后便瘫倒在地，晕厥过去。当时三姐弟也都在场，他们立刻就哭起来。后来，全家人到病房收拾邝守林的遗物（以便把病床给别人腾出来），发现那个盛汤的保温饭盒还放在病床的床头柜上，外面套着一只塑料袋，塑料袋的上边打了个结。……第三天，邝守林被火化了。整个过程冼阿芳都没再哭。只是在回到家里以后，一连几天（好些天），她会对着邝守林的相片说："我地咁多年……你唔喺度了，叫我点算啊？"意思是，我们这么多年，你不在了，我可怎么办啊？说完会流出眼泪。

就在那一年，邝美芬考上了大学。那所大学就在广州，是一所师范学院。考试时间是在邝守林去世后两个多月。邝美芬说，可能因为耽误了一些复习的时间吧，她考得不是很理想。但她仍然比较满意。重要的是，她觉得这件事冲淡了家里悲伤的气氛。接到录取通知书以后，冼阿芳就开始帮美芬准备行李，包括被褥、床单、衣服、鞋袜、背包、牙具、毛巾等，能接着用的就拆洗一下，实在不行就买新的。在美芬上学的前一天，吃晚饭的时候，冼阿芳说："你爸要是再迟几天……就知道你考上大学啦……"美芬心里震动了一下。冼阿芳又说："你爸他……读书就读到小学，同我一样。可他学习不好。不是他不聪明，是对学习无兴趣，觉得读书无用，又费钱又费时间。读了五六年书，写信都写不明。……那时有个人介绍我们相亲，见面之后大家都留了地址，他一到家就写了封信给我，写得好长呢，一张作文纸。信里讲对我的印象好好，说我好白净，说他好想同我结婚生仔……意思是好的，就是错字太多了，不通顺。搞到我猜了一整晚，才明白了他的意思……"冼阿芳说到这儿，竟然低下头，轻轻笑了一下，很羞怯很甜蜜的样子。看见冼阿芳的笑，邝美芬心里一时既安慰又酸楚，几乎流下泪来。安慰是因为她认为妈妈总算缓过来了，酸楚呢，则因为她发现妈妈仍然沉浸在她与爸爸的生活里。

　　接下来，在美芬读大三的时候（恰在这一年，邝柏泉也考上了大学，是一所医学院），家里又发生了一件事，一件很大的事：上梅村被并入了广州市。最初是召开了两次村民大会，区里还来了干部，从前的村长在会上讲了话。他说，由于城市发展的需要，我们上梅村就要并入广州市了，从今以后，我们就是广州人了。接下来，由民政局的人宣布，自此取消上梅村，成立上梅居委会。个把月后，又来了一些穿工装的人，踩着自己带来的梯子，在每一家的房门上方都钉了一块蓝牌子，巴掌大小，上面印着字，诸如"上梅一街××号"，"上梅二街××号"……看去很是悦目。其中最大的改变，是把原来各家各户的责任田收归了村里，由村里统筹使用，并参照其他城中村的做法，成立了一个

"股份合作经济联社",具体负责一应经营事宜,村民则可享受土地及各项收益所给予的分红,并且制定了分红的细则。对于这个变化,有些人是高兴的,那主要是年轻人,他们觉得,现在自己终于有了城市户口,从此就跟那些城市仔一样了,就无须以种菜为生了,就可以摆脱世世代代在土里刨食的命运了,此外也可以大大方方地穿时新衣服而不被父母骂了,因为我是城里人了嘛。另有一些早早就开始做生意的人,他们也是高兴的,他们有的开小工厂小作坊,有的开公司开商店,本来已很富裕,早就不以土地为生了(土地租给了其他村民),这样反倒省了一份心,可能还对业务有好处。当然也有人不高兴。不仅不高兴,甚至很恐慌。这些都是以种菜为生的人,没有其他本事,家里也没有多少积蓄。他们很担心,一旦没有菜种,光靠分红,能不能养家糊口?另外,一旦不种菜了,他们每天该干些啥?

冼阿芳就是其中一个。

那几天把冼阿芳给愁的……她是饭也吃不下了,觉也睡不安了,整天在那儿胡思乱想,想又想不出个所以然,只能干着急。后来实在没主意了,就在一天晚上,给邝美芬的宿舍打了一个电话,讲了开会的事,讲到后面,居然还抽泣起来。邝美芬很着急,但因为不了解情况,一时也不知怎么办好,只好对冼阿芳说,等我回家再仔细说吧。当时邝美芬一个月才回一次家,按说她可以每个周末都回家的,学校离家本来不远,来去坐公交就行了,但她一直没那样做,她是个心里有数的人,不想浪费这个时间(一回家就不能学习了),另外也可以少听一点儿冼阿芳的唠叨,避免跟她发生摩擦。

这个星期五的晚上,邝美芬回到了家。一进家门,就见冼阿芳一声不响地在客厅里坐着,眼神呆呆地望着窗外,听见门响,马上转过脸来说道:"咋这么晚才回?"邝美芬一边换拖鞋一边说:"学校有事,辅导员不让走。"冼阿芳说:"学校能有啥事?你就是对家里的事不上心!"邝美芬不由有些生气,说:"有事就是有事,我骗你干吗呢!"冼阿芳说:"学校多热闹啊,又有男同学,多开心啊!"邝美芬说:"你再这样讲我就回学校了!"邝美芬这样一说,冼阿芳才不吱声了。母女都安静下来。

过了片刻,冼阿芳突然说:"你说,现在我们咋办啊?"邝美芬没有马上说话,停了停才说:"你都没同我讲咋回事,一回来就同我吵……"冼阿芳笑了一下,似有些歉意,然后讲起了事情的来龙去脉,讲了很长时间。讲完后,望着邝美芬,等她说话。邝美芬想想说:"这事谁也没办法……"冼阿芳说:"我知道没办法啊……"邝美芬说:"你刚才讲分红,他们没讲咋分吗?一年能分多少钱?"冼阿芳说:"他们讲是按人头入股,没讲分多少钱。我也问过别人,都说不清楚。有的讲以前的城中村,杨箕和猎德,好似都不错,钱分得很多。我们这里就难讲了,就要看有没有人用我们的地了……"邝美芬略想了想说:"我明白了。那可能不会很多,我们这儿位置偏,不会开发很快的……"冼阿芳说:"就是啊……那我们可咋办啊?"邝美芬说:"我也不知道咋办,实在不行我就退学吧,去广州打工……有阿泉一个人读书,就得了……"冼阿芳说:"你真这么想的?"邝美芬愣了一下,看看冼阿芳,没说话。过一会儿,冼阿芳轻轻地摇了摇头,说:"唉,你差一年就毕业啦……"邝美芬心里一动。

四

到了第二年,果然不能种菜了。

不能种菜的冼阿芳，曾经想过去做好几样事情，想过开一个鲜肉档卖猪肉、想用自家的房子开一间士多店、想过做凉粉卖凉粉、想过卖水果，但都因为种种原因——诸如，有的需要资本，可家里却拿不出那么多钱，有的因为没经验，不敢轻易做——都没有做，最终找到了一个帮人换煤气的营生。

说来那也是偶然。就在那段时间，冼阿芳回了一次棠东的娘家，去看望她的哥哥嫂子。哥哥嫂子跟她一样，也都老了，几个人一见面，都感觉很亲切。哥嫂特别热情，一定要留冼阿芳吃晚饭。吃饭的时候，冼阿芳说起了她最近遇到的难处。一起吃饭的侄子听了说，他的一个大舅子，也就是他老婆的哥哥，在东圃镇经营一家煤气供应站，煤气站最近扩大营业范围，在很多地方开设了"代供点"，上梅村那边也会开，如果冼阿芳愿意做，他可以跟大舅子联系一下。侄子还补充说，现在城中村还没发展起来，一时半会儿不会铺设管道，也许好久都要用煤气瓶，这桩生意很值得做，关键是它不用投资，也不用技术，只要肯吃辛苦就行。冼阿芳因为不了解换煤气的具体情况，便询问了一下，主要问了能不能赚到钱，钱怎样的赚法儿等。侄子大概给她解释了一下，说当然有钱赚了，至于如何赚法儿，赚多赚少，他就不清楚了。冼阿芳略微想了想，说她愿意做，让侄子尽快跟大舅子联系。到第二天，侄子就打电话过来，说跟大舅子联系好了，让冼阿芳到东圃镇来，跟大舅子面谈，他陪她一起去谈。冼阿芳急忙来到东圃镇。见面后，大舅子向冼阿芳介绍了代供点的工作性质。据大舅子介绍，代供点主要是赚取劳务费。有要换气的，就去把煤气瓶取来，灌好气后，再给送回去。一取一送，每瓶两元钱（以后可能会增加）。至于赚多赚少，全看换煤气的数量，换的多就赚得多，换的少就赚得少。冼阿芳迅速在心里合计了一下，知道钱不会很多，可她眼下并没别的事情可做，重要的一点是，她想起了侄子说过的话，这不用投资，也不用技术，只要肯吃辛苦就行，而她认为自己是能吃辛苦的。

从东圃镇回来的当天，冼阿芳就按照大舅子介绍给她的经验，找个便宜地方印了一些卡片，一面分两行印了8个字，第一行是"芳姐煤气点"，第二行是"换煤气"，另一面印了家里的电话号码，取出来之后就上街去发。不管以前熟不熟悉（其中有些是在村里租房子的），只要见到人，她就拿出卡片，递给人家，满脸堆着笑说："换不换煤气呀？换的话就找我。我随叫随到。上边有我电话号码噶……"遇到熟悉的，还会多说几句话，"我以后就帮人换煤气了。别的事情也做不来。最好多多帮衬我啊！"有时候，对方也会跟她说几句话。有的说："放心放心，大家都是街坊，我一定帮衬你。"有的说："是呀是呀！总得找个事情做啊，不然怎么办？你这个事情找得好！往后我换煤气就找你啦！"经她一宣传，村里很多人就知道了她换煤气的事。而且，恰巧有几个刚刚把煤气用完的人家，果然打电话给她，让她帮忙换气。换煤气总要有个工具。这个冼阿芳早就准备好了。那天晚上，她就把以前邝守林驮鸡粪的单车推出来，仔细擦拭了一番，给车胎打上气，还给某些部位（车轴和链条等）上了一些菜油，又找来粗铁丝，让邝柏松帮她做了两个铁钩，用来挂煤气瓶。接到电话以后，她马上骑上单车，去到要换煤气的人家，把煤气瓶取过来了。她还准备了一根铁链，一取回煤气瓶，就用铁链串起来，链在一楼的防盗网上，接头处还锁上一把锁，怕被小偷给偷走了。随即就给大舅子打电话，告诉对方她收了几个瓶，让他派车来取。等对方把灌满了气的煤气瓶送回来，她再骑上单车给送回去……

这样，从那天起，冼阿芳就成了一个换煤气的人。

一直到现在。

人们经常可以看见，冼阿芳骑着一辆单车，在上梅村的街巷里穿来穿去，风尘仆仆，身着一件蓝裙子，脚穿一双胶鞋，夏天戴着一顶很大的草帽，冬天扎一条围巾。车子骑得很快，一副匆匆忙忙的样子，车轮遇到路面的坑洼处，便要颠簸一下，有时候很轻微，有时候很剧烈，但她丝毫不以为然。可能是因为她瘦小吧，那辆单车显得颇巨大，用邝美芬的话说，看去就像一辆卡车，还是重型的。另外，在单车的车把上，经常挂着一个环保袋，已经很旧了，里面常年装着一副白色麻手套，一两个蛇皮袋——扛煤气的时候，需把蛇皮袋垫在肩上。

据邝美芬讲，冼阿芳的煤气生意现在越来越好，客户越来越多，每天能换二三十瓶。换煤气的劳务费也涨了，一瓶8元钱（六楼以上的，还要另加两元钱）。冼阿芳好似越来越喜欢做这个事，热情非常高。她也非常忙，整天在外面跑来跑去，有时候正在吃饭呢，突然来了个电话，她会马上放下饭碗，骑上车子就走。如果你劝阻她，等吃完饭再去嘛，干吗这么急？她就会说，你没听见吗？人家还等着煮饭呢，不然一家人吃什么？迟了他就叫别人去换了！

这期间，邝美芬大学毕业了。毕业当年，就考上了广州市属的一家公办学校，当了一名英语教师（她个人觉得很自豪）。但因为学校不提供宿舍，便又搬回到家里来住了。回想大学四年，她自觉成熟了许多，对很多事情都有了新的认识。比方对冼阿芳的看法，就不再像从前那样了，对她有了更多的理解，还分析了她为什么会有这样的性格，知道她就是这么一个人，知道她所做的一切都是为了这个家，知道她那么节俭，那么苛刻，都是为了让将来的日子过得好一点儿，知道她不容易——曾经经历了那么大的痛苦——为此，美芬常常会对她产生深深的同情。在美芬的想象中，冼阿芳这几年已经不像从前了，似乎变得柔和了。可能因为她老了吧？

邝美芬曾经想过,不让冼阿芳再去给人换煤气了,觉得她那么辛苦,觉得自己现在挣钱了,可以为家里做点儿贡献了。有一天,趁着吃饭的时候,她就把这话对冼阿芳讲了。美芬当时说:"妈,以后就别换煤气了,这么辛苦……"冼阿芳最初愣了一下,随即说:"不换煤气我做什么?"美芬说:"找一个轻松的事情做嘛……"冼阿芳说:"做这个我都习惯了。再说,这个很赚钱的,月月两三千哦,做别的肯定赚不来这么多,还很自由……"美芬说:"加上我的工资,钱也够用了吧?"冼阿芳说:"不够!阿泉上学要用钱的……我还想加建两层楼……过几年阿泉阿松又要结婚……"美芬说:"你还想这么多?那是他们自己的事,让他们自己去想……"冼阿芳说:"不想怎么行?都是我的仔,我就是要看到他们都好好的,以后不受这么多苦……你爸那年,也是这么跟我说的……"因为说到了邝守林,美芬心里忽然有点儿难过。一时间,冼阿芳和邝美芬都沉默下来。

过了一会儿,冼阿芳好像突然想起来似的,并且换了一种声调和语气说:"……这些日子事多,还没顾上跟你讲……你大学毕业又找到了工作,下一步就该找人结婚了。以后你不用下了班就回家,学校不是有男老师吗?找时机多跟他们讲讲话。工资也不用全都交家,留一些自己买几件好看的衫。我跟你讲,女人终归要嫁人的,趁着自己年纪轻,还能多选几个,晚了你就没得选了。女人可没有几年好时候,一过气,那就是漏水的船。你听明白了吗?你别不把这个当回事,眼光也别那么高,什么人都看不上,那样不行!我见你一回到家,连个找你的电话都没有,那你还买部手机有啥用处?……"

这种声调和语气,都是美芬以前听惯了的。

美芬听后,第一个反应就是:哦,又来了!

美芬后来曾经想,看来还真是那句话,江山容易改,禀性最难移呀!

后记：作品写完了，似乎言犹未尽，还想再啰唆几句。一、小说中的几个人我都熟悉；除了邝守林，其他人我都见过面。二、记得在最初听到冼阿芳的事情时，我曾经笑得前仰后合，可是笑着笑着，心里却忽然有了一点儿酸涩。三、我还想说，像冼阿芳这样的女人，天南地北都有，大概要数以千万计，她只是她们中的一个。

（刊于《当代》2012年第4期；《小说选刊》2012年第8期，《小说月报》2012年第9期选载。）

咸水歌

一

广东番禺流传一种民歌,当地称作"咸水歌"。

番禺原是一个县,近年区划调整,变成了广州的一个区,就叫番禺区。

番禺是个老地名,早在秦朝就有了,时称南海郡番禺县,后来又是南越国王赵佗的治下之地(赵是秦治下的一名县令,秦亡后自立为王)。那以后,又经历了"汉""南北朝""隋唐""两宋"……想想,确实够老的了。当地一直有个说法,先有番禺县,后有广州城——此说应有道理。

番禺近海。海边沙地平阔,水汊纵横。早些年,那时候经济还没有现在这么发达,海边尚有大片良田,沟渠水畔杂草浓密,颜色深深浅浅。草间飞舞着各种鸟类以及飞虫,禾花雀、画眉、伯劳鸟、钓鱼郎,蜻蜓、金龟子、三星瓢虫、七星瓢虫……夕阳西下时分,胭脂似的阳光照射着它们展开的羽翅,极薄极薄,一片透亮儿。

海边的乡亲多以种田捕鱼为生。捕鱼是男人的事,种田则以女人为主。在风和日丽的春天,或晴空万里的秋日,田间堤埂,处处都是女人的身影。她们打着赤脚,身穿蓝色的粗布衣裳,裹着一块遮阳的头巾,一会儿站起来,一会儿伏下去。累了倦了,便直起身子,呆呆地看着远在天边的懒洋洋的云朵。看着看着,忽然眯起了双眼,随即,便从喉咙里冲出了一串歌声:

正月望郎郎不返（哪），
年年正月往复返；
望尽海空鱼和雁，
并无音信寄回还……

二月望郎郎不返（哪）
又防上落甚艰难；
别离叮嘱言千万，
但逢风雨早埋湾（啦唉）——

一腔的思念，一腔的痴迷，一腔的幽怨，一腔的情不自禁……夸张一点儿说，各种滋味，这里面都有了。

这便是咸水歌了。

去年7月，我工作的单位与番禺区联合搞了一次活动。其中一项内容，就是听唱咸水歌。那天，我们在番禺地界儿转了整整一天，晚上来到了一家乡村风味的饭店，坐在用毛竹间壁起来的大厅里，一边喝酒吃菜，一边听两位女歌手在台上唱歌。

两位歌手一老一小。老的五十多岁，小的三十岁上下。老的腰上扎了一条滚了黑边的蓝布围裙，手里拿个花手帕。人已经发福了，长着一副双下颏儿；最动人的是她的眼睛，乐呵呵的，且很明亮，唱歌的时候，还不时抛出个眼风，让人觉得有趣儿。

小的却是苗条的，又不是很瘦，身穿一件浅粉色小褂和一条荷叶绿的宽腿长裤，上衣用银线绣了一朵浅浅的荷花；一双眼睛水汪汪的。细看时，会发现她和那个老的哪里有一点儿相像，可能就是眼睛吧，都是双眼皮儿，都那么灵动，就像会说话儿似的。

询问得知，两位歌手是一对母女。其中，母亲名叫董善丫，女儿名叫冯云云。据区文化局一位姓何的先生讲，现如今，已经没几个人爱唱咸水歌了，会唱的人越来越少，唱得好的更是少之又少，也许只剩下这母女俩了，所以，一有类似今天这种活动，就会把她喊过来，给大家唱几曲，展示一下地方文化，也让她们过一过瘾。

脸色红润的何先生说："这是没办法的事儿，一个时代有一个时代的玩法儿啊……"看他说话的样子，俨然就是一个哲学家。

然而那对母女歌手正唱得起劲儿。两个人在唱"对唱"，一个唱男声，一个唱女声；唱男声的是母亲，唱女声的是女儿。

这会儿女声正在唱：

转归房中自偷弹，
含愁打叠哥衣衫，
苦别分离情切惨，
步步踏碎胆和肝……

接着男声唱：

今日同妹分离散，
举头日落西斜晚，
你睇山林雀鸟呱呱叫，
千里一别劝妹早回还……

母女二人均唱得情真意切。尤其是母亲，故意唱得粗声大气，就像个男人，还连唱带表演，偶尔把那条花手帕轻轻一抖，再根据歌词的意思做一点表情，蛮动人的。女儿的声音则显得很轻柔很娇嫩，略微有点儿尖，也没有什么动作，板板正正的，不过，唱到悲情处，却会不知不觉地——我相信是不知不觉——流出眼泪，亮晶晶地挂在那儿，让人感动了。

何先生介绍：流传在番禺一带的咸水歌不下几百首，有名有姓的歌手就有几十人。在他小时候，隔几年就要举行一次赛歌会。临时用木板搭个台子，台子下面全是人。赛歌会要举行好几天，就跟过节一样，嗨，那个热闹！

二

早先年，这里有一个唱咸水歌的，唱得好，名叫曾五娇，是个女子。很多人还记得她。

五娇生于农家，父亲母亲打鱼种田，她在家排行第五，是最末一个孩子，广东话称作"蕹女"（男孩便称蕹仔）——"蕹"字读"乃"的平声；这个字形也很有趣，"子尽"了嘛，就是没有了。

五娇的父母都很勤勉。父亲老实巴交，性子有点儿蔫，不爱讲话，尤其不爱跟人争辩，却知道下苦力，每天从早忙到晚，一到天黑，早早就睡下了，对其他事情，包括一些新观念，好像都没多大兴趣，用现在的话说，就是属于那种爱"溜边儿"的人。在家里说话算数的是母亲。母亲性格开朗，喜说话，尤喜大声说话，直嗓子来直嗓子去，行事也颇果断，快刀斩乱麻，家里一旦遇到什么事情，父亲吭哧了半天还没说清楚，她一句话就给定下了（对错且不管它）。母亲跟父亲一样能干，甚至比父亲做得还多，除了下田，还要煮饭，喊仔，缝补浆洗，养猪养鸡，总忙得她团团转。不过，尽管两夫妻起早贪晚地忙，一家人的生活还是过得挺紧巴，吃糙米饭，住草顶屋。

五娇的前头是四个哥哥。大哥，二哥，三哥，四哥，四个哥哥一水水，一个比一个大两岁。四个哥哥都没进过学堂，长到七八岁，就陆续帮家里做事了。小时候，四个哥哥就像四只猪崽儿，一个个虎头虎脑，一到吃饭的时候，四个人便围坐在桌子前头，头不抬眼不睁，只在那儿狼吞虎咽地闷吃，胃口好得不得了。四个哥哥都像父亲，性子蔫蔫儿的，不爱说话，也不知道叫苦，眼睛却骨碌骨碌的，显得特别有主意。

五娇出生在"民国"二十五年，即公历1936年。

因为有了四个哥哥，五娇在家里很娇贵。在四个"秃小子"之后，突然来了一个娇滴滴的女孩子，父亲母亲都挺高兴，四个哥哥也觉得新鲜。大家便有意无意地宠着她。甚至，家里有什么好吃的，也要先尽着她吃。在这一点上，大家仿佛达成了共识，似乎不这样就是不对的。当时是很讲究男尊女卑的，他们家给反过来了！以前一直少跟孩子亲近的父亲，也喜欢过来逗弄逗弄她，捏一捏那光溜溜的小脚丫，还呵呵直乐。待她长大一点儿，一张小嘴叽叽喳喳，就像喜鹊一样，更是招人喜爱。每天一睁开眼睛，房前房后就都是她的声音。而且特爱管闲事儿，不论大事小事，只要她看见了，觉得哪儿不合适，就一定要说。对那四个哥哥，管起来更不在话下。她会经常站在四个身强体壮的哥哥面前，尖声尖气地训斥他们，四个哥哥则一声不吭，乖乖地听着。四个哥哥怪委屈，觉得妹妹这么霸道！可是他们都喜欢她啊（或者说都心疼她），也就心安理得了。从性格上说，只有她最像母亲。

五娇越长越好看了。

五娇的好看不似城里的女子，她没有她们那样娇嫩，也不如她们白，却比她们结实，胳膊、腿儿，包括两个小小的乳房，都是紧称称的，说不出的标致！虽经风吹日晒，泥里来水里去，脸颊却特别光洁，隐隐闪现着一种淡淡的巧克力色的光晕，就像一片上了釉的细瓷。两只眼睛也美得出奇，水汪汪亮晶晶，一尘不染；微微有点儿吊眼梢儿，显出了骨子里的那么一点儿倔强气。

再就是那一副好嗓子。

好嗓子都是天生的，五娇也不例外。自小，五娇的嗓子就极脆亮，笑起来银铃儿似的，哏哏哏，哏哏哏，仿佛满世界都听得见。就是哭，声音也特别响，喉咙充分打开了，哭声冲口而出，哇哇哇，就像有人在吹唢呐，房顶的茅草都会簌簌地抖。几乎每天傍晚，一到快吃晚饭的时光，她都会喊几个哥哥回来吃饭："大头二头三头四头……家来吃饭啦——"哥哥们有时是在田里干活儿，有时是在村子的哪个角落里胡闹，不管在哪儿，他们都会听到她的喊声——那喊声穿过街巷，掠过树梢，飞过屋檐，左弯右转，终会抵达他们的耳鼓，而且依然那样响亮。

几个哥哥侧耳一听，马上纷纷说："呀，妹头喊饭了，回吧回吧……"

五娇长到十三四岁，突然喜欢上了唱歌儿。唱的就是咸水歌。十三四岁的五娇，早已出落得亭亭玉立，站在那儿，就像一枝儿馨香的野花儿，也像野花儿一样"皮实"。说来还要早一点儿，她就帮家里干活了，做家务，种田，担着担子赶集市，一点儿不比哥哥们差。如果在田里干活，就会听到人们唱歌儿。说不上什么时候——上午，下午，也许是傍晚，在开阔的田野上，会突然响起一阵歌声，调门儿高高的，就像从草丛中飞起了一只云雀，直冲云端，十分的嘹亮。歌声一起，那些同样在田里劳作的人，就会一个个从禾苗上面直起身来，一边捶打酸痛的腰背，一边侧耳倾听。稍后，还会有人回应她（他），跟着唱，或者与其对唱，一应一答，彼伏此起。

这些歌儿，五娇都听到了。

她觉得真好听！

因为听得多，便都记住了，学会了——学会了曲调，也学会了唱词，只是对一些唱词的"意思"还不十分明白。

五娇跟大多数女孩子不同，她们大多都很害羞，这是天性。跟她们相比，五娇要泼辣得多，天不怕地不怕，自然也就不怕羞，率性而为。有时候，母亲会埋怨父亲："看你把她宠的，没一点儿女仔的样儿，疯张死了，啥都不在乎……"父亲蔫蔫儿地一笑，多半什么也不说，偶尔会摇摇头，说不上他是高兴呢还是不高兴。后来有一天，人们又在田里唱歌，唱着唱着，突然一个尖尖的声音加了进来，调门儿高高的，一上来就把其他人的声音给压住了。这个声音还极清脆，极响亮，极甜美，悠扬婉转。原来唱歌的人都愣了一下神儿，然后就不唱了，都不唱了，怔怔地站在那儿，惊讶地听着那个新声音。

那是五娇的声音。

田野上只剩了她一个人的声音。

从此，若再有人在田里唱歌，五娇就一定要唱，跟着唱。但是，常常她一开口，别人就不唱了，都听她一个人唱。

五娇很快就出了名。短短的时间，她的名字便传遍了方圆几十里的村村落落。大家都晓得某镇某村有一个俊妹头，唱咸水歌唱得好。说她的嗓子多么多么甜，多么多么清亮，调门儿多么多么高。还说只要她一开唱，连天上的鸟儿都不敢作声了——这倒是实话，鸟儿们被吓跑了嘛。嘻！

那时候，人们经常会听到五娇唱歌。不光在田里，在去镇上赶集的路上，她也会唱。有时候吃过晚饭，她会跟一些伙伴儿到村外疯闹，偶尔也唱几句。有时候,她一个人待在家里,难得那样安安静静地做点儿什么事,可是做着做着,不知道心里想起了什么,也许是想起了出海的父兄,也许想起了其他什么人,就会突然间唱起来,声音并不大,听来柔柔的,细细的,就像溪水流过沟渠那样,却唱得那般的投入,全身心地投入。

也可以说,五娇唱歌,并不全是给别人唱的,也是给自己唱的。她在唱自己的心事。或者说,她是在用歌声排遣自己的心事。也许吧!

女孩子长大了,自然会有心事的。

一眨眼,五娇已经十六岁了。

五娇的心事跟一个男孩子有关,当然那也不是个男孩子了,都十八九岁了,是个大小伙子了。那个人姓董,单名一个永字。跟五娇家住邻居。

董永与五娇的哥哥们年纪相当,大家是共同的玩伴儿。小时候,五娇也常跟他们一起打闹。那时候,她常常欺负他,故意踩他的脚,抢他的东西,把他撞倒之后再揪他的头发,然后听他哇哇地哭。每逢这时,她都会哈哈大笑,心生无限的快意,同时还嘲笑他,瞧不起他,把他看作一个窝囊废——广东话叫"衰仔"。不过,在后来的某一天,她的感觉突然变了,完全变了,人还是那个人,眉眼还是那副眉眼,只是因为人长大了,感觉就完全不同了——人不是那个人了,眉眼也不是那副眉眼了……

长大以后的董永,变成了一个性格沉稳的人,不苟言笑,凡事都心中有数,又吃得苦,打鱼种田均是一把好手,人品也厚道,左邻右舍一旦有事,有人生病要看郎中了,有人种田需要帮手了,能帮忙他一定会帮,有钱出钱,没钱出力,绝不会在旁边看着,不管不问。时间久了,自然就引起了村里人的注意和重视,一提起他来,没有不夸赞的。

人呢，也越长越壮实，肩背宽阔，脖颈挺拔，两腿粗壮，大手大脚，手掌就像一只小簸箕，面色黧黑，嘴唇厚墩墩的，两道眼眉又浓又密。自从长大，五娇一看到董永，心里就总有一点儿害怕，甚至心惊肉跳的，连多看一眼都不敢，好像他具有什么震慑力。不知这是为什么。离开以后，却又禁不住反复地想，想得心头痒痒的……

当然，这只是五娇的心事，是埋在心底里的，至于将来怎样，就谁也说不准了，她自己也说不准。所以，她没对任何人说过，也不想对任何人说。

五娇是骄傲的。

三

公元1955年，五娇十九岁。

这年秋天，县里举办了一次咸水歌比赛，通俗的说法就是赛歌会。凡是县境内的人，不论性别、年龄、职业、民族，均可参赛。那次活动规模很大，无论参赛者还是观众，都非常踊跃。参赛者和观众多半来自乡下。又恰是农闲时节。那几天，但见四镇八乡的乡亲，男男女女，老老幼幼，一律穿戴一新（新衣、新鞋、新袜子），络绎不绝地走在通往县城的大路上。有的地方路途遥远，人们天不亮就起了程。

赛歌的现场人山人海，从台上望过去黑压压一片，上万人都不止。赛歌台是临时搭建的，就在县政府门前的广场上。台子上方悬挂着大字横幅标语，从这一端直拉到那一端。赛歌会开始前，县上的干部还讲了话，他号召大家提高觉悟移风易俗。台下的观众掌声热烈，真如海潮般经久不息了。

五娇也是参赛选手之一。

参赛者都是各乡各镇唱咸水歌的高手。那其中有男有女，有年轻的，也有年老的。最老的一位已经七十多岁。据说，就是他，所有的咸水歌都会唱，可以连唱三天不重样儿，而且，就因为咸水歌唱得好，便娶了当地最好看的女子当老婆。

赛歌开始。

参赛者依次上台。大家放开喉咙，都拣自己最拿手的曲目唱。有人唱的是老歌儿。《膊头担伞》啦、《拆蔗寮》啦、《大海驶船》啦、《望夫归》啦、《沙湾对面北斗头》啦、《姑妹腔》啦，等等——说来，咸水歌里确有一些历史久远的曲子，流传也很广泛，当地百姓特别熟悉，大概可以称为"经典"了。有人唱的是新歌儿。比方《仇恨歌》《五更救国歌》《解放歌》《丰收调》，等等。这些都是新编的，其中一些是歌手们自己的创造，还有一些出自当地文化人之手。新歌都有一个特点，曲调基本都是旧歌的曲调，只有歌词是新的，确切一点儿说，应该是旧曲填了新词。

不论新歌老歌，歌手们都唱得全心全意，听众们也听得热火朝天，人群里不时爆发出欢呼声，唱到精彩处，台下会有相熟的人大声叫着歌手的名字喊叫道："陈水保！你给我们争光了……"有时候还台上台下一起唱，形成了今天人们常说的一个词：互动。演唱的过程也有失误之处，有人唱着唱着跑了调儿，也有太紧张突然把歌词给忘了的，还有的起调太高，怎么用力也唱不上去了，有一个歌手本来唱得挺好的，下台的时候却脚下一滑，在台口跌了一个屁蹲儿（可能是太兴奋了）……每逢这时，台下就会哄声四起，喝倒彩，还有吹口哨的。

轮到五娇了——她款款地走上了歌台。

台下顿时安静下来。真奇怪！刚才还吵吵嚷嚷的，现在居然一点儿声音都没有了。那一刻，大家似乎都屏住了呼吸，张大眼睛，只顾着朝

咸水歌　285

台上望。

　　那天，五娇穿了一件白地儿带碎蓝花儿的斜纹棉布小褂，一条蓝卡其布裤子，裤脚很宽，就是那种家常穿的。应该说，装扮并不出众。但是浑身上下都特别干净，一尘不染，整个人显得清清爽爽。况且她是在台子上，四周空空旷矿的，使她越发突出。突出了她的清爽，也突出了她的朴素，总之，突出了她的美。

　　她的确是美的。无论身材、容貌，都是美的。但美得并不张扬。

　　大概由于紧张，她脸色红扑扑的。

　　片刻，五娇开始唱歌了。

　　生食藕瓜甜又爽（呀哩）——

　　五娇唱了《姑妹腔》的第一句。调门儿那个高！嗓音那个清亮！婉转悠扬——歌声就像一支响箭，直冲碧蓝晴空。歌声也像一阵风，向台下的观众迎面吹来，及至最偏远的角落。每个人都心头一震。尤其那个尾音儿，又响亮又俏皮，好听极了！

　　五娇一共唱了四首歌。每唱完一首，台下的观众都会欢呼，叫好。

　　她的脸色始终红扑扑的（不过后来就不是紧张而是兴奋了）。

　　赛歌会结束了。五娇获得了优胜奖的第一名。为此，她领到了一张奖状，还有一支国产的手电筒（上面系了一条红布）。奖状，父亲帮她贴在了正屋的墙上；手电筒，她送给了年纪最小的那个哥哥。

　　事情还没有结束。

　　大约在一个月之后，有一天，一个脸色白皙的男子来到了五娇家所在的村子，看年纪在三十岁左右，穿着一身四个衣兜的制服，自称是某地文工团的（讲话带有明显的山地口音），进村后先去村政府找到了一脸皱纹的村长，又由村长陪着来到了五娇家。当时正是中午，家里人正准备吃午饭，因为事先不知情，一时显得很慌乱，也很尴尬。村长哈哈一笑，先把这人向五娇、五娇的老父亲和老母亲做了介绍（其他人都不在家），末了说了一句："有好事呢！"那人一边向五娇等人点着头，一边掏出一张盖着印章的介绍信举给大家看了看，说："我姓简，名叫简家祥，是文工团的副团长。这次来，主要是想跟你们讲一下调曾五娇到我们团去工作的事。前段时间这里赛歌，我们过来听了，都认为她唱得好，音色也好，目前团里很需要这方面的人才……"

五娇的脸又红了——腾地一下就红了——还禁不住向前跨了一步，刚想说什么，却马上被父亲用眼光制止住了。

屋里一时十分安静。

过了一会儿，五娇的父亲说："你是说，我家五娇的嗓子靓？"

那位简副团长怔了一下，说："啊靓，靓得很呢……"

父亲说："调她过去干啥呢？就唱歌？"

简副团长说："对，唱歌。"

父亲想了一下说："听你刚才的话，你们那个团……不在我们县吧……在哪里呢？"

简副团长说："哦，在北边。北边一点儿……"

父亲说："也是一个县？"

简副团长说："差不多，比县还要大一级。"

父亲又说："要是去到你那个团，人也要搬过去住吧？"

简副团长说："在团里住，团里有宿舍。"

父亲说："饭咋吃呢？自个儿煮？"

简副团长笑了一下说："不用自己煮，有人给煮，团里有饭堂。"

父亲说："白吃？不花钱？"

咸水歌

简副团长说:"花钱,开饭的时候买。"

父亲说:"哪来的钱?家里给拿?"

简副团长说:"团里发工资,一个月发一次,每个月都发。"

父亲说:"给现钱?"

简副团长说:"给现钱。"

父亲说:"那她……不就成了干部了嘛!"

简副团长停了一下说:"算是……不过还有一年考验期,转了正就是了……"

父亲也停了一下,说:"嗯……这挺好。这件事我们家里再商量一下看……"

站在一边的村长忍不住说:"还有啥可商量的?多好的事……"

父亲嗔怪地看了村长一眼,没搭理他。

不知他们是如何商量的,结果是同意五娇调去这个文工团。一应的手续也很快就办好了。户口啦,粮食关系啦,全都办了迁移。

五娇别提多高兴了。

在临走的前一天晚上,五娇去了一趟董永的家,说是去跟邻居道别,实际是想看一看董永。不料却没有看到。董永的妈妈说:"你来的时候他刚出门,怎么你们没遇见?"五娇猜他可能去茅厕了,就坐在那里等。左等不回来,右等也不回来,便意识到他可能在躲她。说不上为什么,在离开董家的时候,她心里的高兴劲儿突然没有了……

四

五娇来到了文工团。

文工团的全称应该叫"文艺工作团"。现在已经不多见了，也许已经没有了，解散了。当年可是多得很，差不多每个县，地区，包括一些大工厂大矿山，都会有一个。一些林业局和国营农场也会有。由于主管部门的级别不同，文工团的规模也不一样，有的大一些，多达上百人，行政建制也一应俱全，财务、保卫、后勤都会有，还会有几辆汽车，一般都是解放牌大卡车——因为要经常到基层演出，必须具备一定的机动性。有的小一些，四五十个人。还有更小的，仅一二十个人（还有十几个人的）。这更小的，基本都是县一级的团，或者是工矿企业的团。

　　文工团"行当"很杂。除了乐队之外，一般要有歌唱演员，曲艺演员，舞蹈演员，戏曲或戏剧演员，有的还有杂技演员。另外，由于地域的关系，演员的配置也不一样。比方，东北一定要有唱二人转的，新疆要有弹冬不拉的，内蒙古要有拉马头琴的，南方的团一定要有唱评弹的，福建一定要有唱莆仙戏的，广东一定要有唱粤曲的。通常情况下，各个行当都能和睦相处，你说我唱，互相照应，一台节目就演下来了。当然也有互不服气的，你说唱歌重要，我说跳舞重要，反正尿不到一个壶里。

　　刚来文工团那会儿，五娇很不适应。一个是想家。她这是平生第一次离家这么远（都出了县了），有时候会想得直哭。一个是自卑。一到团里，她总觉得别人，那些老团员们，都比她强。她觉得他们（主要是女演员们），个个儿都比她漂亮，比她会穿戴，说话做事比她得体，也比自己有文化，而自己，除了会唱几首咸水歌，再就一无长处了，甚至连自己的名字都写不好，七扭八歪的——这倒是五娇多虑了。其实，当年大家的文化都不很高，大多都没进过学堂，只有极少数的人念过几年书，说来，凡做文艺这一行的，基本都是靠天赋，另外就是靠"家传"。

　　应该说，来到团里以后，五娇的表现还是不错的，参加过几次演

咸水歌

出,有的是在县里,有时候是跟大家下乡,反响都很好,观众好像都很喜欢她唱的歌。团里的同事对她的评价也不错。大家一致觉得她很聪明,很单纯(或者说很简单),很朴实,很正派,少是非,另外人也好看,还说她的好看不像别人那样是外向的、光彩夺目的,她的好看是柔和的、含蓄的,会越看越好看,经得起端详……当然,这与她个人的努力也是分不开的。自从来到团里,她一直都很努力,努力适应新环境,努力不想家。特别值得一提的是,她还参加了团里办的识字班,叫文化补习班也行,除了有演出,其余的时间,每晚她都要去跟老师念"人口手,水火土",念过了,还要一笔一画地写。

在识字班当教员的是副团长简家祥(兼任)。

简副团长是团里文化水平最高的人,曾经念过"县立初中"。据说他以前在山里打过仗,还负过伤,后来被派到文工团,做了主抓业务的副团长。他自己也很喜欢这个工作。原因之一,是他本来就乐意舞文弄墨,动不动就会写一些唱词、小调儿,交给团员们演唱。这人很爱讲话,一开会就讲个没完,而且一讲话就激动,声调儿高高的,语速也变快了,就像吵架一样,眼睛紧盯着你,咄咄逼人。他是个单身汉,平常就住在团里。听说他结过婚,离了。团里流传着一个说法,说他老婆背叛了他,跟了一个比他强的男人;还说他老婆跟他一样,也是个念过书的。

参加识字班的有十几个人,程度也不一样,有刚来的(比如五娇),有的都学了一两年,已经认得不少字,一些唱词也能顺下来了。

五娇学习刻苦,再加上天资聪慧,很多字念几遍就记住了,很快也会写了。但她毕竟来得晚,又一点儿基础都没有,不论怎样努力,也总比老团员们差一大截。

简副团长对五娇很关照,为了缩小她跟别人的差距,除了正常上课,还要给她"开小灶",每个礼拜总有一两天,他会把她叫到办公室,补教以前他教过的字，每次一两个小时不等。有时候，教字之余，两个人还要说说家常，主要是简副团长询问一下五娇的情况，心情怎么样啊、有没有什么烦恼啊、想不想家啊，等等。开始，五娇还很拘束，有点儿战战兢兢。不过，她也确实感到了温暖，感到了些许的抚慰。有时候，她也会听他讲一些自己的事，偶尔也会讲一讲他的婚姻，这证实了五娇听到的那些传言。尽管他讲得轻描淡写，但还是可以感觉到那段婚姻带给他的伤害，同时也感觉到了他对某一类女人所怀有的深深的成见，他说她们势力、虚伪、轻贱、没有真情、不朴实，反正是一大堆的形容词。

五娇在心里觉得简副团长是个好人，是个热心人，是个有才华的人……

连五娇自己也说不清楚为什么，那以后，每次再见到简副团长，她都会想起远在家乡的董永，心里"咯噔"一下，感觉董永正在看着自己，眼睛黑亮黑亮的，眼神儿很专注，却又很平静，似乎有话要说，却又不知从何说起……

简副团长关切地问："怎么了曾五娇？"

五娇一惊道："噢没事，我没事……"

她有点儿心慌。

五娇是聪明的（在这方面，没有一个女孩子是傻子）。随着时间的推移，随着他们见面次数的增多，她隐约地感觉到了一点儿什么，感觉到了简副团长在正常的"教"和"学"之外的一点儿其他的意思，比方关切，比方爱慕。尽管他一句这方面的话都没说过。但是，从对方的眼神儿，还有说话的语气上，她却看到了这一点，尤其是眼神儿，那可是想掩饰也掩饰不住的。

她说不上这是不是自己的胡思乱想，也许是我先想的吧……她脸红了。

咸水歌　291

奇怪的是，那段时间，每当见到简副团长，或者从他的办公室离开，她都会不由自主地想起董永，还试图把他和他放在一起做一番比较。可是，比较个什么呢？这是两个完全不同的人。相貌不同，脾气秉性不同，身份地位不同，做的事情也不同。若论身份地位，当然一个要比另一个高。还有，一个是那么有学问，知道的东西那么多，一个连书都没念过。这怎么比呢？但是，那个人，那个董永，却始终在她的心上不肯离去，就像田野上的旋风，一会儿消失了，一会儿又"冷不丁"冒了出来。

五娇心里越来越乱。

有一天，文工团的团长（正团长）把五娇叫去了，要给她说媒。

团长是个四十多岁的男人，因为还兼任别的什么职务（好像是文化局的副局长），所以不常到团里来。在团员们眼里，他是一个很爽朗又很威严的人。

团长给五娇倒了一杯水，问了问五娇最近的工作情况，又顺便表扬了她几句，然后话题一转，说："小曾啊，我给你说个媒吧。哈哈！有人看上你了。这个人你很熟悉，就是简副团长。简副团长是个好同志啊，有资历，有贡献，有才华，有干劲。虽然以前离过婚，但责任不在他，这个我们考察过。你是个年轻同志，团里的人一致反映你工作积极，要求进步，能和简副团长结为伴侣，对你的进步会有更大的帮助。你是不是还没转正？依我看，考验期是可以适当缩短的……"

五娇听着团长的话，听得很认真，不点头不摇头，也不吭声，只是脸色红一阵儿白一阵儿的，等到团长说完了，才轻声说了一句："那，我考虑考虑吧……"

事有凑巧，跟团长谈过话的第二天，五娇就接到了一封家信。信封上写着"本省××地区文工团请交曾五娇吾儿启"。信上告诉她上次汇来的钱××元已经收到,又说家里一切都好,还说了"爹娘身体安泰,不要挂念,你要安心工作,日日上进,争取早日转正"之类的话。信的最后,还有这样几句:

"顺告一件不幸的事,邻家董永,前日修补渔船,误被船顶一落木(碗口粗细)砸伤,当时昏倒,险些掉命,前几天刚从医院接回家。这已是不幸中的万幸了。唉。"

一看到这封信,五娇的心立刻痛得一哆嗦,瞬间额头就出了一层冷汗,什么都顾不得想了,光想赶紧回去,看看董永伤势怎样。当即就买了回家的车票。连假都没请,用刚学会的字写了一张假条,说有急事要回一趟家,托同事转交给领导(就是简副团长)。那趟车是下午的,从这里出发后先到县城,再转车到镇上,下车后又步行了几里路,天黑以后才回到她家的村子。

五娇想都没想,便径直来到了董永的家。一进门,就看见董永闭着眼睛蜷缩在竹床上,一朵微弱的烛火在床头轻轻地抖动,烛光映照着他毫无生气的脸,蜡黄蜡黄的。来给五娇开门的董永的妈妈想把他叫醒,五娇示意不要叫。看见董永的那一刻,五娇的心似乎都化了,化成了一摊水。那一刻,她心里的种种感觉:心疼、思念、怜悯、恐惧、委屈……都一股脑地涌出来,涌到眼眶,变成了泪水,刹那间喷涌而出,仿佛打开了一道闸门,不可遏制,遏制不住……

就在这时候,董永醒了,看见了五娇,满眼的惊异。

五娇在村子住下来,每天到董永家里去,服侍他。看他一天天见好,她心里充满了喜悦。

她一住住了一个多月。

咸水歌　293

后来，她给文工团去了一封信，明确表示自己不想回团了。还找了一些借口，说自己觉悟低，不适合在那里工作，还说自己的父母老了，需要她在家里照顾。总之诸如此类吧。

这中间还有一些过节儿，就不说了。

又过了一年，五娇和董永结了婚。那场婚礼十分热闹。应大家的要求，五娇还在婚礼上唱了几首咸水歌——就是当年她在赛歌会上唱的那几首。

再过一年，五娇和董永生了一个女儿，小名叫善丫，大名叫董善丫。

据董善丫说，她母亲后来曾经好几次跟她提到过一个人，姓简，还说那个人在五七年犯了错误，最后死在了粤北山区的一个林场。唉！——她说母亲每次提到他都充满了愧意。

（刊于《长城》2010年第2期。）

买房记

"危险并不是想象的事情,而是非常实际的事情……"

——卡夫卡:《地洞》

几天来,我一直在考虑这篇小说的题目,始终也没找到一个恰当的,这让我很苦恼。因为找不到题目就无法动笔。古语说名不正则言不顺,说的就是这个意思。后来实在等不及了,只好胡乱起了一个,就是上边的这个。这次,我讲的是一个人买房子的事情。此人名叫黄不安,今年32岁,大学毕业后即来到广州工作,最初住在公司借给他的一套房子里,房间很小不说,位置也太偏僻了,从住处到上班的地方要坐一小时的公交车。打拼几年之后,他有了一点积蓄,便决定自己买房。在下定决心的那天,他的感觉非常之好,就像忽然从心上卸下了一个巨大的包袱,浑身立刻轻飘飘的,简直称得上豁然开朗了,当即来到附近一家饭店,点了两个家乡菜,想了想,又要了一瓶啤酒,美滋滋地喝起来。

黄不安是个小个子,大概不到1米60,人长得胖乎乎的,皮肤又很白,因此显得很嫩相,看上去也就二十多岁的样子。头发软软的,贴在光滑的脑门儿上,还有一点儿自来卷儿。两只眼睛又黑又大,常常会显出失神的样子,没事儿的时候,会长时间地盯住一个地方看,看着看着,眼角儿还会不由自主地抽动几下,好像突然被吓着了。熟悉他的人都说他有点儿神经质;另外就是胆小,像一只容易受惊的兔子,仿佛时刻处于一种紧张状态，担心发生什么不测。别人怎么说姑且不论。但有一点可以肯定，他一直是一个小心翼翼的人，说话做事都特别谨慎。往深刻里说，这可能和他的自我认识以及生活经验有关。无论生活经验和自我认识，都告诉他这样一个事实：在这个世界上，你是十分渺小的，谁也不会真正把你当回事儿；或者换一种说法，除了你可以做的那一点点事情外，其实你什么都不是。

这话说远了。

下定决心之后，第一件事是选择位置。广州这个地方，商品房市场相当发达，年年都有大把新竣工的房子推向市场。特别是在每年两个黄金周之前，所有的报纸都会刊登有关新楼盘的广告，整版整版的。自从下了决心，黄不安一有空儿就拿过办公室的报纸，仔仔细细地看，不止看一份报纸，所有的报纸都看，一旦发现一点儿自认为有价值的线索马上就记到笔记本上。除报纸之外，在那段时间，在一些繁华地段，比方商场和公交车的站点，还有许多派发广告单的人。广告单都印制得十分精美。下班后，他还要故意到这样的地方去转几圈，每次都会拿回来许多宽窄不一（长短也不一）的纸。回到住处后，便俯下身子一张一张研究比对。研究的内容包括该楼盘位于哪一区域、周边环境，距离单位远不远、出门乘车方不方便、附近有没有地铁站，等等。此外还有价格。对他来说，这个问题更为重要，因为他手里的钱并不是很多。

经过一段时间的研究，黄不安自觉逐渐有谱了，就是说，认为对很多事情已经心中有数了。他决定到这些地方做一番实地考察，然后再考虑下一步的事情。他认为这是必须做的，就像人们常说的那样，眼见为实。等到一个星期六，他换上一件新T恤，离开住处，心急火燎地去了一个自觉比较合适的楼盘。一大早，他就出了门，在住处附近搭上了一辆公交车，先到了天河区体育中心，在那儿换了一次车，下车后又走了一段路，大概有十几分钟吧，才来到那个楼盘跟前。

那天天气特别热。在车上还好，因为有空调。一下车就不行了，热浪呼地一下冲上来，马上就把人整个儿包裹起来了，就像突然掉进了烤箱里，连喘气儿都觉得烫嗓子。只走了几分钟，就出了一身的汗。汗水从头发根，从腋窝，从脑门，从手心，从前胸后背，从大腿内侧，不断地渗出来。人仿佛变成了一块儿充满水的海绵。身上的衣服，尤其那件新换的T恤，不久就被浸得精湿，差不多完全贴在了身上。更糟的是，汗水还顺着大腿流进了皮鞋，走起路来一跐一滑，还叽叽直响，就像不小心踏着了刚会走路的小鸡雏儿。

这就是广州的天气，夏天简直能热死人。没辙呀！

自那以后，每到星期六和星期天，黄不安都要做这件相同的事：四处去看楼盘，或者说看房子。而且总是心急火燎的，心里充满了期待，星期六一到，立刻就穿戴整齐，把房门"砰"地一甩，扬长而去。甚至早在头一天晚上，就已经想好了要去的地方。还准备好了相关的资料（主要是那些广告），统统放在背包里。那是一只黑色的帆布包，是他用38元钱买来的，价格当然不算高，看上去却蛮精致。他已经习惯了，出门必需背上这只包。对他来说，这只包早已不光是一只包，这只包还是他的伙伴，是他的朋友，是他身体的一部分，某种程度上还是他的精神支柱。这么说吧，只要背着这只包，他就会觉得踏实，觉得心里有依靠，甚至会觉得自信。像大多数人那样，他习惯把包斜挎在肩上——前几年，广州出现了一伙"飞车党"，专门骑在摩托车上抢夺行人的背包，好多人都受到过侵害——这样背主要是为了安全。当然，这样背也让他觉得潇洒，背包坠在屁股上，每走一步都会感受到它的拍打，甜蜜的兄弟般的拍打。不过，每次背上背包时，他都会不无遗憾地想：可惜我就是"海拔"太低了，要是再高一点儿该多好，嗨！

他一个楼盘一个楼盘地跑，身上背着那只黑色的帆布包，几乎把所有的楼盘都跑遍了。那其中有天河区的，有越秀区的，有荔湾区的，有海珠区的。一天跑下来，感觉浑身都是软的，回到住处，连饭都不想吃了。尽管这么辛苦，效果却不那么理想。就是说，由于种种原因，能让他满意的少之又少，可说几乎没有。当然了，最主要的原因只有一个，就是他的钱不够多。说一千道一万，这才是问题的关键，是关键中的关键啊。那段时间，他最常想的就是钱的问题。他想，要是我有钱，有大把大把的钱，这全广州的房子我不就可以随便买随便住了嘛！何苦再受这份儿罪呢？他想怪不得人人都羡慕那些有钱人，人人都想当有钱人呢！老实说，以前他可没有这种想法。以前他也知道钱的重要性，不过那只局限在日常用度上，总认为混个温饱再有点儿零用钱就可以了。他对自己说，看来以后我也得设法多搞点儿钱了。可是说归说，应该怎样"搞"他却没有谱儿，起码现在还没谱儿。

　　有一次，他总算看上了一个楼盘。主要因素有两个，一个是价位，才三千多元一个平方，这已经很接近他的心理预期。另外地点也可以，在荔湾区的某个地方，不远处就是珠江（后来得知是珠江的一条支流），虽然周围有些私建的旧房子，如果楼层高一点，可也无大碍，况且售楼的小姐还对他说，这些房子都要拆掉的，而且很快就要拆，已经列入计划了。售楼的小姐长得很端庄，会让人立刻产生一种信任感。售楼小姐还很殷勤，一见面就递给他一张面巾纸，让他擦脸上的汗。等他一坐下，马上又用一次性的杯子给他倒了一杯冰水，摸上去凉瓦瓦的。售楼小姐还亲自带他去看"样板房"，卧室啊，厨房啊，洗手间啊，阳台啊，一边看一边向他介绍情况。那天，售楼小姐穿了一身浅蓝色的套裙，套裙是真丝的，看去十分的光滑，让人不时产生摸一摸的冲动。离开样板房的时候，售楼小姐说："这房子很好卖的。七成都叫人定走了。多数买家都看好了这儿的前景。将来的地铁十一号线还要从这儿经过,这儿就有一个出入口……"售楼小姐说话的声音也特别好听,语调柔柔的,就像吹气儿一样,听了极舒服。

　　黄不安感觉自己冲动了一下,冲动的结果就是表示他打算在这里买一间房子。不知何故,当他对售楼小姐表达这个意思时,居然还显得很不好意思,说话吞吞吐吐的,还红着一张脸。相比之下,售楼小姐倒显得很沉着也很冷静,等黄不安吭吭哧哧地把话说完,才淡淡地说了一句道:"好啊。我们到大厅去吧。我帮你算一下计息的情况。对了,你是打算做按揭的吧?"售楼小姐动作麻利,来到大厅,很快就把该计算的——房屋面积啊、单价和总价啊、首期啊、按揭期数啊、每期付款数额啊——统统计算出来了,还把计算的结果写在纸上,交给了黄不安。这一切都做完之后,售楼小姐提出要黄不安下定,就是先交一部分定金。黄不安怔了一下,似乎不明白。售楼小姐说:"这样我们就可以跟别的买家说这房子有人买了……"不等黄不安说什么,售楼小姐又半开玩笑似的道:"你可别说没带钱啊……"黄不安再次不好意思起来,脸又红了说:"啊,带了……"迟疑了一下问,"交多少呢?"售楼小姐说:"要交五千,这是公司的规定。"黄不安有点儿扭怩说:"这个,我不知道……"售楼小姐看着他问:"没带那么多钱是吧?那你带了多少?"黄不安说:"就一千。"售楼小姐说:"一千啊?那你等一下,我跟我们经理商量一下。"说完去了大厅的另一侧,跟那儿一个穿着一身笔挺西装的中年男人说了几句广东话(广东人自称为白话)。一会儿售楼小姐回来了,对黄不安说:"就交一千吧,反正这是小定,你还要过来一次,把大定交上,到时就可以签合同了……"一边说话一边伸出一只手。黄不安本来还想问几个问题,看见那只手,就把问题忘了,赶紧打开包往外拿钱。

买房记　　299

交完钱，又留了电话和手机号码，拿上收据，黄不安离开了这里。

实际上，一走出大厅的门，黄不安就意识到自己这次可能犯了一个错误，不过他并未细想，掏出手机看看时间，才16：09，离回去吃晚饭还早，便决定在附近转一转。楼盘的大厅临着一条大街，很宽也很长。他本来没什么目标，就顺着大街往前走。走不多远，就遇到一起抢包事件。当然，被抢的并不是他，而是一个青年女子。这女子当时就走在他的前面，距离不超过三十米。女子穿着一条花裙子，走路时屁股一摇一摇的。走着走着，突然有一辆摩托车冲到她的身边，速度非常快，基本可用风驰电掣来形容，几乎与此同时，车后座上的人一把抓住了她的背包带，动作极麻利，女子可能还没反应过来，身上的包就被抢走了。女子也跌倒在地。等女子站起来，摩托车早没了踪影。女子又哭又叫："哎呀抢劫啦！哎呀我的包啊！快……快抓劫匪啊！"女子的声音又尖又细，在空中回荡着，还上气不接下气的。目睹到这些，黄不安已吓傻了，呆呆地站在那儿，心直颤，腿也直颤，差点儿就要尿裤子了。记得前边说过，他本来就是个胆小的人，一直就是。只有他自己知道，他的胆儿有多么小。从小到大，他从来没跟别人打过架，即便是别人吵架他都会怕得要命。除此，他还不敢看杀鸡，不敢走黑路。有时候，连他自己都觉得丢人。

黄不安胆战心惊地站了好久，终于缓过神儿来，马上回转身，觉得双腿软软的，沿着原路向回走去，走着走着，突然跳出来一个想法：这儿治安这么差，这怎么得了？一旦出点儿事我可怎么办？看来这房子还是不买的好……不知为何，这样一想，他立刻感觉心里轻松了许多，走出大厅时心里那点儿隐隐约约的不安也顷刻没有了。他打起精神，加快了脚步，很快就回到了刚才走出去的大厅。人一进来，就看见了那位售楼小姐。售楼小姐也看见了他。他注意到，售楼小姐惊讶了一下。

说不清为什么，他一时觉得特别的惭愧。不过，他还是硬着头皮走过去，站在售楼小姐的跟前，就像一个做了错事的孩子。转眼之间，售楼小姐已变得十分热情，说："啊，黄先生，您有事吗？"他越发觉得自己做了什么亏心事，吭哧了一下才说："啊有……"售楼小姐仿佛看出了他的心思，不过仍然微笑着，并鼓励道："您说……"他狠了狠心，道："是这样……"终于把自己的想法说了。在他说话的过程中，他就发现售楼小姐的表情在变化，当他把话说完，售楼小姐已经完全变了一副表情，甚至连声音都变了，变得硬邦邦的，问他："你想好了？"他点点头，好像还说了一声是。售楼小姐道："可以。"停顿了一下，又说，"不过，根据公司的规定，你交的钱，就是那笔小定，我们就不返还了……"他诧异道："啊，为什么？"售楼小姐说："因为你影响了我们的销售，就是说，给我们造成了损失。"他当时有点急，说，"这才多长时间啊？半小时还不到啊！"售楼小姐说："不是时间多久的问题……好，我们不用多讲了，你看看收据就知道了。"他赶紧拿出收据，疑疑惑惑地看了一眼，开始并没看出什么，售楼小姐指点了一下，才发现在收据的下边还印着一行小字，是："双方约定，如一方无故……上款即归对方所有……"

这件事让黄不安闹心了好几天，一想起那一千块钱他就心痛得不行，痛得牙床都肿了，有时候半夜起来也要骂几句："这些狗操的××人，真他妈太赖啦！一群赖皮狗！"骂归骂，房子还要继续买。不过，经过冷静的思考，他决定不再考虑新楼盘，而把目标放在了"二手楼"。道理很简单，好地段的楼盘他买不起，买得起的地段各方面条件都不是很好。

经过这一番折腾，黄不安感觉有一点点累，因此决定给自己放一段时间假。这段时间并不很长，去掉头尾一个星期。其间除了上班，余下的时间就在家里躺着,偶尔看看闲书,更多的时候是在回忆往事。童年啊,少年啊,青年啊;老师啊,同学啊,家乡啊……不过总的说来,他觉得可供回想的往事并不多,可以说很少。这不免让他失望,也让他觉得自己可怜。准确地说,他觉得自己就像一张白纸,一目了然,凡是他经历过的,别人似乎也都经历过,换句话说,大家是怎么做的,他也在怎么做,到目前为止,除了挣到一点儿钱(一点儿活命钱),好像其他的事情都没做,就是说,根本就没有自己什么事儿。

经过几天的休整,黄不安开始了第二轮的奔波。这一次,他主要的目标是二手楼。

买二手楼要通过中介公司,目前来说,这是最主要的途径。在广州,这种公司也多得是,走在街上,经常可以看到这样的公司,看到它们的招牌,某某"地产"啊,某某"置业"啊,某某"咨询"啊,等等。每家公司的门前都贴满了待出售的房屋信息,包括面积和价格,价格还包括单价和总价。公司里面经常有人坐在那里,多是一些青年男女,人人面前放着一台电脑。这一次,黄不安专门到这些公司转。每到一家公司,先在门外看(或者说研究)那些贴在玻璃门上的信息,看到条件差不多的,再到里边进一步询问。偶尔也有这种情况,人刚往这里一站,里边就有人出来了,问,先生买房吗?想买多大面积的?请进请进,里面有更详细的资料。看完资料,有时候还要去现场看看房子的情况。在对方的劝诱下,他看了几间房子,但都不甚满意。不过,幸好他以前有过这方面的经历,总算没再上什么当。他暗暗打定主意,除非遇到自己非常满意的,否则绝不轻易交钱。一分钱也不交!为了做到这一点,每次出来,他仅仅带足车费,最多再带一点儿买水的钱。他发现,自从有了上一次的经历,他心里突然多了一点儿什么东西,多了一丝不安,总觉得一不小心就会上当受骗,他时时告诫自己小心再小心,以免中了他们的招。

　　看了起码几十间房子，一直也没看到满意的，不是朝向不好，就是面积过大（或者过小），要不就是周边环境不够理想，再有就是价格无法接受。总之不是这里有问题就是那里有问题。记得是在一个星期天的中午，黄不安又看完了一间房子，仍不满意，当时肚子饿了，就在附近找到一家"潮汕面馆"，要了一碗牛丸面，吃得满头大汗。牛丸面刚刚吃完，突然想起每天上班经过的一个地方，那儿有一个住宅区，感觉挺不错，上班的路程也比原来缩短了，我何不去看看呢？这样一想，赶紧交了饭钱，搭上一辆公交车，就往那里赶。一下车，就看见了好几家房屋中介。他对自己说，如此看来，这里定是有房卖的了……但他并没有急于走向那些"中介"，而是首先走进了住宅区，他要实地看看里边的情形。这个想法是他临时产生的，为此，他还颇得意了几秒钟。进得小区，首先看见一个圆形的花园，不是很大，周围种着一圈儿矮的树墙，花园里边有几棵高大的棕榈树，树下是一片绿茵茵的草坪，此时，正有一只小型喷灌机在给草坪浇水，细小的水珠儿被喷洒到空中，在阳光的照耀下，水珠儿一片晶莹，让人顿时感到一阵清凉，花园中间有几条小径，沿着小径走进去，里面有一块铺着地砖的空地，空地周围有一圈长椅。

　　黄不安不仅走进了花园，还在长椅上坐下来，坐了大概有五分钟，感觉这里真不错，然后便站起来，向外边走去，似乎还有一点儿冲动，很快他就来到了刚才看到的那几家中介公司。那几家公司分别叫作"大西洋房屋咨询发展公司""满堂彩置业""富又发地产""钻石诚意房产中介公司"。几家公司一字排开，都在那条街上，且相互挨得很近。这使他有点儿为难，不知道去哪一家更好。就是说，他无法判断哪一家公司更讲诚信，不是专门骗人的，这样自己才不会上当受骗。略微考虑了一下，他自己对自己说："这就看你运气了……"然后将心一横，毅然决然地朝

"钻石诚意房产中介公司"走去（之所以做此选择，无非是看好了那几个字）。刚到门前，就从里面走出一个男青年来，见面就说："先生买房吗？"就像以前遇到过的情形一样。男青年文质彬彬的，上穿一件纯白衬衫，下穿一条藏蓝西裤，衬衫的下摆扎在腰带里。黄不安口吃了一下，说："这个小区的房子，有吗？"男青年马上说："有，有啊。"男青年讲的是普通话，讲得不太好，听上去"沙拉沙拉"的，就像哪儿在漏气。"先生进来好吗？我帮您查一下……"黄不安跟男青年进了门，男青年一边指着一张简易沙发让他坐，一边用一只一次性的杯子给他倒了一杯水，然后便急匆匆地坐到了电脑前边，眼睛骨碌骨碌地盯着屏幕，两手在键盘上胡乱地敲来敲去。男青年瘦瘦的，让人感觉很谦和却很精明（黄不安后来得知，男青年原是广东潮州人）。

男青年在电脑上鼓捣了片刻，抬起头看着黄不安，说："先生想买多大面积的？"黄不安说："都有多大面积的？"男青年说："一百一十多的，九十多的，八十多的，最小的七十六平方。"黄不安说："多少钱一平方呢？"男青年说："三千七，"马上又补充道，"现在，这算很便宜的了……"黄不安没说话，心里合计着这个价钱，俄而说："可以看看房子吗？"男青年立刻说："可以呀！先生想看多大的？"黄不安说："就看七十六那套吧。不不，看八十多的那套吧。"男青年说了一句您稍等，起身从挂在墙上的诸多钥匙中选出一把，又说了一声走吧，便带领黄不安离开公司，走进了黄不安刚刚来过的小区。男青年显得很随意地说："这里的环境也不错……"黄不安没说话，点点头，也不管男青年看没看见。过一会儿，男青年突然想起来似的又说："我们还没介绍。我叫章小一。这是我的名片。"黄不安仓促接过名片说："啊啊，对不起，我没带名片。我叫黄不安。一会儿我给你写一个吧。"停了一下，章小一说："黄先生是做哪一行的啊？"

黄不安说："噢，做技术的。"章小一说："啊，真高兴认识您。以后有事还要请教您！我是'广大'毕业的，做这个只是暂时的。黄先生不是在广州读的大学吧？"黄不安说了自己的学校。章小一"啊"了一声，特吃惊的样子，然后说："黄先生买房几个人住啊？"黄不安想了一下说："暂时一个人住，将来肯定不是啦……"章小一怔了一下，随即笑了两声，说："黄先生真幽默！"

两个人说着走着，来到一幢"高层"跟前，乘电梯上到25楼，章小一打开一间房门，黄不安走了进去。里面共有两间房，还有一间客厅，此外还有厨房厕所，等等。黄不安逐个房间都看过了，最后来到了阳台。因为楼层高，越过眼前一座座稍矮一些楼房的房顶，可以直接看到远处一道连绵的山峦。"那是白云山。"见黄不安把目光盯在远处的山峦上，章小一不失时机地说了一句。也许因为黄不安原来的住处楼层太低，长期在半遮蔽的状态下生活，此时的感觉确实很好。黄不安在阳台抽了一支烟，两人再次回到房间。章小一说："黄先生注意到没有，地砖已经铺好了，还有厨房，您瞧，就差一套炉具了……"黄不安说："噢……"这些，黄不安刚才已经看到了。既然章小一提出来，两人又把厨房和地砖仔细看了一回。章小一乘机说："只要简单装修一下，就可以住进来了。"黄不安也在这么想。他说："那……这些就不再另外收钱了吧？"章小一说："不收不收，这是样板房来的，免费赠送。"在乘电梯下楼时，章小一问黄不安："黄先生觉得这套房怎么样？想买吗？"黄不安说："房子不错，我还想看看有没有更合适的……"章小一说："黄先生是不是觉得价格……"黄不安愣了一下，老实说他并没想这个问题。"这样吧黄先生，您先到公司坐坐，喝点儿水……"

黄不安迟疑了一下，不过还是跟着章小一来到了"钻石诚意"。这次章小一带他来到了里边的一个房间，相当于一间会客室，有沙发和茶

买房记　305

几，上面还摆着一套专门用来喝"工夫茶"的茶具。两个人进屋时，有一个人正坐在沙发上看一本花花绿绿的杂志，察觉有人进来，懒洋洋地抬了抬眼睛。章小一趁机向黄不安介绍道："这是我们林总……"随即又对林总说，"这是黄先生……"林总从沙发上站起来了，一副热情洋溢的样子，还跟黄不安握了握手，说："你好你好……我叫林小二……来，请坐请坐！"林小二、黄不安和章小一都在沙发上坐下来。刚坐下，林小二就喊了一声："小三，过来冲茶！"随着喊声，推门进来了一个姑娘，二十多岁的样子，对几个人抿嘴一笑，即开始冲茶。在她冲茶的过程中，林小二也给他们做了介绍，说："这是黄先生……嗯，这是陈小三，经理助理……"陈小三又笑了一次。这期间，林小二拿出一张自己的名片，递给黄不安，黄不安看了一下，然后又像对章小一说的那样道："我没带名片，一会儿给你写一个吧。""没关系没关系，"林小二道，转而说，"怎么样？黄先生对房子比较满意？"黄不安愣了一下，因为一时不知怎么说好。章小一马上道："对，就是觉得价格……黄先生的意思是，价格有点儿偏高了。"说着看了黄不安一眼。林小二接过来说："我明白了。这好办。如果真喜欢，价格可以商量。喜欢是最重要的……黄先生觉得多少可以接受呢？"没等黄不安说话，章小一就在一边说："每平方砍掉一百怎么样？"林小二想了想说："一百？太多了！加起来将近一万块。怎么可能？"章小一说："一百不行，砍掉八十总可以吧？"林小二说："八十也下不来。"两人的样子十分认真，认真地讨价还价，俨然他们就是买卖双方。停了一会儿，章小一说："那你说说，砍多少你可以接受？"林小二说："五十，最多五十。"章小一想了一下，终于狠了狠心说："唉，那就五十吧。"

两人讲完价格，一齐沉默下来，你看看我，我看看你，最后把目光投向了黄不安，似在征询他的意见。不过，没等黄不安说什么，林小二就对陈小三说："小三，去拿一份委托书让黄先生看看……"陈小三从茶几对面的一把精致的小椅子上站起来——专供冲茶的人坐的——裙子一飘一飘地离开这里，又很快拿着几张纸走回来，放到茶几上，重新坐下。纸是粉红色的，上面印着密密麻麻的黑字。林小二用一根中指将纸向黄不安这边推了推说："我们是中介公司，要跟对方沟通，需要签个委托书，这样才好说话……"黄不安把几张纸拿到眼前，逐字逐句地看起来。

定金支付及要约发出委托书

委托人：＿＿＿＿

身份证号码：＿＿＿＿

有效通讯处及邮政编码：＿＿＿＿

受托人：钻石诚意房产中介公司

（房屋中介资质号：3999××）

委托事项：经受托人介绍，委托人对坐落在＿＿的物业（以下简称"该物业"）有购买意向，现委托受托人向该物业业主发出要约，其内容如下：

一、委托人确认以下列要约条件为准发出要约：

1. 建筑/房改面积：＿＿＿＿平方米（以产权证为准）；
2. 总楼价：＿＿＿＿元（人民币）；
3. 交吉情况：＿＿＿＿；

4.付款方式：____。

二、委托人自愿购买该物业，并同意在签订本委托书时支付人民币____元整（¥____元）作为购买该物业的定金交受托人保管……

读到这一款时，黄不安心里动了一下，随即抬起头来说："哦，我今天可没带钱出来呀……""啊，没关系没关系，过后再交也可以的……"林小二马上说。这句话让黄不安放了心。实际上，他已经在心里接受了他们的提议。他想，没有委托书，人家确实没法儿跟对方说话。由于有了这个想法，后边的条款他没有细看，只是匆匆地扫了一遍，便把几张纸轻轻地放下了。静默了一瞬。"黄先生您看……"半天没说话的章小一这时说。黄不安没说话，却习惯性地用两只手在几个衣服口袋外边摸了几下。大家都看出来他是在找笔。说时迟那时快，没等黄不安的手放下来，陈小三就把一支笔伸到了他的眼前。黄不安似乎有点儿吃惊，不过还是礼貌地说了一声："啊，多谢！"说着把笔拿过来，伏下身子，逐项填写起来，就像考试做填充题那样，最后签了一个名字，字迹还很潇洒。说到考试，这可是黄不安极其擅长的。从小到大，他不知道自己考过多少次试。说来有点儿不可思议，他是一个喜欢考试的人，原因是他每次都会考得很好，另一个原因是他可以通过考试找到自尊。有那么一瞬，他还真的找到了一种考试的感觉，这种感觉让他颇多感慨。

黄不安签完名字后，章小一把纸拿过去，又在上面填上了他该填的，填完后盖上了公司的印章。黄不安拿上属于自己的那一份（副本），小心地放进了帆布包，便离开这里，上了一辆公共汽车，回住处去了。他觉得有点累了，可能是过于紧张的缘故吧。不过，现在他倒没那么紧张了，就像又考完了一次试那样，还考得蛮好的。今天他不想再做其他事了，只想回去睡一觉，然后再考虑考虑这个房子买不买。反正主动权在我手里，我想买就买，不想买就不买，他这样想。车上人很多，他只好抓着吊环站在那里，因为个子矮，几乎要踮起双脚。每逢这时，他就会羡慕那些高个子的人，好在他心态还算平和，知道这是父母给的，是没有办法的事。回到住处，他冲了一个冷水澡，往床上一躺，很快就睡着了。一觉醒来时，天已经黑了，屋里黑乎乎的一片。他坐着清醒了一会儿，又给远在家乡的老爹打了一个电话，问了问家里的情况，也说了说自己的情况。在说到买房子的事儿时，老爸曾慷慨地表示他们（就是他和老娘）可以支持他一点儿，他说现在八字还没一撇呢，需要的时候我会向你们要的。接着他说："到时候你和我妈就过来住吧。"老爸听了特别高兴，连声说好好，末了还补充了一句："那你就抓紧时间办吧，我和你妈都期待着早日到你那儿去。"老爸在家乡的中学当老师，已经退休了。

打完电话之后，他搞了一点吃的，把肚子填饱了。这时想起了那份委托书，便过去打开了帆布包，把委托书取出来，一边漫不经心地看，一边回想今天看到的那间房子的一些情况，包括小区的情况，合计着这间房子到底要不要买。这样看着看着，突然有一个条款引起了他的注意：

六、受托人就上述条件区的业主承诺后，委托人不依本要约履行，已付之定金将被业主没收，同时委托人须向受托人支付违约金人民币 ____ 元整（￥____元）。

空白处已经填上了数字，两处分别是"捌仟捌佰玖拾"和"8890"。

接下来还有一条：

买房记　309

七、本委托书为不可撤销之委托。因本委托及要约而产生任何争议纠纷，双方均同意：

□1. 提交市仲裁委员会以简易程序予以仲裁裁决。

□2. 向物业所在地法院提起诉讼。

黄不安顿时出了一身冷汗。他想我当初怎么就没注意到这两条呢？而且是这么重要的两条！他回想了一下，可能自己光看到"已付定金将被业主没收"这一点了。这下好！这下想不想买你都得买了！不然你就白白拿出"捌仟捌佰玖拾元"给人家好啦！他一时极其懊恼。不光懊恼，还极其悲伤，还极其愤怒。于是他骂了一句："妈的你这个笨蛋！"一边骂一边狠狠抽了自己一个耳光，声音十分响亮。

"你这个自作聪明的白痴！"

"你这个眼大漏神的大傻瓜！"

"你这个不知深浅的糊涂蛋！"

骂一句抽自己一个耳光，每一个都跟第一个一样响亮，几耳光下来，半边脸就麻木了。

好在还有这样两条，让他的情绪有了一些缓解：

三、一旦业主同意上述卖价或低于这个金额，委托人即确认成交，受托人无须另行通知委托人，可将上述定金转交业主。

四、若受托人在____年____月____日前未能与业主就上述条件达成协议并取得业主同意，代保管的定金应无息退还委托人……

大概到了第三天，"钻石诚意"那边给黄不安打来了电话。打电话的是章小一。他说:"你好黄先生。我是'钻石'的小章呀。我问一下,您什么时候有时间?是不是过来一趟把定金交了?"黄不安一时非常生气,感觉脑袋都轰轰直响,恨不得把对方大骂一通。可是话到嘴边,他还是改了主意,他知道骂也没用,于是说:"业主那边联系好了?"有一忽儿,他真希望"业主"突然改变主意,不卖这间房子了。章小一说:"啊,联系好了。"黄不安怔了一下说:"呃,好吧。"章小一说:"明天怎么样?""明天恐怕不行,明天公司有事。后天好不好?"他说。实际明天完全可以,公司根本就没有事,但他不想这么匆忙,觉得拖一天是一天,还可以多想想。放下电话后,他马上就想起了一个问题,如果他们蒙我怎么办呢?谎称"业主"答应了,骗我交了钱,他们当然可以随便说……说起来,连到底有没有这么一个"业主"我都不知道……这样一想,他不由紧张起来,急忙把委托书拿过来,又仔仔细细地看起来,想从中找到可以保护自己的条款,从头到尾看下来,除了那一条退还定金的说法外,再没有任何可以约束对方的文字。他一边看一边想,越想越觉得自己掉进了他们设置的圈套,而自己又毫无办法来摆脱,弄不好还要吃官司,除非宁愿白白赔上那些钱。他一遍一遍地看着委托书,不知道看了多少遍,才突然看见还有这么一款,是:

十、备注:＿＿

黄不安盯住这两个字,心里忽然有了一个主意:"我要让他们在这里写上几句话……"这主意就像一道阳光,照亮了他身边的黑暗。而且,在短短的一瞬间,他就想好了这几句话应该怎么写,怕到时候想不起来,他还急忙找来纸和笔,把几句话记了下来:"在委托人交付定金后,受托人应保证该房屋卖给委托人……"写到这儿觉得不妥,把"房屋"二字画

买房记　311

掉，在旁边加上了"物业"两个字。然后接着写道："否则一切后果由受托人承担……"认为这样不够明确，想想又加了一句："所收定金应双倍返还……"写完这些，才觉得心里踏实了一些。不过也觉得特别累，仿佛已经心力交瘁了。同时也感觉特别无助，感觉自己特别弱小，似乎是一只味道鲜美的动物（或者植物），谁都惦记吃你一口。

到了后天，黄不安打起精神，来到"钻石"。进来时，发现章小一、林小二、陈小三等人已在等他。三个人一边喝茶一边说笑，茶几上还放着一本收据簿。见到黄不安，三人均站起来，并且一同说："啊，黄先生……"黄不安"啊"了一声，算是打了招呼，然后坐下来，就坐在上次坐过的位置上。陈小三给他倒了一杯茶，说："黄先生请饮茶。"他用手碰了碰茶杯沿儿，不过并没喝。过了片刻，章小一说："黄先生……"不等章小一说完，林小二就在旁边笑了一声，随即说："真不好意思，又让黄先生跑了一趟，没办法……"黄不安不知说什么好，因此没言声。林小二又说："这个……黄先生钱带来了吧？"黄不安停了一下说："啊，我带了存折，可以吗？"他是有意这样做的，目的嘛，自不待言。林小二说："可以呀，那个行的？"黄不安说："工商行。"林小二说："好，这附近就有一家工商行……"说着看了章小一一眼，"那你带黄先生去一趟吧，把钱取出来……带上一张收据。"章小一说了一声好的，从沙发上站起来。不过黄不安没有动，他一边打开帆布包，一边说："等一下，我这儿还有点儿事……"林小二等不知他有什么事，都直勾勾地看他。这时黄不安从帆布包里拿出了那份签过字的委托书，还有那天晚上拟好的那几句话（写在一张白纸上），说："是这样……我有一个想法，不知道行不行？"说话间把两样东西放到了茶几上。林小二啊了一声说："什么想法，您说。"黄不安说："我回去又看了一遍委托书，当时没仔细看……我想在这里……"一面用手指指着"备注"两个字,"……加上几句话……"林小二迅速地看了看章小一和陈小三,说:"要加什么话呢?"黄不安指指那张白纸说:"你看看,就这几句。"林小二把白纸拿过去看了一会儿,又给章小一和陈小三看。几个人看过了,一时都没说话。黄不安有点儿紧张,按照他的想法,如果他们不同意,就证明这里有问题。停了一会儿,大概有那么几秒钟吧,林小二说:"没问题……"显得十分爽快,随即对章小一道,"小一,你来搞……"这件事几分钟就搞好了,其中包括正本和副本,中间夹了一张复写纸。

黄不安松了一口气,现在他终于放心了。一会儿,便和章小一来到银行,把一万元钱划到了对方的账户。

黄不安心里轻松了没几天,很快又紧张起来。有一天,他在公司吃午饭,一个同事同他谈起了买房的事。通常情况下,人们都喜欢在吃饭的时候谈论一些杂七杂八的事,因此显得气氛很和谐。此前,大家刚刚谈完一件别的事,谈的是昨晚电视里播过的一条新闻,说有一个外地来广州打工的青年,因为老板拖欠工资,便爬到了海珠广场附近的一个建筑工地的"塔吊"上,大声嚷嚷自己打工多年,一分钱也没得到,已经没脸回家,声称要以死抗议,结果引得万人围观,公安局还派来了大批警察,实施救援……这件事还没说完,就有人突然对黄不安说,"哎,黄不安,你不是在买房子吗?买得怎么样了?"此人名叫胡小四,原籍湖南,也是大学毕业后到广州来的,因年长黄不安几岁,已经结了婚,娶了一个广州籍的太太(广州人习惯把老婆称为太太)。黄不安诧异了一下,心想他怎么问起了这个?尽管如此,他还是回答道:"啊,已经交了定金,就前几天。""这么神速!"胡小四一边向嘴里塞着一根虎皮尖椒一边说,"那你查册了吗?""查册?查什么册?"黄不安惊疑道。胡小四说:"这么说你没查?你买的是不是二手楼?"黄不安说:

买房记

"是呀。"胡小四说:"哎呀,那不查册怎么行!跟你说,好多二手房都抵押给银行了,贷款啊!然后又拿出来卖。其实这房子已经不属于他,属于银行了……"黄不安觉得脑袋"嗡"地一响,他知道这是血压升高的缘故。胡小四还在说:"买这样的房子你就倒霉了,银行可以随时把房子收回去,要么你就替对方把贷款还了,那就等于你得花双份儿的钱……"

黄不安的脑袋一直"嗡嗡"地响着(血压不知升到多高了),胡小四后边的话他根本就没听见,那一刻,他脑袋里不知涌现出多少种想法,不过最主要的还是不安,就像人们常说的,心里就像十五个吊桶在打水,七上八下,觉得这个世界真是险象环生,简直让人防不胜防。恰好这时胡小四说完了。"那我该怎么办呢?"他便问道。胡小四说:"还能怎么办?第一步要查册,先看看是什么结果,然后再拿主意。"

勉勉强强地吃完饭,黄不安立刻给章小一的手机打了一个电话,说:"是章先生吧?我是黄不安。我这儿有件事儿……"章小一说:"黄先生您好!什么事儿您说。"黄不安说:"我想到房产局去查一下册……"章小一怔了一下说:"啊,是吗?好啊好啊!您打算什么时候去?"黄不安说:"我想今天下午去……"章小一说:"今天下午啊?好的好的……"停停又说,"等一下黄先生,我现在有点儿事,过一下我给您打过去好吗?"没等黄不安说好或不好,章小一就把电话挂了。黄不安马上就明白过来,章小一绝非有事,他这是要和林小二商量对策。他进一步想,既然有对策要商量,那就证明这里面有问题,一定有问题!他焦急而耐心地等待着,心里就像着了火一样,同时脑子里迅速地想,如果真有问题,我该怎么办呢?想来想去也没有一个主意。大概过了十分钟,章小一终于打来了电话,说:"对不起黄先生,刚才有点儿急事……"黄不安顺口说了一声"啊"。章小一又说:"您说要查册是吧？我知道您的意思。其实查不查都无所谓的，我可以告诉您，那房子确实还没有解押。"黄不安刚想说什么，话还没出口，章小一就接着说："这是我的失误，当初忘了告诉您这一点，不过房主正在办，这一点我可以保证……"黄不安全神贯注地听着章小一的话，一边听一边快速而紧张地思考和判断话里的意思，还要捕捉对方不经意间透露出来的"弦外之音"。他是那么敏感，敏感到自己都吃惊了。他初步认为，章小一的话基本是可信的。他分析，这是他们知道无法隐瞒（因为他要去查册），所以干脆就实话实说了（经过商量之后）。那么，在这种情况下，我该怎么做呢？他想。一时想不出来。"黄先生，您在听吗？"这时候，章小一又说。"在听，我在听……"黄不安说。"那您的意思……"章小一说，"我是说，您打算怎么办？还要来查册吗？"黄不安说："这个我要想一下。不过，按你的说法，查不查册倒没什么关系了。这样吧，我考虑一下，明天再给你电话。"

  这以后，黄不安开始考虑这件事该怎么做，或者说，考虑下一步的对策。从眼下的形势看，他的处境还是被动的。岂止现在，一开始我就处于被动的境地了！他意识到。自从签了那个委托书，他就像一头被穿了鼻环的公牛，在被他们牵着鼻子走！"被动！被动！我一直就是被动的！发生在我身上的所有的事情都是被动的！"他这样想。现在，他要考虑的，就是如何变被动为主动，就是要对他们有个制约，简洁说，就是要使自己的权益有所保障。遗憾的是，他考虑来考虑去，从接完电话就开始考虑，回到住处以后又接着考虑，考虑得头都痛了，也没考虑出一个结果来。后来实在没辙了，突然想起了同事胡小四，觉得他见多识广，或许会有什么主意，便贸然拨通了他的手机（本来想打他家的座机，可惜不知道号码），小心翼翼地说："对不起，老胡……"平时他们很少通电话，特别是下班以后。胡小四耳朵很尖，说："是小黄

买房记   315

吧，有事吗？"黄不安说："不好意思，这么晚还打扰你……"胡小四说："有事你就说吧，谁让我们是同事呢！"黄不安把事情的经过说了一遍，末了道："我实在是没辙了。我就是担心被他们骗了，从开始买房就一直担心。我觉得我都快魔怔了。""哈哈，现在人人如此，都担心自己被骗，可以理解呀……"胡小四道。"你有没有什么办法，可以约束他们的？"停了一下，黄不安问。"让我想一下……"胡小四说，大概过了有几秒钟，他才说，"我也没什么好办法……不过，我认识一个律师，跟我关系不错，可以让他帮帮忙，他肯定有办法。"黄不安急忙说："好好！那我怎么跟他联系？"胡小四说："我先给他打个电话……明天吧，今天太晚了……看他怎么说，然后我再跟你联系。"黄不安说："好的好的，谢谢你！真的，十分感谢！"胡小四说："别跟我客气，我们是同事嘛！以后互相帮助就是了。"黄不安突然觉得心里十分温暖，起码温暖了几分钟。

　　第二天，胡小四告诉黄不安，说已经跟他的律师朋友联系好了，让他带上所有的资料，去跟律师面谈。黄不安很快就赶过去了。律师是一个比黄不安还年轻的男人，仪表堂堂的，戴着一副眼镜，只是看上去有点儿萎靡不振。落座后，律师说："我们就不用客气了。把资料给我，我先瞟一眼，然后再说。"黄不安把资料递给律师。律师推推眼镜，眼球慢慢地转动着，看了没几行说："这个大同小异……说说后来的情况吧。"黄不安一直紧张地盯着律师，听律师这样说，便把昨晚对胡小四说过的话又说了一遍。律师听完后说："看起来情况有点儿复杂，主要是无法断定他们到底想干吗，是存心想骗你呢，还是只想让你买下这间房子……"黄不安更紧张了，不由吸了一口气说："那咋办啊？"律师想了片刻，说："没有什么决定性的办法，只能想点儿补救性的主意。"黄不安说："什么主意呢？"律师指了指委托书，笑了一下说:"就像备注那样……是你想出来的?"黄不安说:"啊是。"律师说:"这主意不错……"因为受到夸奖,黄不安还脸红了一下,显得很不好意思。"我们搞一个补充协议,把该写的都写上。"律师说,停了一下,问黄不安,"除了定金,其他钱还没交吧?"黄不安说:"没交。"律师说:"好。我想他们会签字的,他们可能想得到更多的钱,也可能只想让你买房子。不过只要签了字,事情就好办了……明白我的意思吧?"黄不安认真看了律师一眼,说:"我明白。"

接下来,律师帮黄不安拟了一份"补充协议"。第二天,黄不安便带上去了"钻石"。不过,他心里仍然很不踏实,也说不上具体针对什么,总之七上八下的,感觉很不安。他对自己说,我这是给折腾出病来啦!瞧你现在多脆弱啊!你原来可不是这样的人啊!他妈的这可不是一件好事,绝不是好事!直至来到"钻石",他才从这种感觉中摆脱出来。因为他清楚,他一定要打起精神。好在事情还算顺利——他提出了要求,他们又同意了——最终双方在那份"补充协议"上签了字。就这么简单。

协议全文如下:

关于购买××区××路××号××房的补充协议

委托方:黄不安
受托方:钻石诚意房产中介公司

委托方拟购买广州市××区××路××号××房(简称该物业),现就有关事项与受托方达成如下补充协议,共同遵守。

一、在委托方交付首期款(含定金)后,受托方应保证该物业顺利

买房记 317

转到委托方名下，委托方对该物业此前发生的有关抵押及债权情况概不负责；

二、如因该物业原业主自身原因或因受托方原因导致交易不成功，受托人保证在三个工作日内将首期款（含定金）无息退还给委托方；

三、在委托方交付首期款（含定金）后，受托方保证在＿＿＿＿年＿＿＿＿月＿＿＿＿日前办好房屋过户、出新房产证、房屋入住等手续；

……

以上协议，具有法律效力，如不遵守，视为违约。

拿到"补充协议"后，黄不安心里踏实了许多，某一天，又把首期款交了。

记得就在交完首期款的第二天，晚上，也许是白天，黄不安突然想起了一件事，需要到"钻石"来交涉。可是，当他下了公交车，又急匆匆地来到"钻石"的门前，却发现这儿已经人去楼空，门前散落着许多纸片，还有一些丢弃的杂物，门上则缠绕着一条粗大的铁链，链头还挂了一把巨大的铁锁……

见此情景，黄不安立刻心一沉，随即便"啊——"地大叫了一声，叫声既惨烈又绝望，感觉把喉咙都叫破了……大概过了几分钟，他才发现，自己刚刚做了一个梦。

（刊于《红豆》2012年第2期。）

印象鲍十：从冰城踏入火城的马

野 荞

这个春天，我和几位朋友去了香港，回来时途经澳门，夜宿珠海，在订购返京车票时才孤陋寡闻地闻知，此地距广州只有一小时的车程。我几乎立刻改变主意，决定买成去广州的车票。广州有我的妹妹一家，两年前我把父亲接来住在我家的时候，妹妹和妹夫在大年三十的鞭炮声中赶到北京，大家一起下厨做的团年饭，算起来我们又有两年多没有见面。此外，广州还有我的多位朋友，其中和鲍十相识最早，迄今已逾二十多个年头。人生经历得多了，回想起自己往日的朋友来，竟然也学会了甄别，以及珍惜。有一些人，如果未能在某次圈内的活动中正好遇上，还琢磨着能有其他相逢的机会，比方说从对方大体所在的方位路过，是否稍微地拐一个弯儿。

这次见面我给鲍十出了个难题，说不出我们何时开始交往的罚酒一杯，他居然并不为难地说了出来。那是1991年，汪曾祺先生还活着。他因为在《四川文学》发表一篇谈论主旋律的文章而被人评论，接着在为我小说集写的序言中又旧话重提，那篇序言的题目叫《野人的执着》，文中夸了一通我的小说之后，老人家顺便说了这么一句话："至于是不是主旋律，那另说。"我的朋友，当时也还活着的诗人何首乌替我把这篇文章给了《文艺报》，该报通知近期发表，汪老突然写来一封急信，开头先说了几句北京近日的天气不好，然后嘱咐我赶紧把文章从《文艺报》要回来，寄给东北阿成主编的《小说林》。阿成的小说集也是汪老写的序，我误以为他之所以这样做，大约是阿成索稿把他逼急了，他以这篇文章塞责。后来我才知道，老人家是为我着想。

事后我又听说，《小说林》一字未动地发表这篇文章也是担着的，此前他们发表了林斤澜的一篇名叫《枪声》的小说，差点儿惹出祸端。汪老的这篇文章使我和阿成成了朋友，阿成知道我是写小说的，约我给他们也写一个，于是我又和鲍十成了朋友，鲍十是这家杂志的顶梁柱，记忆中当着编辑部的主任。我给鲍十的第一篇小说是想写给汪老看，汪老在我的小说集序《野人的执着》中写道："我是不喜欢小说中大量写景的，但是我对乌山有一种强烈的要求，希望野莽把乌山景色好好地写一写。"于是我写给汪老看的这篇小说的名字，就叫《乌山景色》。

这篇小说发表后被《小说月报》转载，鲍十得寸进尺，告诉我说，我的小说被转载，《小说月报》奖了他一笔钱，《小说林》又奖了他一笔钱，既然有这么好的好事，何不接着给他写呢？大意如此，我也就乐得接着给他写了。我们之间的关系就这么延续和展开着，以至于我不仅和阿成、鲍十是朋友，和副主编陈明、范震飚，以及一名叫柳敦贵的美术编辑也成了朋友。我经常向他们推荐国内一些尚未成名的青年作家的处女作，除了小说，还有诗歌之类，因为他们同时有个刊物叫《诗林》。

第一次与鲍十面晤，至少已有过了十次以上的文字往来，在我的一间名叫听风楼的书房里我们拍了一张合影。照片上的人物服装证明那是一个夏天，我的客人黑脸，短发，魁梧，身穿绿色短袖T恤和石磨蓝的牛仔裤，像一位来自草原的壮士。见面聊起，果不其然他有蒙人的混血，只是与概念化的浓眉环眼不同，他的眼睛细细长长，大约是传说中的那种丹凤眼，眯眯一笑，向人泄露出深藏在人体内部的聪明灵秀，并且他笑起来的样子很迷人，有一种与肤色和体形不相匹配的羞涩。后来

320　纪念

他每到北京，几乎都来我家，唯有一次例外，那次张艺谋要把他的中篇小说《纪念》改编成电影，请他到一家宾馆里面商榷，他偷空给我打了一个电话，向我咨询这方面的行情。鲍十是一个厚道而又干脆的人，没有乘机向老谋子要高价，事情很顺利就谈成了，由他执笔改编的那部电影，就是章子怡主演的《我的父亲母亲》，因为它是鲍十的作品，公映后我难得专门地到电影院去看了一场。我看见身穿大红棉袄的章子怡端着一碗饺子没命地追赶那个初恋的男人，心想鲍十必定是最喜欢吃饺子的，也必定有一段难忘的初恋。

在我的猜测中，鲍十应该和鲍尔吉·原野同一氏族，此次相见，我问起了这件事，又是一个果不其然，他们的祖籍都是内蒙古赤峰。我喜欢鲍十叙事的安静和秀气，如同鲍尔吉·原野语言的幽默和睿智，这一点多少有些出乎读者意外，二位有着蒙人血液的作家文字中丝毫没有马背上的民族的热烈狂放，人们或许是受了声嘶力竭的歌手腾格尔的误导，也或许文学并不能体现出作者性情的全部。二十世纪末，《北方文学》杂志为我和鲍尔吉·原野各自开了一个专栏，我的叫"野莽笑谈"，原野的叫"原野随笔"，我们一时被人称为二野。原野送了我一本随笔集《金羊毛》，有一次还从东北给我打电话来，说是从我的文字中看到了三十年代的作家之风，我则对他的几篇随笔赞口不绝。后来我还知道写小说的鲍尔金娜是他的女儿，但是我们至今未能一见。

鲍尔吉·原野最初是一位优秀的小说家，《野马分鬃》给我留下的印象在很多年里不可磨灭。但是，在鲍十大规模地发表小说的时候，原野对我说他已经不会写小说了。我完全不怀疑他在说鬼话，因为我有一个阶段也不会写了，只是出于别无所长和百无聊赖才偶尔又写一点。而作为后起之秀的鲍十却不一样，他不写就不写，一写就不休，继《我的父亲母亲》之后，他的目光依然锁定在他所熟悉的东北乡村，以其和蒙人的热烈狂放截然相反的安静、秀气、从容不迫、慢条斯理，和时下喧嚣与骚动的文学速成时代分明不大合拍的笔调，规规矩矩、细细划划地写出了一大片，这就是在很多刊物上都见过面的同题小说《东北平原写生集》。

这些小说让我与韩少功的《马桥词典》发生联想，韩少功以马桥人的地域性词汇作为小说的若干点线，以此经纬出一部表现人物现实生活和命运的画面，鲍十的《东北平原写生集》则将联结小说画面的核心词汇转换成东北平原的村屯的名字，让它们像据点一样担负起辐射周围大面积土地上的民众生存状态的使命。夜灯下的作者半眯着细长的丹凤眼，在一张有些发黄的硬纸上描绘着东北平原的地图，图中的乡村小屯星罗棋布，纵横勾连，如他在自序中所说："通过这些作品，让人们对中国东北的乡村社会有个大体的了解，包括历史的、政治的，以及人的命运、民风民俗，等等。"因为有"大体"二字，这个目的看来他已达到，至少已经部分地达到了。

这本书的语言是散文化的，全无雕琢和铺排，凝练而干净，如他纯朴诚实的人，如他删繁就简的名字。我说的名字是经过他删减的，鲍玉学才是他的原名，他嫌笔画多，去了尾字，还嫌多，并且有女性的嫌疑，又去了上下，再去了一点，这就成了书封上面和文章标题下面的鲍十。现在，让我们打开此书品读他的第一篇的第一句，会发现他像弹奏钢琴一样，为全书弹出一个简洁明快的基调："这个秋天比往年热，都九月了，暑气还不肯退去"，话未落音，我想起了孙犁早先写过的"月亮升起来了，院子里凉快得很"。这是一种久违的散文诗般的句子，没有一颗"凉快"的心和一颗盼望早日凉快的心，在这个喧嚣骚动的文学速成时代是不会有作家再这么写了，他们往往会选择异军突起的惊人之语，人心浮躁，恰便热爱麻辣刺激的语言。

唯有这个好耐得住烦的东北汉子却还这么慢悠悠地写着,就好比在一列隆隆轰轰鸣笛奔驰的火车边有一匹低头吃草,不时还扭颈后望一眼的马,它用细长的眼睛慢慢挑选着,用结实的牙齿细细咀嚼着,用超然物外的心态回忆和想象着在这块草地上,早年曾经发生过一些什么惊心动魄或者风平浪静的故事。它能品尝出来的味道,只有它的并非太多的知音才能从它的沉醉中得到相似的感受。直到全书最后一篇的最后一句,他的贯穿始终的语言依然如是:"夜里下了一场小清雪。早上,妈妈出来放鸡的时候,发现黄狗死在窝里了……"一场小清雪后,文字干净得不能再干净了,大家不妨试试,能否再删去一个可无的副词?

二十一世纪初的一个冬天,我和好友聂鑫森、孙方友、石钟山等一干人受《章回小说》邀请,去参加哈尔滨一年一度的冰雕节。地主阿成闻讯跑来看望我们,他在《时代文学》上看到我写的《玩石者说》,竟把女儿楠楠买的一块石头偷出来送给了我,还抱着一瓶茅台让我们在回京的火车上喝。我向他问起鲍十,才知道鲍十已经离开《小说林》去了广东,刊物现在是陈明在主编着。鲍十去广东后我们一度失去联系,是有一次老家的青年作者请我推荐作品,直夸《广州文艺》办得大气,又专发城市题材的小说,我想到了此刊的老朋友吴幼坚,写过长篇小说《山乡风云录》的老作家吴有恒的女儿,但一打听,吴幼坚已退出编岗,现正忙于组织一支几十万人的队伍全力支持儿子的同性恋事业。继续打听还有谁在此刊任职,这样就知道了鲍十的精确去向,此前我以为他是去做专业作家。

我一如既往地向他推荐未名作家的作品,他也一如既往地信任着我,不吝给他们以突出的版面。这期间我给他写的中篇小说《北京侃爷》又被《小说月报》转载,不过他再也不能得到杂志奖励的钱了,因为他是这家杂志的社长和主编,他得把奖励发给他的麾下,像二十年多前的他一样的年轻编辑。这次广州相逢，我亲眼看见了青年编辑对他的尊敬和感激，一位广东本地的男孩儿和一位湖南大庸的女孩儿，用混合的粤语和湘音向他敬酒："在鲍老师的身边工作，我们真的好幸福哦！"

2015年4月22日匆于竹影居

鲍十主要著作目录

长篇小说

1. 痴迷. 哈尔滨：北方文艺出版社，2000.

2. 好运之年. 天津：百花文艺出版社，2002.

3. 我的父亲母亲. 北京：作家出版社，2007.

中短篇小说集

1. 拜庄. 哈尔滨：北方文艺出版社，1999.

2. 我的父亲母亲. 北京：中国文联出版社，1999.

3. 葵花开放的声音. 天津：百花文艺出版社，2006.

4. 生活书：东北平原写生集. 广州：花城出版社，2014.

5. 扮演者手记. 兰州：敦煌文艺出版社，2014.

6. 芳草地去来. 北京：文化发展出版社，2016.

中篇小说单行本

岛叙事. 广州：花城出版社，2019.

长篇纪实文学

平凡的传奇（与邓良合作）. 广州：广州出版社，2009.

电影文学剧本

樱桃. 哈尔滨：北方文艺出版社，2007.

外文版

1. 初恋之路. （日）盐野米松译. 东京：株式会社讲谈社，2000.

2. 道路母亲·樱桃. （日）三好理英子译. 长野：日本东方出版社，2008.

真情世界
读鲍十笔下的
与书友一起

【入群步骤】

微信扫描二维码；

根据提示选择并加入交流群；

群内回复关键词获取阅读资源和应用服务。

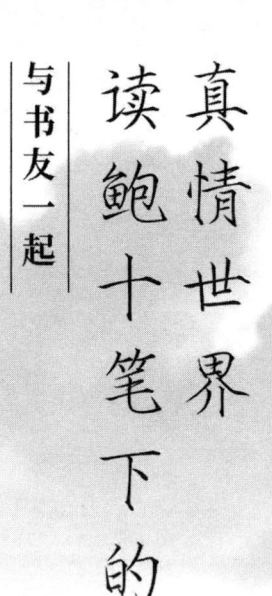

微信扫描二维码

建议配合二维码一起使用本书

【使用说明】

本书配有读者交流群，群内配有丰富的读书活动和资源服务，您可以根据喜好选择并加入社群，找到志同道合的书友，通过回复关键词获取优质的阅读资源、参与精彩的读书活动，享受卓越的阅读体验。

【群分类及服务介绍】

[读书活动群] 群内配有书评文章、鲍十小传、名家访谈等，您可以回复相应关键词获取资源，与其他书友一起感受人性美。

[读者交流群] 您可以在群内找到志同道合的书友，交流阅读心得，共同提高，共同进步！

鲍十笔下的真情世界